Liebe Tante Gisela,

Zum 60. wünsch' ich Dir Glück
und viele schöne Reisen
durch Finnland, Schweden und zurück
auf Autobahnen oder Gleisen.
Doch bis es wieder soweit ist,
daß Du in Skandinavien bist,
kannst Du mit diesem Buch ein Stück
zu Hause „in Gedanken" reisen!

Alles Gute und viel Spaß
beim Lesen wünscht Dir
Odine.

Die kleine kanadische Stadt Churchill, in Manitoba gelegen, wird jeden Herbst von Eisbären heimgesucht, die sich dort versammeln, oft nahe am Verhungern auf den Straßen herumspazieren und den Müll nach Freßbarem durchwühlen, bevor sie sich quer durch eine Eislandschaft von lebensfeindlicher Schönheit zu ihren Winterquartieren an der Hudson Bay aufmachen, um dort nach Beute zu jagen.
Beryl ist Naturfotografin. Auf einer Expedition ins polare Eis soll sie die Bären aus der Sicherheit eines eisernen Käfigs heraus in ihrer natürlichen Umwelt fotografieren. Nie zuvor hatte sie ein größeres Wild vor der Kamera als ein Reh, und meistens war ihr Tätigkeitsfeld der Zoo, nicht die Wildnis. Und nun soll sie dem größten lebenden Raubtier dieser Erde in der Eiswüste gegenübertreten – geschützt nur durch die Stäbe des Käfigs, in dem sie sitzt.
Mit ihr auf dieser Expedition sind drei Männer: David, ein Videofilmer, dem die Tropen viel mehr liegen; Butler, ein Zoologe, expeditionserfahren; Jean-Claude, der rätselhafte, halb von Eskimos abstammende Expeditionsleiter. Noch bevor die Gruppe das Städtchen Churchill verläßt, ist sie bereits in Lebensgefahr. Die ganze High-Tech-Ausrüstung, sämtliche zivilisatorischen Wunderdinge nützen nur noch wenig in der todbringenden Umgebung, in der der Käfig aufgestellt werden soll …

*Audrey Schulman* wurde 1965 geboren. Nach ihrem Psychologiestudium an der Barnard University lebt sie heute in Boston und arbeitet, falls sie sich nicht gerade auf einer ihrer Abenteuerreisen befindet, als Software-Designerin. ›Die Farben des Eises‹ ist ihr erster Roman.

Audrey Schulman

# DIE FARBEN DES EISES

Roman

Aus dem Amerikanischen von
Michaela Link

Fischer Taschenbuch Verlag

Limitierte Sonderausgabe
Veröffentlicht im Fischer Taschenbuch Verlag GmbH,
Frankfurt am Main, Januar 1999

Lizenzausgabe mit Genehmigung des
Wolfgang Krüger Verlags, Frankfurt am Main
Die amerikanische Originalausgabe erschien 1994
unter dem Titel ›The Cage‹
im Verlag Algonquin Books of Chapel Hill,
Chapel Hill, North Carolina

Druck und Bindung: Clausen & Bosse, Leck
Printed in Germany
ISBN 3-596-50191-4

# 1

Beryl sitzt im Wandschrank und hält einen Eiswürfel in der Hand. Die Luft ist feucht von der trägen Augusthitze. Eisige Tropfen perlen gleichmäßig ihren Arm hinunter. Ihre Hand schmerzt vor Kälte. Sie hält das Eis fest, will sich Temperaturen von dreißig oder vierzig Grad unter Null vorstellen. Sie versucht sich auszumalen, wie sie draußen in einem Metallkäfig sitzt, einem Käfig, der zu klein sein wird, um sich darin bewegen und warm halten zu können.

Wind. Jedes Geräusch klingt nah und laut. Schnee fegt über den Boden. Sie sitzt da, mit überkreuzten Beinen. Keine Wärme im Umkreis von vielen Meilen, nur in den schweren Armen der weißen Bären, die um den Käfig streichen, neugierig, stark und hungrig. Der Schnee knirscht unter ihren Schritten. Aus den schwarzen Mäulern der Bären weht ihr ein bleicher Nebel entgegen. Sie schieben ihre breiten, weißen Gesichter vor, drücken sie gegen den Käfig. Sie atmen ihren menschlichen Geruch ein, schnauben. Dampf berührt Beryls Haut. Wie die Bärte der Bären ist auch ihr Gesicht von Reif überzogen – Feuchtigkeit vom Atem der Tiere, von ihrem eigenen Atem.

Sie weiß, daß sie sie töten werden, falls der Käfig versagt. Sie werden hineingreifen, ihr die Muskeln von den wild um sich schlagenden Armen reißen, die Eingeweide aus dem Bauch, die Sehnen aus dem Nacken. Sie werden beißen und zerren, schlucken. Zuerst wird ihr Körper noch unter der Kraft der Tiere zucken, dann wird er langsam erschlaffen. Ihr Kopf wird unter der Berührung der Bären nach hinten rollen wie zu einem Kuß.

Ihre Augen sind wachsam, dunkel und klein, wie die der Bären.

Der Eiswürfel schmerzt bis auf die Knochen.

# 2

Beryl war die einzige Frau, die man für die Expedition engagiert hatte.

Ihr Vater erkundigte sich, wie groß die Wahrscheinlichkeit sei, daß es auf dieser Reise gefährlich werde. Er wußte immer gern die genaue Zahl der Dinge – das Par für ein Loch beim Golf, das Durchschnittseinkommen eines Saudiarabers, die Anzahl der täglichen Morde in New York City. Zuversichtlich wiederholte er diese Zahlen dann anderen gegenüber und nickte dazu, als erklärten sie die ganze Situation.

Es fiel ihr nicht schwer, über seine Frage zu lachen. »Gütiger Himmel«, erwiderte sie. »Die Expedition steht unter der Leitung von *Natural Photography*. Das sind Profis.«

Sie hielt inne, und obwohl ihr Vater bereits zustimmend nickte, fügte sie noch hinzu: »Für die ist das reine Routine.«

Ihre Mutter sagte nichts, als Beryl ihr erzählte, daß sie fahren werde. Sie nickte nur und legte eine Hand auf den unteren Teil ihres Bauches, so als wären die Organe, die Beryl geboren hatten, bei dieser Nachricht zusammengezuckt.

Ihre Mutter war eine stille Frau mit kleinen, seltenen Gesten. Jede Geste bedeutete etwas Bestimmtes: Gefahr, Geldsorgen, Glück. Ihrer Mutter erschien die Welt so viel größer als sie selbst, daß sie kampflos hinnahm, was sie nicht ändern konnte. Sie lebte ihr Leben mit hängenden Armen, die sie nur bewegte, um ihre Gefühle gegenüber dem Unvermeidlichen auszudrücken, wenn es denn eintrat. Als Kind hatte Beryl gelernt, diese Gesten mit ebender gleichen Furcht zu beobachten, mit der ein Mensch in einer dunklen Nacht seine Türklinke anstarrt.

Beryl hatte ihrer Mutter immer sehr nahegestanden, vielleicht deshalb, weil sie das einzige Kind war. Ihre Mutter war einundvierzig Jahre alt gewesen, als sie schwanger wurde, und die Ärzte hatten ihr gesagt, daß wegen ihres Alters eine gewisse Wahrscheinlichkeit bestehe, daß das Kind nicht normal sei. Nach der Geburt hatte sie dann nie mehr das Gefühl unendlicher Dankbarkeit dafür überwunden, daß Beryl Arme und Beine hatte, daß sie ohne Hilfe atmen konnte, daß ihr Gesicht normal war. Sie hielt es für klug, nicht viel mehr zu verlangen, und war sehr auf die Sicherheit des Kindes bedacht. Als es soweit war, daß Beryl Fahrrad fahren und Schlittschuh laufen lernte, verdunkelte sich die Haut ihrer Mutter manchmal und zeigte rote Flecken, als wäre sie von dicken Fingern roh gekniffen worden. Spät in der Nacht begann ihre Mutter dann wütend zu schluchzen, bis das ganze Haus widerhallte von ihrem Schreien. Selbst ihr Gang veränderte sich, er wurde vorsichtiger, als trüge sie etwas von unschätzbarem Wert zwischen den Hüften. Sie ging mit ausgestreckten Händen und tastete nach den Dingen auf ihrem Weg, als wolle sie sich ihres Abstandes versichern. Jedesmal, wenn Beryl in der Nachbarschaft Fahrrad fuhr, saß ihre Mutter auf den Stufen vorm Haus – und wurde totenbleich, wann immer Beryl beide Hände vom Lenker nahm.

So war Beryl die erste von ihren Freundinnen, die abends hereingerufen wurde, diejenige, die nicht mit zur Schlittschuhparty durfte, die einzige, die kurz vor dem Zubettgehen noch einmal zu Hause anrufen mußte, wenn sie bei einer Freundin übernachtete. Selbst als Beryl bereits erwachsen war und eine eigene Wohnung hatte, ließ ihre Mutter sie noch anrufen, wenn sie nach einem Besuch zu Hause mit der U-Bahn in ihr Appartement zurückgefahren war. Und falls es irgendwie passieren sollte, daß Beryl auf dieser Expedition zu Tode käme, würde sich der Uterus ihrer Mutter in dem Augenblick ein letztes Mal zusammenziehen, in dem Beryls Herz zu schlagen aufhörte.

Ihr Vater reagierte auf die Nachricht von der Expedition, indem er Fotos machte. Fotos und nochmals Fotos, Beryl in jeder Pose, zehn bis fünfzehn Filmrollen, qualvolle Lichtblitze von der ersten Erwähnung der Expedition an bis zu dem Moment, in dem sie das Flugzeug bestieg. Das war seine Art, sich Sorgen zu machen. Er nahm alle Einstellungen sehr sorgfältig vor – er wollte Fakten. Fakten, die er in der Hand halten konnte wie einen Stoß Polaroidfotos.

Das so charakteristische Bild, wie Beryls Mutter sich die Hand auf den Bauch legte, verpaßte ihr Vater, weil er davongestürzt war, um die Kamera zu holen. Statt dessen nahm er gestellte Szenen auf: Beryl in ihrem schweren grünen Parka auf dem Rasen bei den Purpurwinden, Beryl im Kinderzimmer mit all ihren Kameras, Beryl vor dem Eisbärengehege im Zoo.

Er schaffte es aber kein einziges Mal, Beryl mit dem Bären im Käfig in seiner ganzen Größe aufs Bild zu bekommen. Es war ein feuchtheißer Tag mit Temperaturen über dreißig Grad. Die Hunde schnauften an ihren Leinen, ein kleiner Junge jammerte nach einem Eis. Während Beryls Vater den Wagen parkte, ging sie selbst schon vor, um sich den Eisbären anzusehen. Der Käfig war mit Beton ausgegossen, geformt wie aus Schnee und Eis; in einer Ecke lagen einige Baumstämme. Das Becken war dicht mit grünen Algen bewachsen. Der Bär, der eine Farbe wie Limonengelee hatte, lag auf der Seite. Auf einem Schild vor dem Käfig stand, daß Eisbären normalerweise nicht grün seien; daß ihr Pelz für gewöhnlich überhaupt keine Farbe habe. Die Brechung des Lichts lasse sie weiß erscheinen, dieselbe optische Täuschung, die auch für das Weiß der Wolken verantwortlich sei.

Die Algen hatten sich im Pelz des Bären festgesetzt, füllten die hohlen Schäfte seiner Haare. Der grüne Bär lag lang ausgestreckt auf dem kühlen Beton im Schatten. Er hechelte, seine Brust hob und senkte sich vor Anstrengung. Beryl wußte, daß sein Brustkorb Platz hatte für mindestens vier Körper von der Größe ihres eigenen. Sie wog nicht einmal halb soviel wie eine normale Robbe, die er in freier Wildbahn töten und fressen würde.

Der Bär wälzte sich auf die Füße und blickte ihr einen Augenblick lang direkt ins Gesicht, nur zehn Meter von ihr entfernt, Flecken seiner schwarzen Haut unter dem Fell an Ellbogen und Flanken waren deutlich zu erkennen. Die hinteren Gliedmaßen des Bären waren höher als die vorderen, so daß es den Anschein hatte, er habe sich geduckt, um zum Sprung anzusetzen. Ohne das Fett, das er in der Kälte ansetzte, um zu überleben, wirkte er knochig und verzweifelt, aber dennoch – sogar aus dieser Entfernung – gewaltig. Selbst auf allen vieren überragte er Beryl. Die Augen des Bären blinzelten, klein, schwarz und berechnend. Beryl ließ ihre Hand langsam über die äußeren Gitterstäbe des Käfigs gleiten. Mit zur Seite geneigtem Kopf beobachtete sie das Tier.

Der Bär sah sie noch einmal kurz an. Dann wandte er sich ab, trottete hinüber zum Schwimmbecken und ließ sich auf seinen Vorderbeinen so schnell hineingleiten, daß die Hälfte des Wassers aus dem Becken schwappte. Das Wasser rann langsam über den Beton und benetzte Beryls Zehen.

Der Bär seufzte.

Kurz darauf kam auch ihr Vater. Für den Rest ihres Besuches blieb der Bär in seinem Becken, und nur der obere Teil seiner Nase und seine Schläfen waren sichtbar. Reglos wie ein Alligator lag er da, grün wie Kunstrasen. Jedesmal, wenn er sich bewegte, hörte sie das *Schwapp-schwapp* des Wassers auf dem Beton.

Ihr Vater begnügte sich mit einem Foto von Beryl und der grünen Stirn im Schwimmbecken hinter ihr. Während er die Kamera einstellte, hörte sie den Bären atmen, so schwer und mechanisch wie der Atem eines Menschen bei der Liebe.

Am Abend vor ihrem Abflug sah Beryl sich zusammen mit ihrem Vater alle Fotos noch einmal an, fünf Stapel, jeder so hoch wie ihr Kaffeebecher. Falls man ihre Leiche nicht würde auffinden können, dann – so stellte sie sich vor – würde ihr Vater statt dessen ein lebensgroßes Hochglanzfoto von ihr begraben.

Nur ein einziges Foto zeigte Beryl mit ihrer Mutter. Einen Augenblick, bevor ihr Vater die Kamera auslöste, hatte Beryl ihren Blick von den schmalen, weißen Händen und dem ausdruckslosen, müden Gesicht abgewandt. Statt dessen sah sie in die Kamera. Sie lächelte. Ihre Mutter sah Beryl an, und ihre Hände lagen wieder auf ihrem Bauch.

Trotz all seiner Sorgfalt war ihr Vater kein guter Fotograf. Hier wurde etwas abgeschnitten, da schlich sich eine falsche Perspektive ein. Viele Bilder in den Familienalben bedurften einer Erklärung: »Das ist Beryls Fuß im Vordergrund... In dem Taxi da auf der linken Seite sitzt Tante Addie.«

Beryl hatte sich der Fotografie zugewandt, weil sie eine so schwierige Kunst zu sein schien. Dann war sie dabeigeblieben, weil sich, durch das Objektiv der Kamera betrachtet, alles veränderte, vor allem aber die Tiere. Sie wurden größer, magischer. Sie gefielen ihr besser durch das Auge ihrer Kamera. Die ganze Welt gefiel ihr besser.

Die ersten Fotos, die sie verkaufen konnte, waren Bilder von Minsie, ihrer kleinen, schwarzen trächtigen Katze. Minsie wuchs, wenn Beryl das Tier, das sich jede Nacht an sie schmiegte, durch den Tubus des Objektivs betrachtete. Aus ihrer eigenen Perspektive und ohne Beryls Hand, die die Katze im Bild festhielt, wurde Minsie zu einem Geschöpf des Dschungels. Ihr runder trächtiger Bauch, der sich zwischen ihren Rippen und Hüften in den Vordergrund drängte, war nicht plump und keine Last. Der Leib, eingehüllt in schwarzen Pelz und gespannt wie eine Trommel, wurde magisch, geheimnisvoll und stark. Minsie senkte den Kopf, und die geschwungene Linie ihres Nackens schimmerte wie ein glattgeschliffener Stein am Strand. Sie begann, sich die Brust zu putzen, mit dem ruhigen Rhythmus ihrer rosafarbenen Zunge, der milchweißen, scharfen Zähne, der halbgeschlossenen Augen. Das glatte schwarze Haar glänzte voll Selbstbewußtsein und Stärke. Beryl hatte, von Ehrfurcht erfüllt, eilig die Kamera eingestellt und abgedrückt.

Beryl war die Fotografin der Expedition.

Alle anderen Fotografen, die es bis in die letzte Runde der Auswahlgespräche geschafft hatten, waren Männer gewesen: groß, stark und selbstbewußt – genau die Art von Männern, die für gewöhnlich auf solche Reisen geschickt wurden. Sie lehnten sich aus einem rasenden Jeep, um das erstaunte Gesicht eines flüchtenden Nashorns festzuhalten. Sie richteten ihre Kameras systematisch auf einen wütenden Gorilla, im festen Vertrauen auf die Pfeile, die seine Brust spickten. Bei den Einstellungsgesprächen hatte jeder dieser Männer die Beine übereinandergeschlagen, seine Arme über die Rückenlehnen der beiden anderen Stühle ausgebreitet und beim Reden mit dem Fuß gewippt. Bei Partys war es genau dieser Typ Mann, der mit seinen ausladenden Gesten die Gläser anderer Leute umwarf und jemandem auf die Zehen trat, sobald er einen Schritt nach hinten machte. Für ihn waren Manieren etwas, das mit Messern und Gabeln zu tun hatte.

Die männlichen Bewerber hatten den Käfig mit einigem Unbehagen betrachtet. Jeder von ihnen hatte sich unbeholfen hineingezwängt, die Beine bis ans Kinn hochgezogen und hoffnungsvoll den Kopf auf die Brust gesenkt.

Beryl war in Turnschuhen einen Meter zweiundfünfzig groß, und wenn sie sich in dem Käfig hinsetzte, hatte sie beinahe noch genug Platz, um gefahrlos ihre Beine auszustrecken. Selbst wenn man mit einkalkulierte, wieviel Raum die Kameraausrüstung, ihr Parka und ein Funkgerät beanspruchten, würde sie nicht mehr als einen Quadratmeter brauchen, um in der Lotusposition aufrecht dasitzen zu können. Damit blieben ihr vorn und hinten jeweils dreißig, an den Seiten noch ungefähr fünfzehn Zentimeter.

Obwohl sie eine erfolgreiche Berufsfotografin war, hatte sie diesen Job wegen ihrer Größe bekommen. Das hatte ihr der Projektleiter erzählt, ein rundlicher, vielbeschäftigter Mann mit den langen, spitz zulaufenden Fingern eines kleinen Affen. Diese Finger waren, wenn er sprach, stets in Bewegung, sie klopften auf den Tisch, zupften an seinem Bart oder tanzten gestikulierend durch die Luft. Beryl ertappte sich dabei, wie sie mit dem Auge der Fotografin die unerwartete Anmut dieser Hände beobachtete. Sie würde die Beleuchtung auf der linken Seite aufstellen und dann ganz dicht herangehen. Sie wollte die Finger gespreizt, gegen den freien Raum. Sein volles, kluges Gesicht wollte sie nicht auf dem Foto haben.

Von Berufs wegen fotografierte Beryl nur Tiere. Tiere gaben auf dem Film soviel mehr von sich preis als Menschen. Menschen erweckten nie den Eindruck, als könnten sie sich plötzlich bewegen. Zu sehr waren sie sich des Umstands bewußt, fotografiert zu werden. Sie strichen sich das Haar zurück, blickten in die Kamera, lächelten.

Der Projektleiter sagte: »Wir waren ein klein wenig, hm... übereifrig bei der Herstellung eines unauffälligen Käfigs. Wir haben nicht in Betracht gezogen, wieviel Platz Kleidung und Kameras einnehmen würden.« Während er sprach, hielt er die ganze Zeit über seine wachsamen braunen Augen fest auf ihr Gesicht gerichtet, ganz so, als wäre er sich nur allzusehr der Wichtigkeit eines Blickkontakts bewußt. Beryl bemerkte, daß sie bei dem Versuch, ebenso wachsam zu wirken wie er, viel häufiger blinzelte als gewöhnlich.

»Der Käfig«, sagte er, »sah im Entwurf so geräumig aus.« Er streckte die Hand aus, um ihren Ärmel zu berühren. »Künstlerische Darstellungen können sehr irreführend sein.« Er lehnte sich auf seinem Stuhl zurück, seufzte und zuckte, seine langen Spinnenfinger ausgestreckt in der Luft, mit den Schultern. Eine Geste, so schien es

Beryl, mit der er alles akzeptierte, das Schicksal im allgemeinen und verfehlte Entwürfe im besonderen. Später sollte sie sich fragen, ob sein ganzes Verhalten nicht eher eine Entschuldigung für diese Reise gewesen war.

»Sie sind die einzige«, fügte er hinzu, »die wir in den Käfig setzen können, ohne einen gewissen Sicherheitsstandard zu unterschreiten. Sie werden der erste Mensch sein, der jemals ohne Teleobjektiv Eisbären in freier Wildbahn fotografiert, sozusagen Auge in Auge mit den Bären.« Seine hellen Augen beobachteten ihre Reaktion.

Er sagte: »Ich hoffe, Sie wissen das zu schätzen.«

# 3

Beryl glaubte, daß es in der kleiner werdenden Welt der Zukunft ein positives Attribut sein würde, ebenfalls klein zu sein. Auf diese Weise würden mehr Menschen auf weniger Raum passen, wie bei einem Kleinwagen. Manchmal versuchte sie sich vorzustellen, wie es den männlichen Fotografen in einigen wenigen Jahren ergehen würde, wenn der Welt langsam der Platz ausginge. Sie würden Bierbäuche haben und graue Strähnen im Haar. Sie würden sich daran gewöhnen müssen, Diätlimo zu trinken, Arme und Beine eng an den Körper zu legen, die Stimmen zu senken und häufiger Vollkornprodukte zu essen. Sie würden sich niemals ganz in diese Welt einfügen, deren trügerische Weite sich plötzlich in ein Puppenhaus verwandelt hätte.

Vor einem Jahr hatte sie ein Nachbarskind ins naturwissenschaftliche Museum mitgenommen, zu einer Ausstellung über das weltweite Bevölkerungswachstum. Eine große Zahlentafel an der Wand zeigte die augenblickliche Bevölkerung der Erde. In gleichmäßigen Abständen tickten die Zahlen weiter, mit einem scharfen, endgültigen Geräusch, als kämen die Babys mit schnellen Schritten durch eine Tür marschiert – jetzt gibt es dich noch nicht, jetzt gibt es dich. Sie wußte, ohne danach fragen zu müssen, daß ein Mann diese Tafel gemacht hatte, ein Mann, der anschließend von seinem Werk ein paar Schritte zurückgetreten war und sich lächelnd darüber gefreut hatte, wie die Zahlen auf der sauberen, geölten Maschine vorwärtsklickten, ein Mann voller Zufriedenheit über seine unmißverständliche Darstellung eines Prinzips. Sie wußte, daß er niemals eine Geburt miterlebt hatte.

Zu der Ausstellung hatte auch ein kurzer Tunnel gehört, ähnlich einem geschlossenen Metalldetektor auf einem Flughafen. Auf dem Schild vor dem Tunnel stand, daß beim augenblicklichen Tempo des Bevölkerungswachstums im Jahre 2055 nur noch knapp ein

Quadratmeter Platz für jeden Menschen zur Verfügung stehen würde. Sie stellte sich eine Frau auf diesem einen Quadratmeter vor, eine Toilette unter sich, eine heiße Herdplatte vor sich, einige Bücher hinter sich. Ein Fenster war nicht nötig – was gäbe es schon zu sehen? Von draußen betrachtet, würde der Quadratmeter nebenan nur wie ein großer Sarg aussehen. Die Person in seinem Inneren würde sie nicht sehen wollen.

Beryls Käfig war etwas mehr als doppelt so groß.

Damals hatte Beryl zu große Angst vor der Zukunft gehabt, um durch den Tunnel zu gehen, aber das Nachbarsmädchen war mit ausgestreckten Armen hindurchgehüpft, hatte gelacht und gelacht, bis es über seine eigenen Füße fiel und am anderen Ende des Tunnels auf dem Boden landete.

Nachdem Beryl den Job bekommen hatte, begann sie das lange Sitzen in der Lotusstellung zu üben. Die ersten Male saß sie dabei mitten in ihrem Schlafzimmer, aber da es ihr unlogisch erschien, klein und still in der Mitte eines großen Raumes zu sitzen, nahm sie die Kleider aus ihrem Wandschrank und setzte sich statt dessen dort hinein, bei geschlossener Tür und eingeschaltetem Licht. Der Schrank hatte ungefähr die richtige Breite und die richtige Länge; die Höhe markierte sie mit einem Strich an der Wand. Auf dem Regal über ihr lag ein Stapel alter Pullover und T-Shirts. Obenauf thronte ein einäugiger Teddybär, der nun auf sie herabblinzelte. Sie atmete den süßen Duft von Wolle, Holz und Staub ein. Zweimal am Tag saß sie dort, mit angezogenen Beinen eingezwängt zwischen den Wänden. Sie zog sich dicke Handschuhe an und übte, wie man damit einen Film einlegt, abdrückt, Blenden wechselt. Sie hielt die Arme von den Wänden entfernt, den Kopf gesenkt, die Kamera nahe am Körper. Immer wieder rief sie sich ins Gedächtnis, daß sie sich den Kamerariemen nicht um den Hals oder die Arme schlingen durfte. Sie stellte sich vor, wie sich die Schnalle ihrer Kamera irgendwo verfing, wie ihr Kopf nach vorn gerissen wurde, wie sie ein letztes Mal überrascht aufsah.

Schließlich schnitt sie von ihrer ganzen Ausrüstung die Riemen ab.

Als Beryl fünf Jahre alt war, war ein Mann ihr und ihrer Mutter durch den Park gefolgt. Ihre Mutter erklärte Beryl nicht, was vorging, sondern griff nach ihrer Hand und ging immer schneller und schneller, während sie sie auf interessante Dinge auf dem Weg vor ihnen aufmerksam machte. Ihre Mutter wirkte beunruhigt, aber das war sie schließlich immer, voller Sorgen bei allem, was sie tat, voller Angst, daß irgend etwas schiefging. Sie war damals siebenundvierzig. Sie trug eine Lesebrille und zog sich jeden Tag um elf eine Jeans ihres Mannes an, um nach einem Fernsehkursus Dehnungsübungen zu machen. Beryl hatte erst bemerkt, daß ihre Mutter Angst hatte, als sie nicht mehr schnell genug laufen konnte. Da nahm ihre Mutter sie auf den Arm und ging hastig und ohne ein Wort zu sagen den verlassenen Weg entlang, der nach Hause führte. Sie konnte spüren, wie schnell ihre Mutter atmete, wie ruckartig ihre dünnen Hüften sich bei jedem Schritt bewegten. Sie klammerte sich an ihrer Mutter fest und blickte über ihre Schulter zurück, wo sie einen blonden Mann in Jeans sah, der hinter ihnen herging. Sie hatte ihn an diesem Morgen auf dem Spielplatz schon einmal gesehen.

Beryl beobachtete, wie der Mann immer näher kam. Aber weder er noch ihre Mutter verfielen auch nur ein einziges Mal wirklich in Laufschritt. Beryl und ihre Mutter erreichten die steile Treppe, die zu der belebten Straße weiter unten führte, die Treppe mit den schmalen Stufen. Mit Beryl auf dem Arm dort hinunterzurennen wäre sinnlos gewesen. Beryls Mutter wäre irgendwann gestolpert, oder der Mann hätte sie auf der Treppe eingeholt.

Beryls Mutter blieb stehen. Sie setzte Beryl auf der ersten Treppenstufe ab, und mit ihrer Tochter hinter sich drehte sie sich zu dem Mann um. Sein Schritt verlangsamte sich. Sie stand einfach nur da, den Kopf reglos und aufrecht, die Hände locker und geöffnet an den Hüften. Der Mann blieb anderthalb Meter vor ihnen stehen. Sie warteten. Beryl starrte sein T-Shirt an, auf dem ein Eishörnchen abgebildet war; ein Tropfen drohte gerade über den Rand des Hörnchens zu laufen. Beryl sah, wie klein ihre Mutter im Vergleich zu dem Mann war. Auch die Füße ihrer Mutter waren eher klein, Beryls eigener Schuhgröße näher als der seinen. Ein langer Augenblick verging, während Beryl klar wurde, wieviel sie zu verlieren hatte.

Der Mann atmete langsam und nachdenklich durch den Mund aus und ging dann an ihnen vorbei die Treppe hinunter. Im Vorübergehen strich er ihrer Mutter mit den Fingern über die Wange. Sie zog ihren Kopf nur ein klein wenig zurück, und die Art, wie sie diese Berührung akzeptierte, zeigte Beryl, daß sie auch alles andere akzeptiert hätte.

Sie beobachteten ihn, wie er die Treppe hinunter- und die Straße entlangging, bis er schließlich um eine Ecke bog.

Beryl lebte in Boston, jenseits des Flusses, und viele ihrer besseren Bilder entstanden in Zoos und Tierhandlungen. Sie fotografierte besonders gern kleine, wilde Geschöpfe: Greifvögel, Papageien, Eidechsen, Luchse, Affen und Fledermäuse. Sie nahm sie durch das transparente Plastik ihrer Käfige auf oder ging im Zoo möglichst dicht am Graben in die Knie. Manchmal nahm sie die Gitterstangen auch mit aufs Foto, um den Kontrast zu zeigen. Ihre Bilder waren niemals niedlich. Sie waren eher spekulativ und von Ehrfurcht erfüllt.

Einmal versuchte sie, Wale zu fotografieren, während sie in freier Wildbahn neben ihnen herschwamm. Sie hatte geglaubt, dieser Aufgabe gewachsen zu sein.

Man hatte ihr wieder und wieder erzählt, welch ein tiefes Gefühl von Frieden Menschen in der Nähe von Walen empfänden, umgeben von ihrer Majestät und Schönheit. Beryl konzentrierte sich jedoch mit größerer Sorge auf die Funktionsweise ihrer Sauerstoffflasche und ihres Taucheranzugs – darauf, wie sie atmen mußte und wann – als auf das Gefühl, daß sie den Walen nahe war.

Während sie neben der Führerin herschwamm, dem Ziehen und Saugen ihres eigenen Atems lauschte und stolz darauf war, wie mühelos sie sich ihren Weg durch das Wasser bahnte, veränderte sich ringsum das Licht. Das Wasser verdunkelte sich, wurde ruhiger und strömte dann nach vorn, so daß auch sie etwas vorwärts getragen wurde. Sie blickte nach oben – zwischen ihr und dem Boot, zwischen ihr und der schimmernden Oberfläche des Wassers schwamm ein grauer, glatter Körper, größer als ihr Apartment, größer als alles in ihrem Leben. Ihr erster Gedanke war, daß er herabstürzen und sie zermalmen würde. Daß der Wal jedoch nicht stürzte, ließ sie begreifen, daß sie sich in einer fremden Welt befand, wo nichts von dem, womit sie aufgewachsen war, existierte: keine Arme und Beine, kein Haar, keine Schwerkraft, kein klares Licht, keine scharfen Kanten, keine deutlichen Geräusche.

Der Wal glitt über ihr dahin und drehte sich schließlich leicht im Wasser, um auf sie und die Führerin herabzublicken. Sein riesiges Gesicht, unbeweglich und massig wie grauer Fels, nahm so viel Raum ein, daß sie es nicht im ganzen aufnehmen konnte. Statt dessen suchte sie allen Ausdruck in den tellergroßen Augen.

Nichts aus ihrer Welt existierte, hatte je existiert, war überhaupt von Bedeutung. Sie spürte das Gewicht des gewaltigen Schattens auf ihrer Haut und fing an, zu schnell zu atmen. Mit leisem Rumoren stiegen Luftblasen aus ihr auf.

Die Führerin drehte sich lächelnd zu ihr um, hielt dann jedoch inne. Im aufgewühlten Kielwasser des Wals brachte sie Beryl nach oben, wobei sie ihr beim Aufstieg mit festem Griff zu einem langsamen, eleganten Abgang verhalf.

»Eisbären sind groß«, begann der Dozent, ein Zoologe der kanadischen Regierung, seinen Vortrag über die Bären. Er sprach über ihre Physiologie, ihr Habitat und über das, was er ihren »idealen Populations-Stabilisierungs-Index« nannte. Er berechnete seinen Index anhand einer langen Formel, in die er die Anzahl der Quadratmeilen noch verbliebener Tundra einsetzte sowie die schwankende Robbenbevölkerung und die gesetzlichen Bärenabschußquoten für die eingeborene Eskimobevölkerung.

Beryl hatte sich Block und Bleistift mitgenommen, damit der Dozent glaubte, sie mache sich Notizen. Statt dessen zeichnete sie. Während die Dias mit einem Klicken an ihren Platz rückten und die Leinwand in dem verdunkelten Raum aufleuchtete, zeichnete sie Eisbären. Sie wollte sich an die fremde Anatomie und den Stil ihrer Bewegungen gewöhnen. Sie mußte wissen, was *da* war, bevor sie beginnen konnte, es zu fotografieren. Je mehr sie von einem Tier begriffen hatte, um so besser wurden ihre Bilder. Zuerst erforschte sie jedes Tier: wie seine Hüften in den Rücken übergingen, was es fraß, welches seine nächsten Verwandten waren, wie es sich in jeder seiner Gangarten zu bewegen pflegte. Sie studierte jedes Tier und entwickelte eine Einstellung zu ihm, die dann zu genau der Art von Bildern führte, die sie haben wollte.

Zuerst glichen ihre Eisbärenzeichnungen zotteligen Hunden. Erst nach und nach wurden Bären daraus. Die größten Schwierigkeiten bereiteten ihr die abgeflachten, gesenkten Köpfe, der dunkle, kühle Blick. Die schwarzen Mäuler öffneten sich langsam, die Zähne weiß und glatt.

Sie sah sich die Dias genau an, die Bilder, die dort auf eine drei mal zwei Meter große Leinwand projiziert wurden. Sie versuchte sich klarzumachen, daß diese Leinwandbilder die Bären in ihrer wirklichen Größe zeigten. Sie stellte sich vor, diese Lichtbären würden sich bewegen, würden von der Leinwand herunterkommen und einen Augenblick neben dem Pult und dem Dozenten posieren. Die Leinwand war zehn Meter von ihr entfernt. Um diese Entfernung zurückzulegen, brauchte ein Bär drei ihrer Herzschläge: Er würde sich aufrichten, sich strecken, die Vorderbeine vorschnellen lassen. Ihr bliebe nicht einmal genug Zeit, um sich umzudrehen und ihren ersten Schritt zu machen.

Ein weißer Bär mit zwei Jungen erschien auf dem Bildschirm; das Foto war von hinten aufgenommen. »Das ist ein Weibchen«, sagte der Dozent. »Es ist möglich, ein ausgewachsenes Weibchen an der im allgemeinen geringeren Größe, den längeren Deckhaaren auf den Vorderbeinen und dem weiter ausholenden Gang zu erkennen. Häufig haben die Weibchen Junge im Schlepptau, so wie hier.« Die Jungen, klein und rundlich, trotteten schnell hinter ihrer Mutter her. Ein Mann links von Beryl sagte sarkastisch: »Kille-kille-kille.«

Der Projektor klickte und surrte. Ein Bär stand auf den Hinterbeinen, das massige Gesicht wütend verzogen.

»Das ist ein ausgewachsener männlicher Bär. Die Männchen sind im allgemeinen wesentlich größer und aggressiver. Einzelgänger«, sagte der Dozent. »Aber im übrigen möchte ich klarstellen, daß es keine absolut sichere Methode gibt, aus der Distanz das Geschlecht eines Bären zu bestimmen. Man hat nur die Wahl zwischen einer sachkundigen Mutmaßung und dem Betäubungsgeschoß.« Seine Zuhörer lachten.

Der Bär auf der Leinwand wirkte gar nicht besonders groß – bis sie sah, daß das schwarze Ding vor ihm ein umgekippter Autoreifen war. Sie wußte, daß große männliche Bären es aufrecht stehend auf dreieinhalb Meter bringen konnten, bei einem Gewicht von beinahe zweitausend Pfund. Die Deckenhöhe in ihrer Wohnung war über der Treppe, die zum Atelier hinaufführte, am größten, aber auch dort waren es höchstens drei Meter. Sie malte sich aus, wie der große Bär von dem Foto auf dieser Treppe stand, seine Hinterfüße seitlich versetzt auf zwei verschiedenen Stufen, damit sie genug Platz hatten, eine Tatze gegen die Wand gestützt, den Kopf unter der Decke leicht nach unten gedrückt.

Beryl war in einer Stadt der Menschen, der Hunde und Katzen aufgewachsen. Als Kind hatte sie manchmal auch Pferde und Kühe zu Gesicht bekommen, aber deren Leiber ruhten auf dünnen Stelzen behufter Beine. Die Pferde und Kühe waren domestiziert und trugen Halfter und Sättel. Sie waren nicht breit und massig, nicht mit Klauen bewaffnet, weder fleischfressend noch wild. Von Kindheit an hatte sie große, fleischfressende Raubtiere gesehen, aber auf irgendeine tiefgreifende Weise hatte sie sich niemals an sie gewöhnt, waren sie ihr immer unnatürlich vorgekommen. Sie konnte ebensowenig verstehen, daß diese gewaltigen, gefährlichen Massen sich in Bewegung setzten, wie sie sich vorstellen konnte, daß ein Lastwagen mit einem Zittern und einem Kräuseln seiner metallenen Haut zum Leben erwachte.

Der Dozent drückte auf einen Knopf. Die Leinwand wurde dunkel, dann wieder hell. Ein Bär schwamm geduldig durch ein Meer aus eisblauem, tiefem Wasser; Land war nirgendwo in Sicht. Der Dozent sagte: »Bären verbringen einen Großteil ihres Lebens im Meer, entweder im Wasser oder auf den Eisschollen. Sie sind so kraftvolle Schwimmer, daß man sie manchmal als Meeressäugetiere einstuft, wie Robben oder Delphine.« Seine Stimme war melodisch, mit einer Spur von Langeweile. Beryl fragte sich, wie oft er diesen Vortrag wohl schon gehalten hatte.

Ein Klicken, ein Summen, und ein weißer Bär erschien, den Pelz an Brust, Pfoten und Gesicht verklebt mit rotem Blut, zu seinen Füßen eine tote, gehäutete Robbe. Der Bär schwenkte den Kopf herum, um mit einer Direktheit in die Kamera zu blicken, die den Fotografen sicher zu Tode erschreckt und in den wartenden Hubschrauber hatte fliehen lassen. Die Augen des Bären über dem Blut waren dunkel und glänzend. Der Fotograf hatte in diesem Fall wahrscheinlich aus einer Entfernung von mindestens dreihundert Metern mit einem Teleobjektiv gearbeitet. Einige der stärkeren Objektive konnten noch aus einem halben Kilometer Entfernung die Nasenhaare eines Bären in aller Deutlichkeit abbilden, aber dabei entstand eine starke Verzerrung der Tiefenperspektive. *Natural Photography* wollte Besseres. Beryl würde die Bären aus einer Entfernung von weniger als einem Meter fotografieren und dazu nicht einmal ein Zoomobjektiv benutzen. Jeweils für eine Stunde würde sie die Luft atmen, die die Bären mit ihren Lungen, mit ihrem Leben erwärmt hatten.

Der Dozent erklärte: »Die nächste Diareihe zeigt die Autopsie eines Bären. Der Bär wurde getötet bei dem Versuch, in ein Haus einzubrechen, in dem sich eine Frau und fünf Kinder befanden. Der Bär war ausgehungert. Die Frau hat ihn dreimal mitten in den Schädel geschossen, während er sich weiter durch ihre zertrümmerte Haustür kämpfte.«

»In Nordkanada«, fuhr der Dozent fort, »gibt es in jedem Haushalt mindestens ein Gewehr.« Er drehte sich um, um über seine Schulter hinweg einen Blick auf das Dia zu werfen. »Die Frau sagte, ihre Kinder hätten die Pfoten und Zähne des Bären angefaßt, noch bevor der Bär zu atmen aufhörte.«

Das erste Dia zeigte den Bären vor der Obduktion. Er lag quer über drei Untersuchungstische auf dem Rücken, um ihn herum überall große Stahlinstrumente. Sein Kopf war abgewandt, so daß es beinahe den Anschein hatte, als hielte er nur ein Nickerchen, mit dem Bauch nach oben, wie Bären es bei heißem Wetter zu tun pflegen.

Das nächste Dia zeigte den nunmehr vollkommen enthäuteten Kadaver des Tieres. Sie hörte das schockierte Aufstöhnen aus dem Publikum. Der Bär sah genauso aus wie ein Mensch. Ein großer, nackter Mann mit abgewandtem Gesicht. Ein Bierbauch, Ellbogen, Bizeps, flache, lange Füße, Knie. Genitalien. Ein männliches Wesen. Ein von Haut und Speck befreiter Körper, rosafarben und durchwirkt mit weißen Muskeln und Sehnen, die Hände merkwürdig verzogen. Die Brust ein wenig zu schmal, Arme und Beine übermäßig dick. Die Hüften falsch eingehängt. Sie zwang sich hinzusehen, jeden Unterschied zu verzeichnen. Sie wollte da draußen keine nackten Männer in weißen Bärenfellen fotografieren. Sie wollte wilde Bären sehen, wenn welche vor ihr stünden. Nur Bären. Das Gesicht war ganz anders. Dieses flache Tiergesicht. Die dicke Schnauze, die gewölbte, breite Stirn. Und scharfe Tierzähne.

Bei den übrigen Autopsiebildern sah sie weg.

»In der Arktis«, sagte der Dozent mit einem Blick auf seine Notizen, »kann ein Tier im Winter um so leichter eine konstante Körpertemperatur halten, je größer es ist. Die meisten der Tiere dort sind ziemlich groß: Eisbären, Karibus, Robben, Wale, Wölfe, Moschusochsen. Eisbären leben in einigen der kältesten Gebiete der Erde, in Gebieten, die sich auch heute noch dem menschlichen Zugriff weitgehend entziehen.«

Beryl sah die Bären vor sich, wie sie durch das riesige weiße Land auf dem Dach der Welt streifen. Der Wind heult, und die Tiere legen sich nieder, schmiegen sich in die Schneewehen. Der Schnee ist zwölf Grad wärmer als die Luft. Sie schlafen in ihren eigenen Dekken. Ihre Hinterteile ragen in den Wind, während der Schnee sie langsam unsichtbar macht.

Der Dozent blätterte in seinen Unterlagen. Er blickte einmal auf, ins Publikum, und sah dann wieder hinunter, um weiterzulesen. Beryl dachte, daß seine Notizen wahrscheinlich aus ganzen Sätzen bestünden. »Es ist schwer zu schätzen, wie viele Eisbären es auf der Welt gibt, denn sie haben einen natürlichen Wandertrieb. Man weiß vergleichsweise wenig über sie. Sie überqueren mühelos Ländergrenzen und schwimmen weit hinaus in die Ozeane bis in internationale Gewässer. Sie verbringen den ganzen Winter auf der Suche nach Robben auf dem Eis und wandern durch Zeit- und Datumszonen. Es kommt äußerst selten vor, daß ein Land einen Bären noch einmal wiederfindet, nachdem es ihn markiert hat.«

Beryl hatte Bilder von einem Bären gesehen, der dreißig Kilometer von der Küste entfernt im Wasser schwamm, immer weiter aufs Meer hinaus. Man konnte den oberen Teil seines Kopfes sehen, die dunkle, nasse Nase, die zuckenden Ohren. Das träge V seines Kielwassers, das hinter ihm auf dem Meer langsam verlief, war der einzige Hinweis auf seinen Weg.

»Ein Eisbär kann im Wasser Robben fangen, indem er plötzlich unter ihnen auftaucht«, sagte der Dozent und verlagerte sein Gewicht auf den linken Fuß. »An Land kann er eine vierhundert Pfund schwere Robbe hoch durch die Luft schleudern. Er kann so schnell laufen wie ein Pferd und einem Belugawal mit einem einzigen Hieb seiner Pranke den Kopf wegschlagen.«

Beryl streckte den Arm aus, spannte die Muskeln an.

Sie konnte, so schätzte sie, mit einem Arm einen zwanzig Pfund schweren Stuhl in die Luft schleudern, im Notfall vielleicht auch einen dreißig Pfund schweren Stuhl. Sie wußte es nicht, sie hatte es noch nie versucht. Große Taten machten sie verlegen. Im Gegensatz zu den Männern, mit denen sie hatte konkurrieren müssen, hatte sie niemals die Grenzen ihrer Kraft erprobt. Sie hatte sich immer darauf konzentriert, wieviel genau davon wegzugeben oder zu verlieren sie sich leisten konnte und was das absolute Minimum war, das sie aufbringen mußte.

# 4

Beryl war mit einer Einsamkeit geboren, die sie erst verstand, nachdem sie bereits eine ganze Zeit auf dem College gewesen war. Im Alter von fünf Jahren hatte sie bereits gelernt, stillzusitzen und mit ihrem Vater von Anfang bis Ende die Sechs-Uhr-Nachrichten zu sehen. Sie hatte Szenen nationaler Zerstörung und Verwirrung über den Bildschirm zucken sehen, kommentiert von einem Sprecher mit ernster, tiefer Stimme. Sie hatte gelernt, mit ihrer Mutter lange Spaziergänge zu machen, hatte gelernt, die Arme dabei – wie ihre Mutter – schlaff und nah am Körper zu halten und sie nur zu bewegen, um nach etwas zu greifen, um in größeren Ansammlungen Menschen von sich fernzuhalten und um mit kleinen Gesten Zustimmung oder Mißfallen zu bekunden. Sie hatte so oft gehört, wie wenig ihre Eltern sich leisten konnten, daß sie gelernt hatte, sich selbst als unvernünftigen Luxus zu begreifen.

Während ihres ersten Jahres auf dem College hatte sie Elsie kennengelernt, eine ausgemergelte, anmutige Frau. Beryl bewunderte Elsies müden, fließenden Gang, ihren auf ein Minimum beschränkten Körper, die Art, wie sie ihren Rock raffte, wenn sie mit schnellen Schritten an der Essensschlange vorüberging. Manchmal brachte Elsie Beryl Plätzchen oder Schokoladenkuchen mit und sah dann freundlich lächelnd zu, wie ihre Freundin die Süßigkeiten verspeiste. Elsie selbst aß nur selten, und wenn, dann knabberte sie die Dinge nur an, so daß man denken mußte, sie esse nur aus Höflichkeit. Beryl hielt Elsie für stärker als alle anderen, die sie kannte, ohne Bedürfnisse oder Wünsche, fähig, überall zu überleben.

Beryl begann weniger zu essen. Als sie erst einmal begriffen hatte, wieviel Überflüssiges sie aß, sah sie, wenn sie an sich hinabblickte, bald nur noch bleiches, schlaffes Fleisch. Es befriedigte sie, weniger zu brauchen. Und niemand konnte ihr wegnehmen, was sie gar nicht haben wollte. Sie aß nur noch, wenn Elsie auch aß. Sie gingen überall zusammen hin, machten einander stark. Kein Mann kam je zwischen sie, denn kein Mann hätte in die Härte ihres Regimes gepaßt oder in das Ausmaß ihres Ehrgeizes.

Beryl begann, ihren eigenen Körper als Feind zu begreifen, ihren Hunger als eine Illusion. Jeden Morgen plante sie aufs genaueste ihre tägliche Mahlzeit, stellte sich jeden Bissen vor, wie er in der Schüssel riechen, sich zwischen ihren Zähnen anfühlen, ihre Kehle hinuntergleiten würde. Und bei alledem wünschte sie sich, mehr wie Elsie zu sein und sich überhaupt nichts zu wünschen. Sie hielt die Hände während des Unterrichts immer in der Tasche, so daß sie ihren Leib und ihre Schenkel berühren konnte, analysierend, taxierend. Als sie schließlich Hüften hatte wie ein Junge, war sie glücklich; als ihr Gesicht sich in etwas Elegantes und Elementares verwandelte, war sie euphorisch. Es machte nichts aus, daß ihr Atem nach Verwesung roch, daß sich das Zimmer vor ihren Augen drehte, wenn sie zu schnell aufstand, daß sie stets einen langen Mittagsschlaf brauchte, währenddessen sie, zusammengerollt, aus sich selbst heraustrat und auf die Vertiefung hinabblickte, die ihr beinahe vollständig ausgelöschter Körper in den Kissen hinterließ.

Während dieser Zeit hatte ihre Auffassung von idealer Fraulichkeit keinen Platz für Übergewicht, für Kleider und für körperliche Bedürfnisse. Geschmeidig und stark wie eine Katze wollte sie sein, wild und unabhängig von allem, was andere zu geben hatten.

Im zweiten Collegejahr zog Elsie sich eine Lungenentzündung zu und mußte ihr Studium abbrechen. Die Ärzte erklärten ihren Eltern, sie müsse zwanzig Pfund zunehmen, bevor sie ihre Ausbildung fortsetzen könne. Sie kam nie mehr zurück. Beryl stellte langsam fest, daß sie etwas aß, mehr aß – immer noch nicht genug, aber sie nahm nicht weiter ab. Noch Jahre später glaubte sie, einen Hunger und eine Trägheit in sich zu haben, die viel größer waren als bei anderen Menschen. Nur ganz allmählich brachte sie sich wieder bei, normal zu essen, zu glauben, daß sie das Recht dazu hätte.

Für ihre erste eigene Wohnung – die möglich geworden war durch einen gewissen Erfolg mit ihrer Fotografie – hatte sie sich Überfluß gewünscht, den größtmöglichen Raum, den sie für ihr Geld bekommen konnte. Doch konfrontiert mit den gigantischen, aufgeblähten Behausungen, in die hineinzuwachsen, sie mit ihrem

Geschmack und ihren Gefühlen und ihrem ganzen Wesen auszufüllen sie erst hätte lernen müssen, entschied sie sich für eine kleinere Wohnung in der Nähe der U-Bahn.

Beryl hatte Männer immer beneidet, die Leichtigkeit, mit der sie sich stark wie Tiere vorwärts bewegten, in ihren Mündern unbestrittener Hunger, greifbar wie ein Stück Felsen. Sie hatte sich immer gewünscht, stark zu sein und schnell und sich in ihrem Stuhl zurücklehnen zu können mit dem Gefühl gefährlicher Kraft, dem Gefühl, die Welt sei eigens für sie geschaffen. Männer hatten es leichter, bei der Arbeit, zu Hause, auf Partys. Sie machten Witze, und alle Frauen lachten gehorsam, verblüfft von der Schönheit und dem fraglosen Wohlbehagen des männlichen Mienenspiels.

Beryl stellte sich vor, wie sie mit einer Hand eine vierhundert Pfund schwere Robbe in die Luft warf. Einer ihrer Nachbarn hatte ungefähr dieses Gewicht. Er mußte mindestens dreihundertfünfzig Pfund wiegen und war stark behaart. Es gelänge ihm nie, all die Rollen an seinem Kinn glattzurasieren; Haare sprossen aus den Falten wie Insektenbeine. Sie stellte sich vor, wie sie sich an ihren Nachbarn heranschlich, der Atem in ihrer Brust wie ein scharfer Wind, ihre Schultern breit wie eine Tür. Sie senkte den Kopf und spürte, wie ihr der Pelz dick und warm den Rücken hinunterwuchs, wie ihr Kopf breiter und flacher wurde. Sie stürmte voran, ihr Körper glitt mit nie gekannter Leichtigkeit vorwärts. Die Robbe, ihr Nachbar, eine einzige Ansammlung muskeldurchzogenen Fetts, bäumte sich auf, versuchte sich abzuwenden, in das Loch im Eis neben sich zu entkommen. Sie schob ihre Pranke, größer als ein Eßteller, unter ihn, krümmte den Arm. Ihr Nachbar wirbelte akkurat durch die Luft, beschrieb mit seinem Körper einen fast vollkommenen Kreis. Wie gelähmt stürzte er zu Boden. Sie ging gemächlich auf ihn zu, geifernd, und hob wieder den Arm. Sie spürte die Macht ihrer Größe.

Beryl war zu einer kleinen, dünnen Frau herangewachsen, die den Gegenständen ihrer Fotografie mit einem unbefangenen Schweigen gegenübertrat, das keine Angst auslöste, nicht einmal bei den verletzten Wildfängen, die der Zoo gelegentlich in seiner Obhut hatte. Diese Geschöpfe standen zitternd in den finstersten Ecken, mit von Schmerz verdunkelten Augen und vom Ansturm auf die ungewohnten Metallstäbe blutenden Gesichtern. Sie hatte Tiere sich vor Angst selbst töten sehen, Hirsche, die hochsprangen und den Kopf immer wieder gegen die Gitterstäbe rammten, um diesem seltsamen Ort zu entkommen. Beryl machte keine plötzlichen Bewegungen, die diesen tödlichen Schrecken auslösen konnten, noch stand sie vollkommen reglos da wie ein Jäger. Sie entspannte sich, bewegte sich ganz langsam und stellte ohne Drohung ihre Kameras ein. Sie atmete mit den Tieren, stand schwer und geduldig da, als wäre sie ebenfalls eine Gefangene. Sie gebrauchte keine Kosenamen oder Babylaute und streckte keine leeren Hände aus. Die Tiere beobachteten ihre beruhigenden Gesten, hörten sanftes Klicken, geduldiges Surren, das leise Seufzen ihrer Turnschuhe. Die dünnknochigen Rippen der Tiere bebten bei jedem Atemzug.

# 5

Zwischen ihren Eltern gab es niemals offenen Streit. Sie beschimpften sich nicht, erhoben nicht die Stimme oder verfielen auf große, wütende Gesten. Sie stritten leise, mit versteinerten Gesichtern und harten Stimmen, die einander »Schatz« nannten. Ihr Schweigen überdauerte ganze Abende, unterbrochen nur durch ein gelegentliches Räuspern, das sich in die Stimmen aus dem Fernseher mischte.

Beryl erinnerte sich an ein Abendessen, bei dem ihre Mutter in das lange Schweigen hinein plötzlich gesagt hatte: »Ja, ich hatte einen schönen Tag. Danke der Nachfrage.«

Ihr Vater lachte, ein hartes Geräusch, mehr wie ein Bellen.

Beryl blickte zu Boden und versuchte, aus den gelben Flecken im Linoleum Gesichter zu formen. Wieder breitete sich Schweigen aus, und die Spannung wurde größer und größer. Beryl konnte kein einziges Gesicht im Linoleum erkennen. Unterm Tisch sah sie nur die Füße ihrer Eltern, die fest und schwer auf dem Boden standen. Beryl blickte nicht auf.

Jahre später fragte Beryl einmal ihre Mutter, warum sie nie offen miteinander gestritten hätten, und ihre Mutter sagte: »Wir dachten, es sei schlecht für ein Kind, seine Eltern streiten zu sehen.« Beryl fragte, ob sie sich je gestritten hätten, wenn sie allein waren, und ihre Mutter antwortete voller Stolz: »O nein, wir haben immer versucht, uns wie zivilisierte Menschen zu benehmen.«

Als Kind hatte sie geträumt, ihre Eltern rissen einander die Eingeweide aus dem Leib, kratzten sich die Augen aus, zerrten einander an Lebern und Lungen. Überraschenderweise war das Gefühl, mit dem sie danach aufwachte, Erleichterung gewesen.

Der absolute Nullpunkt liegt bei minus zweihundertdreiundsiebzig Grad Celsius. Nichts kann kälter werden oder ruhiger. Die Atome werden langsamer, verharren schließlich ganz. Das ist der absolute Tod, ohne jede Chance für das Leben, für Veränderungen, für Energie auf niedrigster Ebene. Wissenschaftler wetteifern miteinander, in ihren Metallen, in ihren Laboratorien, mit großen Maschinen, mächtigen Computern diese Kälte zu erzeugen. Beryl las in der Zeitung darüber, während sie im Park am Fluß saß. Und doch hatte noch kein Wissenschaftler eine Theorie über eine absolute Höchsttemperatur vorgelegt, über die Obergrenze für die Existenz von Materie, bevor sie in reine Energie explodiert. Die Temperatur im Zentrum der Sonne liegt irgendwo bei fünfzehn Millionen Grad. Wäre der Druck höher, der die Masse zusammenhält, könnte es sogar noch heißer sein.

Das Leben auf diesem Planeten gedeiht so viel näher dem niedrigsten Punkt von Wärme, von Bewegung, von Energie. Näher der absoluten, schwarzen Ruhe von Raum und Tod, weit entfernt vom Weiß der Sonne. Eisbären gehören zu den Geschöpfen mit der besten Anpassung an diese Kälte. Bei zwanzig Grad minus legen sie sich nieder, das Hinterteil in den Wind gestreckt; bei minus vierzig bedecken sie ihr Gesicht. Bei dieser Temperatur wird Metall brüchig, Wodka gefriert, eine Rose zerspringt.

Weißer Pelz, schwarze Mäuler. Die Bären gedeihen in dieser Kälte, trotten gemächlich durch die Arktis.

Beryl wußte, daß in der zukünftigen Welt der kleineren Dinge für Eisbären wahrscheinlich kein Platz mehr sein würde. Der Treibhauseffekt würde den Nordpol um neun Grad erwärmen. Das Eis, auf dem die Bären im Winter leben, würde sich erst viel später im Jahr bilden und früher wieder tauen, so daß die Bären sich in einer Bucht von tausend Meilen Breite zusammendrängen müßten. Die Robben, von denen die Bären sich ernähren, würden ohne festes Eis nicht überleben. Sie würden nachts keinen Platz zum Schlafen finden, keinen Platz, wo sie ihre Jungen gebären könnten. Sie würden in den nur langsam gefrierenden Gewässern schwimmen, erschöpft und trächtig. Sie würden ihr Gewicht auf Eis wuchten, das noch nicht so weit erstarrt ist, um sie zu tragen. Das Eis würde langsam unter ihnen nachgeben, bis den Robben nichts anderes übrigbliebe, als weiterzuschwimmen. Sie würden ertrinken, das Gewicht ihrer ungeborenen Jungen würde sie in einem langsamen Strudel in die Tiefe der dunklen arktischen Gewässer ziehen.

Der Kabeljau, den die Robben fressen, lebt von Algen, die auf dem Eis wachsen. Die Algen würden keinen Platz zum Wachsen mehr haben. Die Arktis ist eine unbeugsame Welt: Nur wenige Arten leben das ganze Jahr über dort, vermögen es, in der kurzen Wachstumsperiode zu gedeihen. In der Arktis bleiben die Reifenabdrücke eines Lastwagens jahrelang erhalten; das Eis vertieft sie sogar noch. Die unaufhaltsam sich mehrenden Spuren des Menschen – die Fährten von Schneemobilen, Bulldozern, Pipelines – sind nicht zu übersehen. In einem Klima, in dem die Lager der frühen Polarforscher zu dauerhaften Museen gefroren sind, in dem ihre Schlittenhunde noch immer zusammengekauert daliegen, mit im Wind flatterndem Haar, in dem der Geruch eines Robbenkadavers hundert rauschhafte arktische Sommer überdauern kann – in einem Klima wie diesem kann auch schon eine weggeworfene Coladose die Zivilisation überleben.

Das Eis, das durch den Treibhauseffekt von den Polen schmilzt, würde die Ozeane füllen und die Meere anschwellen lassen. Beryl lebte in Boston, einer Hafenstadt. Wenn sie durch die Straßen ging, stellte sie sich vor, wie die Baumwipfel sich sanft in den Wellen wiegten, Kissen an ihr vorübertrieben, ein Kinderspielzeug sich an einer Kirchturmspitze verfing. Das Licht flackerte blau und kraftvoll.

Das Wasser dränge an allen Küsten weiter vor. Wetterstrukturen veränderten sich. Die Great Plains würden zu Wüsten. Nahrungsmittelpreise schnellten in die Höhe. Der Winter würde zögerlicher, Pflanzen versuchten, bereits im Februar zu wachsen. Der jährliche Tierzug geriete durcheinander, und sonderbare Unwetter griffen um sich: Donner im Januar, Schneestürme im Mai. Einige Arten – Eisbären, Elche, Lachse – wären ausgelöscht. Andere – Schaben, Ratten, Möwen – vermehrten sich wie toll.

Dies war die aus dem Lot geratene, verwundete Welt, mit der Beryl für die Zukunft rechnete, dies war die Welt, für die sie geschaffen zu sein glaubte. Eine Welt, die nur noch für kleine, geduldige Überlebende gedacht war; alles Wundersame nur noch in Büchern zu finden, mit Fotografien so fremd wie Legenden.

Das war auch der Grund, warum sie Eisbären fotografieren wollte. Sie wollte kein Bild von sich selbst hinterlassen, keinen Grabstein, keinen Nachruf. Ihr lag nichts daran, ihre Gene weiterzugeben oder ein Buch zu schreiben oder einen hohen Berg zu besteigen. Sie wollte lediglich Fotos von einem Geschöpf gemacht haben, das ehrfurchtgebietend war und fremd. Ein Geschöpf, das sich selbst im Käfig noch allem menschlichen Fassungsvermögen entzog.

Beryl stellte sich vor, von dort aus, wo sie in ihrer Lotusposition saß und übte, das längliche Gesicht des Bären durch die Gitterstäbe des Käfigs zu sehen. Seines Käfigs, ihres Käfigs. Sie richtete ihre Kamera auf ihn. Schwerfällig und langsam näherte er sich dem warmen Geruch von Leben. Die Kamera klickte, hielt jeden seiner Schritte fest.

# 6

Beryl hatte früher vor vielen Dingen Angst gehabt. Chemikalien, Autos, Atomkriege, Religion, rostige Nägel, die Ozonschicht, Aids. Sie beschleunigte ihren Schritt, wenn sie die Straße überquerte, denn sie konnte das Auto um die Ecke brausen hören, das sie starr und steif auf der Straße zurücklassen würde, so als habe sie sich ein letztes Mal entspannt. Beim Zahnarzt konzentrierte sie sich so sehr auf Zähne und Zahnfleisch, daß die erste Berührung der Metallspitze ihr Bewußtsein durchbohrte wie der Ausbruch einer Explosion. Tagsüber legte sie sich manchmal allein in ihr Zimmer, um wegen all der Angst, die ihre Seele erfüllte, vor Wut zu schluchzen.

Mit sechzehn Jahren hatte sie ein Magengeschwür. Als sie sich in der Praxis ihres Arztes das Bild eines solchen Geschwüres ansah, erfüllte es sie mit Befriedigung, daß ihr Körper sich unter dem Druck auflöste, wie sie es erwartet hatte – so, wie sie glaubte, daß die Welt sich ebenfalls auflösen würde.

Seit sie denken konnte, hatte sie alles getan, um ihre Angst zu verbergen, um sie weniger stark erscheinen zu lassen. Nach und nach machte sie sich ein ausdrucksloses Gesicht zu eigen, ruhige Hände, eine vorsichtige Stimme. Sie machte einen Chemiekurs mit, fuhr Autos, aß ungewaschene Früchte. Sie führte ein normales Leben, zwang die Anspannung aus Armen und Beinen und hielt ihr Lächeln offen und unerschütterlich wie ein fremdartiger Kampffisch. Aber nachts schlang sie angesichts all der Ungewißheiten, die ihr Schicksal waren, die Arme um ihren Bauch wie ihre Mutter.

Tagsüber machte sie Fotos wie ihr Vater, so daß sie ihre reglose, farbige Welt in Händen halten und niemand sie ihr wegnehmen konnte, so daß niemand an ihren flüchtigen Eindrücken größerer Augenblicke etwas ändern konnte, auch dann nicht, wenn sie morgen starb.

Einmal hatte sie für eine große Collage, die sie an die Decke klebte, über hundert Bilder von ihrem Zimmer gemacht. Jedes Bild deutete mit der beherrschten Einfachheit eines Stillebens etwas viel Größeres an. Wenn Beryl nachts zu dieser Collage aufblickte, wurde sie von einem Gefühl des Friedens durchflutet, denn sie wußte, daß ein Teil ihrer selbst sich als magisch, unerschrocken und tapfer zu erkennen gegeben hatte.

Beryl hatte keine Angst mehr vor dem Tod. Seit dem letzten Jahr nicht mehr, als ihr Wagen zwei Tage vor Weihnachten in einem vollen, trägen Kreis über vier Fahrspuren geschleudert war.

Bevor sie ins Schleudern geriet, hatte sie Angst gehabt. Fünf Zentimeter Schneematsch lagen auf der Autobahn, und es schneite weiter. Sie duckte sich über das Lenkrad, den Hals angespannt, den Kopf vorgereckt. Der Zwischenfall ereignete sich am Ende der ersten Stunde, die sie außerhalb von Boston unterwegs war. Sie befand sich auf der linken Spur und sah ein schwarzes Schimmern unter den Reifen des Wagens vor ihr.

Eis, dachte sie, schwarzes Eis, und dann geriet ihr Wagen ins Schleudern. Sie spürte, wie eine intensive Wärme ihren Körper füllte, und einen Augenblick lang dachte sie daran, das Fenster herunterzukurbeln. Sie bediente den schleudernden Wagen, wie man es ihr immer eingeschärft hatte, und er begann seine langsame Pirouette über vier Fahrspuren hinweg. Sie sah die flachen, verängstigten Gesichter der Menschen, die sie aus den vorüberfahrenden Wagen anblickten. Ihr eigenes Gesicht, dachte sie, muß gerötet sein. Der Wagen drehte sich weiter, und sie glitt rückwärts wieder auf die Autobahn; durch den langsam fallenden Schnee konnte sie die Scheinwerfer herannahender Autos erkennen. Ein Paar Scheinwerfer warf ein viel größeres Licht als die anderen, und sie hörte sich selbst sagen: »Lastwagen.« Während sie in die Scheinwerfer starrte, sah sie das vertraute Bild ihres eigenen Sterbens: ihr Körper viel älter, das Gesicht abgewandt. Sie sah, wie sich das Bild ihres Todes veränderte, sah sich selbst mit neunundzwanzig. Ihr Körper, so wie er jetzt saß, ihre Hände locker auf diesem Lenkrad, die Kleider, die sie trug, der Gesichtsausdruck, den sie zeigte. Das Gefühl, das ihren Körper beherrschte, war fast friedlich. Das Gefühl der Wärme war ausgelöscht.

Ihr Wagen verlangsamte sich, kam auf der rechten Fahrspur zum Stehen. Er stand genau in entgegengesetzter Richtung, dem näher kommenden Laster zugewandt. Ihre Hand bewegte sich zum Schaltknüppel, warf den Wagen in den Rückwärtsgang. Er rollte auf den Pannenstreifen und blieb stehen. Ein leichtes Beben schüttelte den Wagen, als der Laster vorüberdonnerte.

Sie kurbelte das Fenster herunter und stellte überrascht fest, daß sie nicht zitterte. Der feuchte Geruch von Kiefern wehte durchs Fenster, und sie bewunderte die schneebedeckten Bäume am Straßenrand. Ihre stille Schönheit verblüffte sie. Sie schien viel klarer zu sehen als sonst. Dann öffnete sie die Tür und erbrach, was von ihrem Mittagessen übriggeblieben war, in den Schnee. Es war nichts Festes dabei. Der Geschmack hinten in ihrer Kehle schien eine Schärfe zu haben wie ausgeworfenes Blut. Sie konnte sich nicht erinnern, wann sie sich das letzte Mal übergeben hatte.

Als sie auf die Flüssigkeit blickte, die sich durch den Schnee schmolz, begriff sie zum erstenmal, daß es genau so passieren würde. Ein normaler Tag, eine normale Tätigkeit und dann – der Tod. Der Gedanke war neu für sie. Sie grübelte darüber nach, während die feuchten Flocken auf ihr Haar fielen, ihre Hand auf dem Türgriff lag und sie den schweren Geräuschen der Wagen lauschte, die sich mühsam durch den Schnee pflügten. Sie dachte, daß sie andere, weniger offensichtliche Zusammenstöße mit dem Tod überlebt haben mußte – ihr Fuß, der in der Dusche nicht auf die Seife getreten war, Fieber, das zurückgegangen war, eine aufgeblähte Dose Bohnen, die sie weggeworfen hatte. Solche Dinge passierten ständig, und sie hatte sie bisher nicht bemerkt. Früher war ihr der Tod immer so unnatürlich, so extrem und unfair erschienen, so fremd in ihrem Leben.

Sie rieb sich etwas sauberen Schnee auf die Stirn, nahm dann noch ein wenig, um sich den Mund damit auszuspülen. Sobald die Schönheit der Bäume weniger streng schien, schloß sie die Tür, wendete vorsichtig den Wagen und blickte über ihre Schulter auf die Straße, um sich wieder in den Verkehr einzufädeln.

Danach schlief sie tagelang länger als gewöhnlich, und das einfachste Essen schmeckte wunderbar. Es dauerte sehr lange, bis sie begriff, daß sie ihre schlimmsten Ängste irgendwo in dieser Pirouette hinter sich gelassen hatte, daß sie dort im Schnee liegengeblieben waren wie ein toter Körper.

Zwei Wochen nach diesem Erlebnis entschloß sich Beryl zu dem Versuch, einen Fuchs zu fotografieren, der angeblich auf einem der großen Grundstücke in Brookline leben sollte. Sie schlich sich noch vor Anbruch der Dämmerung die vierhundert Meter lange Auffahrt hinauf und kauerte sich in der Nähe des Fuchsbaus so dicht wie möglich an einen gefällten Baum. Die vielen Leuchtschilder mit der Aufschrift *Privatbesitz, Überwachungsvorrichtungen* flößten ihr weit größere Angst ein als der Fuchs. In der ersten halben Stunde sah sie vor ihrem inneren Auge Männer in schwarzen Uniformen mit schaukelnden Gewehren auf sich zukommen, aber dann setzte sie dieser Vorstellung ein anderes Bild entgegen: ein kleines Blutgerinnsel auf dem Weg zu ihrem Gehirn oder ihrem Herzen, der reglose Schock, ihr erschlaffendes Gesicht, die Kamera, die ihr aus den Händen glitt. Das, so machte sie sich klar, war eine weit wahrscheinlichere Bedrohung.

Auf dem Rücken liegend, sah sie zu, wie sich das Licht am Himmel hinter den kahlen, winterlichen Baumwipfeln langsam veränderte. Ein kleines Geschöpf, vielleicht eine Maus, raschelte links von ihr träge durch die Blätter, aber sie konnte nicht erkennen, was es war, denn sie hielt die Kamera immer noch fest ans Auge gedrückt. Die Beine schliefen ihr ein, schließlich auch Rücken und Hals, und sie preßte sich immer noch die Kamera ans Gesicht, den Finger auf dem Auslöser, dorthin gewandt, wo das Auftauchen des Fuchses am wahrscheinlichsten war. Sie versank in einen stillen Traumzustand, in dem sie viele Dinge wahrnahm, ohne darüber nachzudenken. Sie hörte viele Tiere, ohne in Panik zu geraten, vergaß ihre Angst vor den Männern.

Sie nahm nichts Ungewöhnliches wahr, bevor es passierte. Sie sah nur roten Pelz, von glitzerndem Tau überzogen, große, braune, erschrockene Augen, die sie ansahen, und eine kleine, schwarze Nase. Die Kamera klickte, und der Fuchs sprang über Beryl hinweg; eine leichte, harte Pfote stieß sich von ihrer Hand ab. Das Foto zeigte wilde Schönheit, die Farbe des Pelzes hell leuchtend gegen dunkles Blattwerk, die intelligenten Augen, die stille Dämmerung.

Der Tod, so begriff Beryl, wartete nicht eigens auf sie, aber er würde sie bekommen, ganz gleich, was sie tat.

Einen Monat später sah sie an einer Anschlagtafel im Büro ein Flugblatt über die Eisbärenexpedition im Herbst. Zu eben dieser Zeit würde ihr Vertrag mit der Zeitschrift enden. Sie dachte, wenn sie es nicht auf der Stelle täte, würde sie es niemals tun. Sie bewarb sich um den Job.

Beryl wußte, warum man sie ausgewählt hatte, warum Größe ein wesentlicher Faktor war, warum man den Käfig nicht einfach so groß wie möglich gemacht hatte, groß genug für eine ganze Gruppe männlicher Fotografen, die mit gezückten Kameras von einer Seite zur anderen liefen, erregt durch die Nähe ihrer Beute, die Zahl ihrer Opfer; sie würden einander ihre Treffer zurufen, während in der Mitte des Käfigs ein Radio spielte.

*Natural Photography* wollte sie, Beryl, nicht dort haben. Die Bären wollten sie nicht dort haben. Und was das wichtigste war, die Bilder durften auf keinen Fall ihre Anwesenheit dort verraten.

Ein Naturfoto muß immer den Eindruck erwecken, als gäbe es in einem Umkreis von hundert Kilometern keine Menschen, nicht einmal einen Fotografen. Der Betrachter muß das Gefühl haben, daß das Bild das Tier und seine Welt ohne Menschen eingefangen hatte, ohne sich in das Land hineinfressende Städte, ohne giftige Abwässer. Hier, auf dem Papier, schimmert die Welt – noch unverdorben und natürlich, wild und gefährlich.

Worauf es ankam, war, sowenig Raum wie möglich einzunehmen, so daß die Bären sich ganz normal verhalten und sie ignorieren würden. Sie war einfach nur dort, um die Wahrheit zu erkennen, das Objektiv auf die Bären zu richten, auf den Knopf zu drücken. Still zu sein, reglos und klein. Sie war sicher, daß die Zeitschrift lieber eine ferngesteuerte Kamera aufgestellt hätte, als zuzulassen, daß sie sich an die Eisbären heranmachte, im Käfig, mit Risiko. Aber *Natural Photography* war berühmt für seine Fotos. Die Bilder durften nicht weniger als perfekt sein. Statt der ferngesteuerten Kamera hatte die Zeitschrift sich für den raumsparendsten, unauffälligsten Fotografen entschieden, den sie finden konnte.

Zwei Nächte vor ihrem Abflug hatte Sara, eine Freundin, sie zu einer Party eingeladen, während der sie einen Toast auf Beryl ausbrachte, zur Anerkennung ihrer »Tapferkeit«. Bei ihrer kleinen Ansprache hatte Sara Beryl »die Bärenfrau« genannt. Wenn nur ein oder zwei Fremde dort gewesen wären, hätte Beryl nichts gegen diese Bezeichnung einzuwenden gehabt, aber es befanden sich mindestens zwanzig Leute in Saras Wohnzimmer, von denen Beryl kaum jemanden kannte, und Männer wie Frauen starrten sie an, als sei sie ein Kunstobjekt, das jemand von dieser Expedition mit heimgebracht hatte. Die Luft im Zimmer schien sehr drückend, sehr warm. Beryl sehnte sich danach, den Raum zu verlassen, sich abzukühlen. Nachdem Sara den Toast ausgebracht hatte, war eine Pause entstanden, und die Leute hatten alle Beryl angesehen.

Man erwartete offensichtlich etwas von ihr. In solchen Situationen würde ihr Vater immer einen Witz erzählen, etwas Altes und Abgedroschenes, das die Hälfte des Publikums bereits kannte. Die Leute würden lachen, zusammengeschweißt von peinlicher Verlegenheit, und die Party würde von neuem beginnen. Mit gelindem Entsetzen hörte sie sich selbst in Gegenwart all dieser Leute einen Witz über drei Priester in einem Boot beginnen. Sie erzählte nur selten Witze. Sie war sich nicht einmal sicher, ob sie diesen überhaupt verstanden hatte. Aber nachdem sie erst einmal begonnen hatte, kämpfte sie sich auch hindurch, wobei sie versuchte, sich an alle wichtigen Einzelheiten zu erinnern. Die Leute hörten ihr zu, mit zur Seite geneigten Köpfen, ihres Urteils noch nicht sicher.

Unmittelbar vor der Pointe wurde sie von einem Mann unterbrochen: »Will noch jemand einen Drink?« Er zeigte mit der Hand auf die Küche. Die Leute sahen zu ihm hinüber.

Beryl hörte auf zu sprechen, aus dem Konzept gebracht. Die Frauen senkten verlegen den Blick.

Ein anderer Mann sagte: »Ja, bitte.«

Beryl wartete einen Augenblick und versuchte es dann noch einmal.

Der zweite Mann fügte hinzu: »Für mich ein dunkles Bier.«

Nun beugte sich ein großer, blonder Mann zu ihr und bestand darauf, daß sie die Pointe erzählte. Er entschuldigte sich für die Grobheit seiner Freunde.

Beryl sagte: »Nein, danke.« Sie wußte, daß es jetzt nicht mehr funktionieren würde. Der Mann bestand darauf. Er legte seine Hand auf ihre Schulter. Seine Augen waren ernst und entschlossen; vielleicht glaubte er, nett zu sein. Sie erzählte die Pointe. Die Komik war zerstört, und nur einige der Frauen lachten, aus Mitleid.

Sie versuchte, sich diese drei Männer in weißen Pelzanzügen vorzustellen, wie sie über das gefrorene Meer zogen, ihre Grobheit Teil eines uralten, ritualisierten Machtkampfs. Sie waren zu laut für einen kleinen, kalten Käfig in der Tundra. Sie waren sogar für diese Party zu laut. Beryl war sicher, daß sie in der Welt der Zukunft aussterben würden. Nur die, die daran gewöhnt waren, von Überresten irgendwelcher Art zu leben, würden in der Zukunft eine Chance haben – die Frauen, die Armen. Einige Menschen in Indien mochten sogar zu ungeahnter Lebenskraft erwachen. Am Ende der Party bestand der blonde Mann darauf, Beryl nach Hause zu bringen. Er sagte, die Straßen und die U-Bahn seien abends zu gefährlich für eine Frau ohne Begleitung. Schließlich nahm sie sein Angebot an, weil verschiedene Leute sie lächelnd beobachteten. Er schien mit den meisten von ihnen befreundet zu sein, besonders mit den Frauen, mit denen er sich unbefangen unterhielt, wobei er regelmäßig eine Hand ausstreckte, um ihr Haar oder ihre Hände zu berühren. Er hatte ungewöhnlich breite Wangenknochen und grüne Augen. Die Frauen hörten ihm begierig zu und lächelten bei seiner Berührung.

Als er und Beryl seinen auf der Straße geparkten Wagen erreichten, wies er mit einem kleinen Kopfnicken, das Bescheidenheit andeuten sollte, in dessen Richtung. Die gewölbten, anmutigen Kurven glitzerten und strotzten nur so vor Kraft und Geld. Beryl wußte, daß der Wagen zwar klein aussah, in Wirklichkeit aber einfach kompakt war wie ein schwarzes Loch. Wenn man ihn richtig zerlegte und die Einzelteile ausbreitete, würde er sich in ein Haus mit einem Rasen verwandeln oder in einen drei Stockwerke hohen Berg von Nahrungsmitteln. Sie wußte, daß es in der Welt der Zukunft solche Autos nicht einmal mehr im Museum geben würde. Es würde keine Privathäuser mit Rasen mehr geben und keine Vergnügungsfahrzeuge. Es würde nur noch kleine Gruppen von Menschen geben, die um des Überlebens willen voneinander abhängig waren.

Man würde in einer kranken und ausgeplünderten Natur hart und stetig für seine Nahrung arbeiten müssen. Diese Autos würden nur noch auf Fotografien existieren, zusammen mit den Bären.

Als er den Wagen in Bewegung setzte, hörte Beryl das weiche Klicken automatischer Türschlösser. Sie warf einen unbehaglichen Blick auf ihre Tür.

»Sicherheitsmechanismus«, sagte er, als er Gas gab und auf die Straße einbog. »Damit keiner von uns in den Kurven rausfällt.« Er fuhr gekonnt und zu schnell, während er über seine Arbeit im internationalen Bankgeschäft plauderte. Immer wieder wandte er seinen Blick von der Straße ab, um Beryl anzusehen, während er sprach. Wenn er das tat, ertappte sie sich dabei, wie sie den Blick von ihm abwandte und nach vorn auf die Straße sah, um nach etwaigen Hindernissen Ausschau zu halten.

Als er den Wagen vor ihrem Haus parkte, beugte er sich mit einer Schnelligkeit über sie, die sie nicht für möglich gehalten hätte. Die Luft im Wagen schien sich zusammenzuziehen. Beryl drückte sich gegen die Tür. Der Wagen wurde zu einem Käfig. Der Mann war so groß, so seltsam seelenlos, daß sie für einen Augenblick lang den Eindruck hatte, daß sie nicht derselben Spezies angehören konnten. Niemand sah ihnen jetzt zu, und er betrachtete sie aufmerksam, mit einem Gesichtsausdruck, wie ihn Männer zeigen, wenn sie ganz in der Reparatur eines Möbelstücks aufgehen oder sich ein Fußballspiel anschauen. Die Art von Ausdruck, die man hat, wenn man allein ist. Sie glaubte, sie könne sich umdrehen und versuchen, die Tür zu entriegeln, aber sie hatte nicht die geringste Lust, ihm den Rücken zuzukehren.

»Hauen Sie ab«, sagte sie. Sie erschrak selbst über die klare Tiefe ihrer Stimme.

Er schien sie nicht zu hören. Er hob seine Hand an ihr Gesicht und sagte, er fühle sich geehrt, so nahe bei einer so ungezähmten Frau zu sein. Sie zog ihren Kopf zurück, preßte ihn gegen das Glas der Scheibe. Seine Hand folgte.

Sie dachte: Eine ungezähmte Frau. Sie sagte: »Gehen Sie weg.«

Seine Hand glitt über ihren Hals, seine Finger schlüpften am Schlüsselbein unter ihre Bluse. Sie saß seitlich in den Sitz gepreßt. Weiter konnte sie sich nicht von ihm entfernen. Zu ihrer eigenen

Überraschung zog sie ihren Arm zurück und drosch ihre Faust mit einer Kraft auf seinen harten Nasenrücken, von der sie immer geträumt hatte. Unter ihrer Hand spürte sie ein leises Klicken, wie bei einem Lichtschalter. Unter ihrer Hand öffnete sich sein Mund zu einem hohen, dünnen, schrillen Schrei.

Sie entriegelte die Tür, riß sie auf und lief den Weg zu ihrem Haus hinauf, wo sie hinter der verschlossenen Tür eine Stunde lang zitternd auf und ab ging, bevor sie sich hinsetzen und voller Unglauben die Hand betrachten konnte, von der eine solche Gewalt ausgegangen war.

Sie mußte hier weg.

# 7

Im Buschflugzeug von Winnipeg nach Churchill in Manitoba hatte Beryl Gelegenheit, zwei weitere Mitglieder der vierköpfigen Expedition kennenzulernen.

David Golding setzte sich auf den Platz neben ihr. Er war einer der besten Naturfilmer überhaupt, aber auch ihn hatte man seiner Größe wegen ausgesucht. Er war nur zwei oder drei Zentimeter größer als Beryl und genauso mager. Er trug eine modische Lederjacke, die ihrer Meinung nach viel zu dünn war für die Gegend, in die sie reisten. Seine Gesichtszüge wirkten ein wenig übertrieben, wie eine Karikatur – übergroße Nase, scharfe, humorvolle Augen, die Lippen eine schmale klare Linie. Sie dachte, er sähe aus wie ein Elf auf Einkaufsbummel in Soho. Als er sich auf dem Flughafen vorstellte, dröhnte seine Stimme viel lauter, als es zu seiner kleinen Gestalt paßte; er erinnerte sie an einen Nachrichtensprecher aus dem Fernsehen. Seine durch die Wartehalle grollende Stimme war ihr ein wenig peinlich. Sie konnte förmlich spüren, wie die Leute sich umdrehten, um sie und die beiden Männer anzusehen. Ihre eigene Stimme schrumpfte daraufhin in sich zusammen, und sie mußten sie zweimal fragen, wie ihre Reise bisher verlaufen war.

Das zweite Mitglied des Teams war der Zoologe Butler. Er saß auf der anderen Seite neben David. Butler würde sie in Hinblick auf das Verhalten der Bären beraten und den Text zu Beryls Fotos schreiben. Er hatte sich nur mit seinem Nachnamen vorgestellt. Beryl nahm an, daß sein Vorname etwas Feminines war, wie Cecil oder Francis. Butler trug die praktische, robuste Kleidung eines Menschen, der sich einen kurzen, gewöhnlichen Namen mit harten Konsonanten wünschte, Nick vielleicht oder Ted. Butler war groß und kräftig gebaut; er stand immer wieder auf und blieb dann unruhig im Gang stehen, mit in die Gesäßtaschen eingehakten Daumen und vorgeschobenem Becken. Er hielt sich nirgends fest, um in dem unberechenbar auf und ab hüpfenden Flugzeug das Gleichgewicht zu halten. Beryl sah die ganze Zeit über zu dem Piloten im offenen Cockpit hin und versicherte sich, daß er Butler nicht bei seiner Mißachtung des Leuchtschildes *Bitte anschnallen* ertappte. Sie fühlte sich wie in der fünften Klasse, wenn sie ihren Freundinnen dabei zugesehen hatte, wie sie auf der Toilette heimlich Zigaretten rauchten.

David trug eine große Armbanduhr, die in funkelnder Dreidimensionalität das Bild eines geöffneten Auges zur Schau stellte. Als er bemerkte, daß Beryl das Auge betrachtete, fragte er mit dröhnender Stimme: »Gefällt dir die Uhr? Sie ist ein Hologramm meines eigenen Auges.«

Butler warf aus den Augenwinkeln einen kurzen Blick auf die Uhr, und Beryls Mund hatte sich wahrscheinlich ein wenig geöffnet, denn David lachte und streckte die Hand aus, um ihren Arm zu berühren.

»Tut mir leid, das war gelogen«, sagte er. »Das tue ich dauernd. Ich habe die Uhr nur wegen dieses einen Moments gekauft, wenn die Leute heimlich den Blick senken, um ein zweites Mal hinzusehen.« Sie sah jetzt, daß das Auge im Hologramm blau war, während er selbst braune Augen hatte. Seine Berührung auf ihrem Arm fühlte sich warm und leicht an, aber sie zog sich trotzdem tiefer in ihren Sitz zurück, denn wenn er sprach, konnte sie seinen Atem auf ihrem Gesicht spüren und das käsebestäubte Popcorn riechen, das er vorher im Terminal gegessen hatte. Manchmal wünschte sie sich, die Ohren wie eine Katze anlegen zu können, wenn ihr die Leute mit ihren Gesichtern zu nahe kamen.

»Deine erste Expedition?« fragte er. »Angst? Meine erste ging zu den Piranhas, und auf dem Flug da runter hab ich mir dauernd meine Arme und Beine angeschaut und mich gefragt, wie die Prothesen wohl aussehen würden.« Er schnaubte leise.

Sie hatte mal ein Special über Madagaskar gesehen, an dem er mitgearbeitet hatte. An einer Stelle war die Kamera ganz nah herangegangen und hatte einen Adler bei der Jagd verfolgt. Sie hatte das Flattern der Federn auf seinem Hals gesehen, die Anspannung in seinen Schultern, seine grausamen goldenen Augen. Jedesmal, wenn der Adler herabstieß oder kehrtmachte und seine ledrigen, bekrallten Füße leer in die Luft stießen, schwenkte die Kamera hinterher; sie folgte dem Adler nicht, sondern bewegte sich synchron mit ihm. Es gelang Beryl nicht, den lauten Mann neben ihr mit der Begabung und dem Instinkt dieser Kameraarbeit in Einklang zu bringen.

»Um damals die Piranhas zu filmen«, sagte er, »mußte ich mich in ein Ding legen, das praktisch nichts anderes war als ein durchsichtiger Plastiksarg. An einem Ende ragte eine Kamera ins Wasser. Der Kasten mußte transparent sein, damit er nicht so viele unattraktive Schatten auf die kleinen Fischchen warf. Ich mußte mich zwei Wochen lang jeden Tag in das Ding legen und versuchen, in diesem braunen, schmierigen Fluß die Kamera richtig einzustellen. Der Kasten hat nicht besonders gut funktioniert. Ich wurde naß. Die Kamera wurde naß. Zwei Hitachis haben ihren Geist aufgegeben, bevor wir die Sache aufgesteckt und richtige Unterwasserkameras bestellt haben.« Er hielt eine imaginäre Kamera hoch und spähte hindurch. »Die Tropen sind irre. Schon mal dagewesen?«

Beryl schüttelte den Kopf, aber er sprach so unbeirrt weiter, als habe er gar keine Antwort erwartet. Hinter David sah sie Butler, der sich in seinem Sitz zurücklehnte und aus dem Fenster starrte, als hörte er nicht zu.

»Da wächst einfach alles. Alles – und schnell. Pflanzen, Tiere, Pilze. Autogenese ist eine Tatsache des Lebens. Sogar dein Mittagessen steht auf und hüpft dir vom Teller, wenn du es nicht schnell genug aufißt. Eidechsen bewegen sich mit einer Schnelligkeit, das ist einfach unglaublich. Fließende Bewegungen wie Säugetiere. Als ich da im Fluß lag und dauernd naß war, ist mir so ein irrer orangefarbener Wasserpilz im Haar gewachsen, an den Wurzeln. Sah aus wie ein mutierter Hahnenkamm, als es etwas größer wurde. Mußte drei Monate lang mit kahlrasiertem Kopf rumlaufen.« Er strich sich mit der Hand über den Kopf, um zu zeigen, was er meinte. »War fürchterlich. Ohne Haare ragte mir die Nase noch schlimmer aus dem Gesicht als sonst. Ich sah aus wie ein Miniatur-Kojak.«

An dieser Stelle sah er sie von der Seite an. »Aha. Erwischt. Du hast dir meinen Zinken angeguckt. Faszinierend, wie? Irgendwie quadratisch, hm? Wie ein Tischgrill. Du hast doch ›Tischgrill‹ gedacht, oder? Gib's zu.«

Sie sah ihn an, begann zu lächeln.

»Wenn die Piranhas kamen, dann immer gleich ein ganzer Schwarm. Tauchten alle gleichzeitig vor mir im Schlamm auf, nur ein, zwei Meter entfernt. Kamen auf mich zugeschwommen. Ziemlich schnell. Die Viecher haben mir jedesmal einen Scheißschrecken eingejagt – bis ihre kleinen Körper dann gegen das Glas krachten.« Er lächelte, breit und bösartig. Sie lachte überrascht. Er berührte sie abermals am Arm. »He, du hast ein nettes Lachen«, sagte er. Seine Augen waren von durchdringendem Braun, und das linke blinzelte pausenlos, ein Ergebnis der Kameraarbeit. »Ich glaube, ich werde gern mit dir zusammenarbeiten. Obwohl du weiß Gott zuviel redest.«

Für Beryl gab es vor allem zwei Arten von Berührung – die eine voll unverhohlener Sexualität, die andere wie eine Folge kleiner Schläge, dazu gedacht, sie auf Distanz zu halten. Davids Berührung störte sie jedoch nicht im mindesten. Seine Hand lag trocken und warm auf ihrem Arm, und sie hatte das Gefühl, als wüßte er, wie schwer es ihr heute morgen gefallen war, sich von ihren Eltern zu verabschieden und ins Flugzeug zu steigen. Seine Stimme irritierte sie lange nicht mehr so wie am Anfang. Er war vielleicht schwul, überlegte sie, oder hatte eine Frau, die er von ganzem Herzen liebte.

»Mach dir mal keine Sorgen«, sagte er. »Das Schwierigste für mich war, zu lernen, daß ich den Mund halten mußte, wenn die Kamera lief. In einigen meiner besten Filme hört man mittendrin meine Stimme, die verkündet ›Scheiße, da geht er hin!‹ oder solche Dinge. Aber du machst ja Standfotos, da ist das kein Problem.« Obwohl sein Gesicht jung aussah – Anfang Dreißig vielleicht –, wurde sein Haar langsam grau, und von der ständigen Kameraarbeit war sein Hals dauerhaft vorgereckt. Er würde ebenfalls in den Käfig steigen.

Nach der ersten Stunde sagte David: »Pst. He, Butler.«

Butler, der im Gang stand, blickte zu ihm hinüber.

»Warum stehst du die ganze Zeit da rum?« fragte David.

Butler hob die Augenbrauen. »Ich mag keine kleinen Sitze; macht mich nervös, wenn alle Leute sitzen und ich auch sitzen bleiben muß. Dann tun mir sämtliche Knochen weh. Sobald wir in Churchill sind, bin ich wenigstens wieder im Freien, auf meinen eigenen

Füßen.« Er breitete in dem kleinen Flugzeug die Arme aus, als wolle er die ganze Weite der Prärie umschlingen. Seine rechte Hand schlug gegen das Gepäckregal über ihm.

Beryl fragte ihn, ob er auf dem Land geboren sei, und er antwortete lächelnd: »Nein, ich habe bis zu meinem fünfzehnten Lebensjahr in Queens gelebt.« David gluckste und wollte seine Hand auf Butlers Hüfte legen. Butler trat einen Schritt zurück und kaschierte diese Bewegung dann, indem er sich schnell auf seinen Sitz fallen ließ.

Später am Nachmittag kürzte Butler Beryls Namen zu »Bär« ab und lachte laut über seinen eigenen Witz. Es war dieses offene Lachen, das Beryl zum erstenmal darauf aufmerksam machte, wie groß und weich seine Lippen waren. Obwohl seine übrigen Gesichtszüge sehr maskulin wirkten – breite Kiefer, starke Nase –, hatte er dicke, sinnliche Lippen, die Beryl vage an Marilyn Monroe erinnerten. Meistens zog er den Mund auseinander und preßte die Lippen fest zusammen, damit sie dünner erschienen. Diese Gewohnheit verlieh seinem Gesicht einen angespannten Ausdruck und ließ ihn schroffer wirken, als es sonst vielleicht der Fall gewesen wäre.

David begann von seinem ersten Film über Seekühe zu erzählen. »Sie sehen aus, als hätte jemand ein Walroß mit Grandma Walton gekreuzt. Solides Fett, große feuchte Augen. Eine ganze Ansammlung von ihnen hängt vor dir im Wasser, mit hocherhobenen Köpfen, als stünden sie aufrecht da. Wenn ich's recht bedenke, sehen die Viecher haargenauso aus wie meine Tante Amelia in ihrem Flanellnachthemd...«

»Ha«, sagte Butler. »Seekühe sind ungefähr genauso interessant wie Milchkühe beim Furzen.« Er verzog seinen Mund zu etwas Ähnlichem wie einem Grinsen. David lächelte höflich. Seine Hände hielten in der Bewegung inne und sanken wieder auf seinen Schoß zurück. Butler blickte den Gang hinauf.

Beryl sah von einem zum anderen. Sie fühlte sich dafür verantwortlich, das Schweigen zwischen ihnen zu brechen. Sie versuchte, sich leichthin zu erkundigen, wie die beiden zu ihren Berufen gekommen waren.

»Oh«, sagte David, »für mich stand fest, was ich mal werden

wollte, seit ich als Kind zugesehen habe, wie eine Episode aus Mutual of Omaha's ›Im Reich der wilden Tiere‹ gefilmt wurde. Ich bin in der Stadt groß geworden – Faustball in den Nebenstraßen, Baseball auf dem Parkplatz. Ich kann nicht in Worte fassen, welche Ehrfurcht ich in Gegenwart dieser kraftvollen, tapferen, schweigsamen Männer empfand, die die Wildnis kannten. Meine Ehrfurcht hielt auch dann noch an, als der Grizzly, mit dem Jim vor der Kamera kämpfen sollte, mit einer Schubkarre aufs Set gerollt wurde, bis zum Stehkragen mit Betäubungsmitteln vollgepumpt.«

David imitierte Marlin Perkins' langsame und bedächtige Redeweise, als kaue er unablässig auf einem Stück Leder herum. Er rollte bei seiner Aufführung nachdrücklich mit Mund und Augen, und Beryl fand, das Ganze sei eigentlich weniger eine Imitation als eine Interpretation, die Reduktion eines Charakters auf seinen Kern, vollzogen in Davids habituellen Gesten, in seinem Mienenspiel. Es machte ihm eindeutig Spaß, sich zu produzieren.

Butler sagte, sein älterer Bruder habe ihn früher immer auf Expeditionen durch den botanischen Garten mitgenommen, wo sie dann so taten, als seien sie Lewis und Clark auf der Suche nach dem Pazifik. Dann lächelte Butler still vor sich hin und sah aus dem Fenster. Beryl war aufgefallen, daß er von seinem Bruder in der Vergangenheit gesprochen hatte. Sie spürte, wie David sich auf seinem Sitz ein wenig zurechtsetzte, aber keiner von ihnen unterbrach Butler, der ihnen erklärte, die Besuche im botanischen Garten seien das Beste in seinem Leben gewesen. Er hatte sich für seinen Beruf entschieden, nachdem er eine Bierwerbung gesehen hatte: Eine Filmcrew nach einem langen, heißen Tag in der Savanne. Sie hatten ihre Löwen im Kasten und verbrachten nun den Feierabend am Lagerfeuer mit Liedern und Bier. Genau so etwas hätte sein Bruder sich ausgesucht, fand er damals.

»Du brauchst nicht zu antworten, wenn du nicht willst, aber was ist mit deinem Bruder passiert?« fragte Beryl. Ihre Stimme war weich, und sie erwartete, Butler würde nun von einem außergewöhnlichen Verkehrsunfall erzählen, bei dem er ums Leben gekommen war, oder von einer tödlichen Kinderkrankheit. Sie spürte bereits, wie sich der tröstende, traurige Ausdruck auf ihrem Gesicht formte.

Butler sah sie an, und sie spürte, daß er sie für neugierig hielt. »Er ist weggelaufen«, sagte er. »Als er vierzehn war. Wir haben ihn seither nie wiedergesehen.« Er lehnte sich in seinem Sitz zurück und sah aus dem Fenster. Sie konnte nur noch seinen Hinterkopf sehen, die rosafarbene Mulde hinter seinem Ohr. Mit leiserer Stimme setzte er hinzu: »Sein Name war Stanley.«

Beryl versuchte sich vorzustellen, wie es gewesen wäre, mit dem Gedanken an einen geliebten älteren Bruder aufzuwachsen, an einen Bruder, der sie im Stich gelassen hatte, der jederzeit wieder auftauchen konnte. Sie sah den jungen Butler im Garten vor dem Haus, wo er immer nur die Spiele spielte, bei denen er sich von seinem Bruder antreffen lassen mochte – falls der Bruder plötzlich wieder auftauchte. Sie stellte sich Butler vor, der jeden Tag gedacht hatte, sein Bruder würde wieder nach Hause kommen, wenn er selbst nur ein klein wenig besser wäre, ein klein wenig mehr so, wie sein Bruder ihn gern gehabt hätte. Sie sah ihn vor sich, wie er sich um diesen Job bewarb.

Beryl fragte die Männer, ob jemand sie zum Flughafen gebracht habe. Sie wollte, daß sie ihr dieselbe Frage stellten. Sie wollte sagen, sie habe einen Freund, der sich dort von ihr verabschiedet habe. Sie würde einen ganzen Monat mit diesen Männern zusammenleben und wollte keine sexuellen Spannungen. Ihr Freund sollte Max heißen. Max schien ihr genau die Art Name zu sein, den ein langjähriger Freund haben sollte. Zu Hause hatte sie seinen Namen auf dem Anrufbeantworter hinterlassen, um potentielle Einbrecher abzuschrecken.

David sagte, ein Freund habe ihn netterweise durch den entsetzlichen Verkehr kutschiert; Butler war selbst gefahren. Keiner von beiden fragte Beryl.

Beryl wußte, daß ihr Leben möglicherweise von diesen Männern abhing. Sie unterhielt sich abwechselnd mit ihnen und hörte aufmerksam zu, wenn sie antworteten. Später wurde ihr klar, daß sie nur in der Vergangenheitsform über ihr Leben gesprochen hatten, ohne ein einziges Wort über die Expedition zu verlieren.

# 8

Nachdem sie Winnipeg hinter sich gelassen hatten, sahen sie keine weiteren Städte mehr. Nach zwanzig Minuten gab es nicht einmal mehr Straßen, Häuser oder gerodetes Land. Vom Flugzeugfenster aus betrachtete Beryl eine geschlagene halbe Stunde lang die unter ihr dahinfliegende Landschaft, ohne auch nur eine einzige Hochspannungsleitung zu entdecken. Sie hatte das Gefühl, zweihundert Jahre zurückgereist oder auf einem anderen Planeten zu sein. Um drei Uhr nachmittags ließen sie auch die Bäume hinter sich. Das Land jagte unter ihnen dahin, flach, grau-grün, durchbrochen von gewundenen Flüssen und kristallblauen Seen, unberührt sogar von Schmutz, denn die Arktis kennt keine so komplexe Substanz wie Schmutz, nur Fels und Sand wie eine neugeborene Welt. Krume kann sich nur bilden, wo es hohe Bäume gibt, kriechende Würmer, Bakterien, Verwesung. Einen Meter unter der Oberfläche ist der Boden auf ewig gefroren, sommers wie winters. Die Zeit kennt kein Maß. Ein einziger Tag kann zwei Monate dauern, während die Sonne hoch oben am Himmel träge Kreise zieht, Runde um Runde, wie ein Falke auf der Jagd. Frühling und Herbst existieren nicht wirklich. Der Sommer ist ein schneller und verzweifelter Vorstoß.

Beryl war verblüfft von der Weite des flachen Landes, das weder von Hügeln noch von Bergen begrenzt wurde. In einem Land wie diesem konnten große Tiere überleben, konnten ihr ganzes Leben in Freiheit verbringen, ohne zu wissen, daß es Menschen gab.

Gegen Mittag fiel ihr ein breiter, brauner Fluß auf, der sich von dem Eiswasserblau der anderen deutlich unterschied. Sie legte eine Hand auf Davids Arm, zeigte hinunter auf den braunen Schwaden und erkundigte sich nach dem Namen des Flusses. Er hob den Zeigefinger, um ihr zu bedeuten, daß sie warten sollte, und ging zum Piloten hinüber. Als David sich wieder hinsetzte, begann das kleine Buschflugzeug mit einer Geschwindigkeit herabzustoßen, die Beryl den Magen bis hoch in die Lungen drückte und sie mit einem flauen Gefühl in ihren Sitz preßte. Als das Flugzeug sich dann wieder fing, warf sie einen vorsichtigen Blick aus dem Fenster. Sie glitten vielleicht zwanzig Meter über dem Boden dahin.

Nach einem Augenblick begriff sie, daß sie auf einen Fluß aus Karibus hinabblickte. Große Tiere mit kleinen Geweihen und Jungtiere, die mit hocherhobenen Köpfen neben ihnen hertrotteten. Die Karibus strömten unter ihr dahin wie Wasser, ein wirbelnder, stetiger Strudel. Sie bewegten sich mit dem geduldigen, unbeirrbaren Gang der Unbezähmbaren. Beryl versuchte, aus ihrem schmalen Flugzeugfenster so weit wie möglich zu sehen, und konnte kein Ende ausmachen, weder vorn noch hinten, noch zu den Seiten hin. Sie hatte noch nie so viele Tiere auf einmal gesehen; sie hatte noch nie so viele Menschen auf einmal gesehen. Die Bewegung setzte sich einfach fort, strömte nach Süden dahin, über ein Land, das aussah, als könne es nichts Größeres ernähren als Vögel und kleine Nagetiere. Nicht einmal Bäume konnten so hoch im Norden existieren. Und hier waren zehntausend Karibus.

Der Pilot stellte für einen Augenblick den Motor ab, und sie glitten in plötzlichem, pfeifendem Schweigen dahin. David hob den Zeigefinger und formte lautlos das Wort: »Horch.« Nach einem Augenblick konnte sie es über das Geräusch des Windes hinweg hören, das feine, nachhallende Klicken ihrer Hufe auf den Felsen, das hohl dröhnende Krachen zusammenstoßender Geweihe. Sie beugte sich in ihrem Sitz vor und lauschte den überwältigenden Lauten einer Spezies auf ihrer Wanderschaft durch ein Gebiet, das Barren Grounds, ödes Land, genannt wurde.

Während sie weiter über die Tundra flogen, bemerkte Beryl nach und nach ein Leuchten in der Luft draußen vor dem Flugzeugfenster, eine seltsame Klarheit. Später erfuhr sie auch den Grund für dieses Phänomen: Es gab weniger Staub in der Luft hier oben im Norden, weniger Feuchtigkeit. Während sie weiter nordwärts flogen, konnte sie plötzlich auf große Entfernung Einzelheiten erkennen, so als habe sie ihr ganzes bisheriges Leben, ohne davon etwas zu ahnen, in einem Nebel verbracht. Die Umrisse eines fernen Sees enthüllten sich so klar wie in einem Traum, als lägen sie ihr direkt vor Augen. Im Flugzeug dagegen, in dem sie seit Winnipeg saßen, erschienen ihr ihre Mitpassagiere dunkler als zuvor und leicht unscharf.

Die klare Fernsicht würde mit dem Herannahen des Winters noch intensiver werden. Für das Wochenende war bereits Schnee angesagt. Sie blickte durch das Flugzeugfenster hinunter auf diesen neuen Planeten.

In Churchill mußten sie auf das letzte Mitglied der Gruppe warten. Keiner von ihnen wußte, wie Jean-Claude, der einheimische Führer, aussah, aber er würde leicht zu erkennen sein; der Flugplatz war leer, bis auf einen Süßigkeitenapparat und einen Klapptisch, auf dem Flugtickets ausgebreitet lagen. Beryl, an die glitzernden Mammutflugplätze von New York und Boston gewöhnt, betrachtete ungläubig die schlichten Furnierholzwände, die einen Raum von der Größe eines Wohnzimmers umschlossen. Die Wände hatten nicht einmal Fenster; der einzige Schmuck war ein großes Poster von einer Frau, die aus der Brandung heraustrat, quer über ihr nasses T-Shirt die Buchstaben *Hawaii* geschrieben. Beryl sah, daß Butler und David ebenfalls das Poster entdeckt hatten, und beobachtete ihre Gesichter. David schien einfach amüsiert zu sein. Butler ließ seinen Blick vom Gesicht der Frau über ihren Körper gleiten, als wäre sie eine reale Person.

»Jean-Claude ist erst zwanzig Jahre alt«, sagte Butler, während sie warteten. »Aber er hat schon seit seinem vierzehnten Lebensjahr Gruppen geführt. Er hat sich eine Menge Respekt verschafft mit seinen Ortskenntnissen und seinem Gespür für das Wetter, aber sein eigentlicher Ruhm gründet sich vor allem auf seine Fähigkeit, schlimme Situationen zu überleben. Unglaubliche Situationen. Vor drei Jahren wollte eine Gruppe – finanziert von irgendeiner Schneemobilgesellschaft – mitten im Winter die Hudsonbai überqueren. Für eine Werbekampagne, in der sie die Leistungskraft ihrer Maschinen zeigen wollten.

Jemand, der nicht wenigstens einmal längere Zeit bei richtigem Arktiswetter draußen war, kann das nicht begreifen. Materialien verändern sich. Metall zerbricht einem in der Hand. Gummi und Plastik zerspringen. Sogar Gas verdickt sich und funktioniert nicht mehr so gut. Die Feuchtigkeit von deinem Atem und deinem Schweiß friert augenblicklich auf deinen Kleidern fest, in deinem Haar, in den Schlafsäcken. Es gibt keine Möglichkeit, das Zeug wieder aufzutauen und das Eis rauszubekommen. Am Ende einer langen Reise kann dein Schlafsack dreißig Pfund wiegen. Wenn du ihn ausrollen willst, mußt du zuerst draufspringen, um das Eis zu zerbrechen.

Diese Schneemobilleute hatten vor der Expedition alle erdenklichen Experimente mit ihren Maschinen gemacht, sämtliche Labortests, aber sie verstanden die Kälte nicht. Ganz gleich, wie hochentwickelt die Kleider sind, die du trägst – wenn du nur still auf einer Maschine sitzt, erfrierst du.«

David schauderte. Er faßte sich an die Nase, als suche er nach Frostbeulen, und sagte: »Ich hasse Kälte. Ich finde sie einfach zum Kotzen.«

Butler machte ein überraschtes Gesicht. »Kälte ist etwas Großartiges«, sagte er. »Man hat das Gefühl, stärker zu sein, wenn man wieder reinkommt.«

»Tut sie nicht. Ich fühle mich wie ein nasses Handtuch. Die Kälte geht mir bis in die Knochen. Mir sind Aufträge in den Tropen eindeutig lieber. Diesen habe ich nur angenommen, weil sie mir dafür Venezuela im Januar versprochen haben. Paarungszeit der Baumschnecken. Die Biester werden da unten zu reinen Monstern.« Er streckte die Hände aus, um seine Feststellung zu verdeutlichen. »Und sie machen ihr Igittigitt mitten in der Luft, auf so einem Seil aus Schleim, das von einem Ast herunterhängt. Bei meinem Glück wird der Schleim reißen, und sie landen, platschdich, auf mir drauf und machen fröhlich weiter.« Er verzog das Gesicht und rieb sich mit den Fingerspitzen die Nase. »Aber wenigstens bin ich schön braun, wenn ich zurückkomme.«

Beryl beobachtete, wie Butler seinen Mund zu einer schmalen Linie verzog, während er David zuhörte. Sie fragte, wie die Leute früher nur mit Hunden in der Arktis zurechtgekommen seien.

»Oh«, sagte Butler, »mit einem Hundeteam kommt man eigentlich viel besser zurecht. Mit Hunden muß man die ganze Zeit in Bewegung bleiben, damit sie weiterlaufen: Man muß die Peitsche schwingen, neben dem Schlitten herlaufen, dafür sorgen, daß er nicht das Gleichgewicht verliert, und manchmal muß man den Hunden sogar beim Ziehen helfen. Nachdem man den ganzen Tag über in Bewegung war, muß man abends erst einmal zwanzig Minuten lang im Kreis herumlaufen und dabei die Handschuhe gegeneinanderschlagen, damit die Hände wenigstens wieder soweit funktionieren, daß man das Zelt aufstellen kann, das Feuer anzünden, Essen aufwärmen und Wasser auftauen. Es ist merkwürdig mit dieser Kälte. Sie macht dich langsam. Dein Körper weigert sich schlicht, die einfachsten Aufgaben zu verrichten.«

»Hört mal«, sagte David, »ich gehe jetzt rüber zu diesem Poster, um mir die Frau anzusehen, wie sie da am Strand in der Tropensonne brät. Ich werde meine Gedanken auf Wärme und Sonnenbräune konzentrieren, und wenn ihr zwei diese Diskussion beendet habt, könnt ihr mich ja rufen.« David ging zu dem Poster und begann, seine Taschen nach Kleingeld für den Süßigkeitenautomaten abzusuchen.

Beryl bemerkte, daß Butler die nassen Brüste der Frau auf dem Poster betrachtete, als würden sie im nächsten Augenblick irgend etwas Interessantes anstellen. »Was ist aus der Schneemobilgruppe geworden?« fragte sie. Er wandte ihr wieder den Kopf zu und sah sie an.

»Die Schneemobile haben am zweiten Tag den Geist aufgegeben. Dreihundert Kilometer von Churchill entfernt. Ohne die Maschinen konnten sie die Nahrungsmittel und Zelte, die sie brauchten, nicht ziehen. Jean-Claude hat drei von den fünf Leuten lebendig da rausgebracht.«

Ein kleiner Mann trat durch die Tür und schloß sie hinter sich. David kam von dem Süßigkeitenautomaten zurück. Der Mann ging mit ausgestreckter Hand auf die drei zu. Sein Gang war mühsam und mechanisch; irgend etwas stimmte nicht mit seiner rechten Hüfte, eine leichte Steifheit. Beryl erfaßte mit einem Blick, daß er einer Reihe schwieriger Situationen entkommen war, indem er genau so gegangen war, viele, viele Meilen weit. Er hatte sogar die Schlittenhunde überlebt.

Sie wäre nie darauf gekommen, daß er erst zwanzig Jahre alt war. Die Unerbittlichkeit der kurzen, aber stetigen Sommersonne hatte seine Augenbrauen zu einem reinen Weiß ausgebleicht. Sein Gesicht bewegte sich mit einer Steifheit wie bei älteren Menschen, die ihr ganzes Leben am Meer verbracht haben. Ein leichter, rosiger Hauch überzog seine Haut und ließ nur drei weiße Flecken auf seinen Wangen aus, die etwa die Größe von Vierteldollarstücken hatten. Je rosiger der Rest seines Gesichtes wurde, um so totenbleicher wirkten diese Stellen. Auswirkungen des eisigen Frosts. Sie wußte nicht, ob sein Erröten von der Hitze des Raumes rührte oder von der Notwendigkeit, sie zu begrüßen.

Er nahm ihre Hand. Sie spürte eine trockene, aufgerauhte Handfläche, wie die rissige Pfote eines Hundes. Sie wußte, daß sich ihre eigene Hand im Vergleich dazu weich und schwach anfühlen mußte. Sein Blick ruhte auf ihr, blau und fest. Sie wußte, daß er darüber nachdachte, wie sie reagieren würde, wenn etwas schiefging, ob sie überleben würde. Er ließ ihre Hand los und begrüßte die beiden anderen. Beryl fragte sich, was er wohl sehen mochte. Jean-Claude nickte, griff nach einigen Gepäckstücken und ging ihnen voran zur Tür. Beryl sah zu, wie die Männer ihm folgten. David versuchte, den Reißverschluß seiner dünnen Jacke hochzuziehen, während er gleichzeitig zwei Taschen über dem Arm trug. Die Taschen schlugen ihm gegen die Brust. Er senkte seinen Kopf tiefer in den Jackenkragen.

Butler gähnte und reckte seine langen Arme, bis es in seinem Kreuz krachte. Dann packte er drei Taschen und schlenderte durch die Tür ins Freie.

Beryl berührte die Innenfläche ihrer Hand, die Jean-Claude geschüttelt hatte. Ihre Hand mit den gelenkigen Fingern eines Affen fühlte sich weich an. Sie roch schon die klare Luft draußen und spürte, wie sich etwas in ihr löste. Sie griff nach ihren eigenen Taschen und trat durch die Tür.

Beryl schätzte die Temperatur draußen vor dem Terminal auf etwa null Grad Celsius. Der Wind, der hier wehte, war der, den sie kannte. Es roch nach Meer, nach Salz. Die Luft war wie das, was sie zu atmen gewohnt war. Die Kälte schien erträglich. In der Dunkelheit und aus dem Auto heraus war das einzige, was sie von Churchill wahrnahm, die Tatsache, daß die Straße sehr schlecht war und daß man erst hundert Meter vor dem Hotel die ersten Lichter menschlicher Behausungen sah. Das Hotel hatte einen abgetretenen roten Teppich und einen ausgestopften Elch in der Halle.

In der Nacht verwechselte sie im Schlaf die Bettlaken mit den weißen Armen eines riesigen Bären, der sanft mit ihr über die weiten, sanft gewellten Ebenen der Tundra walzte.

# 9

Am Morgen ging sie nach draußen und stand eine Weile auf dem Parkplatz vor dem Hotel. Ihr ganzes Leben hatte sie in einer Landschaft zugebracht, die sie überragte, die ihr den Blick versperrte. Sie hatte zwischen Häusern gelebt und in den Bergen Ferien gemacht, war durch baumgesäumte Straßen gefahren. Hier zog sich das Land flach und offen dahin. Es gab keine Bäume. Keine Gebäude außerhalb der Stadt, keine Zäune oder Freileitungen, keine Hecken und kein langes, wiegendes Gras, das von der vollkommen flachen Linie des Landes ablenken konnte, die den Blick bis zum Horizont zog. Der größte Teil der Flechten und der Tundravegetation war nicht höher als ein gut gemähter Rasen. Wären die Gebäude nicht gewesen, hätte sie ebensogut mitten auf einem Golfplatz von der Größe Chinas stehen können. Die Klarheit der Luft tat ihr in den Augen weh. Der glatte Horizont nahm auch in der Ferne nichts Blaues und Verschwommenes an. Sie fragte sich, wie weit er entfernt sein mochte. Sie hatte das Gefühl, als könne sie ihrem Blick auf diese Unendlichkeit nicht die rechte Schärfe geben.

Über ihr riß die Wolkendecke auf, gab über ihrem Kopf klar und leuchtend einen ebenmäßigen Kreis frei. Der Himmel war eine Naturgewalt von verblüffend hellem Bermudablau. Er erhob sich zu einer Größe, die alles übertraf, was sie je zuvor gesehen hatte. Der Himmel ließ das Land unter sich auf etwas Zwergenhaftes zusammenschrumpfen, in Größe, Farbe und Tiefe. Um in dieser Welt leben zu können, würde sie der unendlichen Weite des Himmels widerstehen und immer daran denken müssen, welchen Teil der Welt sie bewohnte.

Die Stadt selbst kauerte sich dicht an die Erde. Die ein- oder zweistöckigen Fertighäuser hatten alle einen trostlos grauen, beigefarben oder weißen Anstrich und sehr kleine Fenster. Der Parkplatz war unbefestigt. Die Betonstraße hob und senkte sich mit den Rissen und Höckern des Winters. Vor den Häusern parkten kleine Lieferwagen und Jeeps, Fahrzeuge, die auf diesen Straßen und den Wegen hinter dem Flugplatz und der städtischen Müllkippe fahren konnten. Keine einzige Autobahn ging aus der Stadt heraus, denn es gab keinen Ort, zu dem sie hätte führen können. Die Gärten der letzten Häuser verschmolzen mit der Tundra, die sich draußen ausbreitete, achthundert Kilometer weit ohne jede Unterbrechung. Angefangen von Autos und Früchten bis hin zu Plastikpaneelen und Alkohol wurde alles per Bahn oder Flugzeug herbeigeschafft. Die Stadt erwirtschaftete ihr Einkommen mit Fischfang und Tourismus.

Beryl fand, daß die Gebäude die sie umgebende Landschaft ihrer Schönheit und ihrer Ausgewogenheit beraubten. Die dumpfen Farben, die schmutzigen Straßen, der rissige, holperige Beton. Am anderen Ende der Stadt konnte sie Felsblöcke sehen und dann die Straße, die zur Müllkippe führte. Dahinter das Meer, offen und grau.

Vom Beginn des Sommers bis irgendwann im November, wenn das Meer wieder gefriert, gibt es für die Bären nicht viel zu fressen. Sie bevorzugen Robben, und sie sind dafür gemacht, vom Eis aus auf Robbenjagd zu gehen. Im Laufe des Sommers, wenn das Meer geschmolzen ist, verlieren die Bären bis zu einem Drittel ihres Körpergewichts.

Sechzig Kilometer östlich von Churchill liegt Cape Churchill. Am Kap gefriert das Meer früher als irgendwo sonst in der Hudsonbai, weil dort frisches Wasser aus dem Churchill-River in die Bucht fließt. Im Oktober strömen die Bären in immer größerer Zahl in die Gegend um Churchill und harren während der Monate Oktober und November geduldig ohne Nahrung aus. Sie brechen in leerstehende Hütten ein und suchen die städtische Müllkippe heim, wo sie mit feinen, schwarzen Zungen alte Erdnußbuttergläser auslecken. Dann wandern sie um Mitternacht schwer und geisterhaft durch die Straßen der Stadt und brummen nachdenklich vor sich hin, wie Menschen, die ganz in Gedanken versunken sind. Sobald das Eis stark genug ist, ihr Gewicht zu tragen, stolzieren sie über seine Oberfläche davon, fort zu ihren Winterjagdgründen, weit weg von den Menschen, auf das gefrorene Meer, zu den warmen Robben.

Es läßt sich nicht vorhersagen, wie die Bären auf Menschen reagieren. Manchmal laufen sie weg, und ihre kurzen Schwänze schnellen vor Schreck in die Höhe. Manchmal kommen sie näher heran, wobei sie ihre Köpfe schnuppernd von einer Seite zur anderen schwingen. Manchmal pirschen sie sich auch an einen Menschen heran und verfolgen ihn, schweigend und weiß.

Die Leute in der Stadt halten ihre Kinder und Tiere im Haus. Ihre Häuser haben verbarrikadierte Fenster, Gucklöcher in den Türen und Hintertreppen, auf denen Nägel und Glassplitter verstreut sind. Es gibt einen Streifenwagen eigens für die Eisbären. Er fährt mit Suchscheinwerfern auf dem Dach durch die Nacht, mit Sirenen und Infrarotferngläsern.

Vor Beryls Ankunft war drei Jahre lang kein Mensch mehr einem Bären zum Opfer gefallen. Die Leute aus der Stadt erzählten diese Tatsache voller Stolz weiter. Der Tourismus war für sie von größter Bedeutung. Jeder Besucher, der im Oktober oder November kam, fuhr in einem geschlossenen Wagen zur städtischen Müllkippe, um die Eisbären dabei zu beobachten, wie sie Müll fraßen.

Die Expedition begann an der Müllkippe. Sie würden eine Woche lang in Churchill bleiben, um Fotos von den Bären zu machen, die dort vom Müll lebten. Am Morgen nach ihrer Ankunft fuhren sie in einem japanischen Kleinbus mit Schiebedach und ohne Seitenfenster hinaus. Am Müll parkten bereits fünf oder sechs andere Autos, und niemand warf etwas heraus. Die Leute in den Autos tranken Kaffee und warteten, hielten bei fest geschlossenen Fenstern Ausschau nach Bären. Sobald der Bus stehenblieb, stand David auf, holte seine Kamera heraus und begann das Schiebedach aufzukurbeln.

Beryl war überrascht, sagte jedoch nichts. Hier würden sie keinen Käfig um sich herum haben. Die beiden anderen Männer sahen nicht einmal aus dem Fenster. Sie zogen lediglich die Thermoskannen heraus und stärkten sich mit Kaffee und Doughnuts. Vorsichtig spähte sie durch die Windschutzscheibe und aus dem Heckfenster. Nichts zu sehen als Müll, ausgeschlachtete Autogerippe, alte Kühlschränke und Seemöwen, die überall herumpickten. David reckte seinen Kopf mitsamt Kamera durchs Dach.

Mit einer schnellen Bewegung kam er wieder runter. »Wißt ihr, ich hasse es, wenn die Leute noch richtig gute Sofas wegwerfen. Das da ist sogar eine Schlafcouch.« Er sah Beryls Gesichtsausdruck und lächelte ihr zu. »Komm rauf«, dröhnte er. »Keine Bären zu sehen.«

Sie nahm ihre Kamera und einen Film und stellte sich langsam neben ihn, wobei sie ebenfalls ihren Kopf durch das Loch steckte. Sie sah sich um. Überall lag zu kleinen Hügeln aufgestapelter Müll. Sie wußte nicht, ob sie die Klarheit der Luft auf den Film bekommen konnte. Sie ertappte sich dabei, wie sie versonnen in den Himmel hinaufblickte. Er leuchtete blau und hart wie ein Deckel. Sie dachte, wenn ihr Arm nur lang genug wäre, könnte sie hinaufreichen, den arktischen Himmel wegdrücken und dahinter ihren eigenen Himmel wiederfinden, bewölkt, weich und körperlos. David filmte bereits. Er bewegte sich ruhig und vorsichtig, und sein Körper drehte sich so sanft wie ein Kamerawagen, während er über den Müll schwenkte. Sein Gesicht hing reglos hinter der Kamera, ohne jeden Ausdruck. Die einzige Spannung zeigte sich in seinem linken Auge, das er zukniff, um durch das rechte besser sehen zu können. Als sie ihn in diesem Augenblick ansah, war es ihr unmöglich, den Mann wiederzufinden, der so laut und mit dröhnender Stimme sprach oder Anteil nahm an anderen, während er deren Hände berührte.

Zu ihrer Linken sandte ein brennender Autoreifen undurchdringlichen, schwarzen Qualm in die Luft. Sie begann, die Leute zu fotografieren, die in ihren Autos warteten. Zuerst warfen sie ihr und David neugierige Blicke zu, dann verloren sie das Interesse. Sie nahm an, daß viele Kamerateams hier heraufkamen. Heute morgen hatte sie im Hotel ein kleines Schwarzes Brett entdeckt, auf dem stand: *Herzlich Willkommen Natural Photography-Team* und darunter ihre vier Namen. Butler hatte immer noch keinen Vornamen. Sie fragte sich, ob er das Hotelpersonal angewiesen hatte, seinen Namen so zu schreiben, oder ob er vielleicht vergangene Nacht im Schutz der Dunkelheit heimlich hinuntergeschlichen war, um die Buchstaben seines Vornamens einen nach dem anderen auszulöschen.

Ihr Name auf einer öffentlichen Anschlagtafel erschreckte sie. Sie hatte noch nicht begriffen, wie klein diese Stadt war. Eintausend Menschen lebten in Churchill, dem größten menschlichen Vorposten im Umkreis von mehreren hundert Kilometern. Es kostete solche Mühe, hier zu leben. Im Winter beheizten die Leute ständig die Motorblöcke ihrer geparkten Wagen – elektrisch über Hausanschlüsse –, damit die Maschinen überhaupt wieder ansprangen. Die kleine Stadt kauerte direkt am Meer; alles darin roch nach Salz.

Sie bekam einige gute Hintergrundfotos, und das trotz der ungewohnten Behinderung durch die Handschuhe, die sie wegen der Kälte tragen mußte. Die Leute in den Autos wandten sich alle leicht ab, blickten nach links. Sie unterhielten sich, nippten an ihrem Kaffee und ignorierten sie.

Als Beryl die Kamera herumschwenkte, sah sie links von sich etwas Weißes. Ein Kühlschrank, dachte sie. Sie hörte nicht auf zu knipsen. Nach drei weiteren Bildern fiel ihr auf, daß die Leute den Kühlschrank beobachteten. Sie drehte sich nach ihm um. Zwei Meter von ihr entfernt stand ein großer, weißer Bär. Sogar mit den sechzig oder siebzig Zentimetern, die der Bus ihrer eigenen Größe hinzufügte, überragte der Bär sie noch. Sie hatte noch nie zuvor ein so großes Tier aus solcher Nähe gesehen. Er atmete ihren Geruch ein, geräuschlos, aber sie sah, wie seine Nüstern sich blähten und seine Brust sich dehnte. Sie spürte, wie sich eine Stille in ihr ausbreitete, tief wie das Wasser in einem Teich.

Sie erinnerte sich an ihren Traum, tauchte in den Bus hinunter, trat David dabei in die Kniekehlen und zog ihn mit sich herab. Seine Kamera schlug im Fallen gegen das Dach. Ein Blick nach oben zeigte ihr eine große Pfote, die das Loch im Dach erforschte, schwarze Tatzen, gelbe Nägel. Krallen kratzten über das Metall des Busses. Butler und Jean-Claude warfen von ihren Vordersitzen aus verblüffte Blicke nach hinten, ihre Kaffeetassen noch immer in der Hand.

Beryl sprang auf und legte mit vorsichtig eingezogenem Kopf den kleinen Griff um, mit dem man das Dach schloß. Durch das halbgeschlossene Schiebedach hörte sie ihr erstes Eisbärengeräusch, ein leichtes, gereiztes Schnauben. Dann gab es ein gedämpftes, massiges *Wumm* seitlich gegen den Bus, und Beryl verlor den Halt. Sie beobachtete durch die Windschutzscheibe, wie der Bär mit dem dickwanstigen Stolz eines Senators langsam davonstapfte. Die Leute in den anderen Autos lachten.

Im allerersten Augenblick ihrer Begegnung mit dem Bären hatte

Beryl gedacht, er würde ihr seine Pfote entgegenstrecken und sie würden wieder zu tanzen beginnen.

»Scheiße, Scheiße, Scheiße«, sagte David, als der Bär wegging. »Ich hab's nicht auf den Film gekriegt.« Er lief zur Vorderseite des Busses und filmte vom Rückzug des Bären, was er noch bekommen konnte.

Butler machte sich aufgeregt daran, die Größe des Bären zu schätzen. Er bot jede seiner Zahlen voller Stolz und im Bewußtsein des Besitzes dar, als könne er einen Anspruch auf das Tier erheben, indem er seine Größe oder sein Gewicht schätzte. »Aufrecht – über anderthalb Meter groß«, sagte er. »Tausend Pfund. Pfoten dreißig Zentimeter breit. Ein mittelgroßer.«

Jean-Claude hielt sein Gesicht, während sie über den Bären sprachen, vom Rest der Gruppe abgewandt. Bisher hatte er noch mit keinem von ihnen viel gesprochen. Er blickte über den Abfall hinweg in die Richtung, in der der Bär verschwunden war, dorthin, wo sich die Tundra erstreckte, über die ganze Weite der Welt, unterbrochen nur durch Ozeane.

## 10

In ihrer zweiten Nacht in der Arktis träumte Beryl wieder von dem Bären. Diesmal saßen sie einander an einem kerzenerleuchteten Tisch gegenüber, auf dem zwei große Silberkuppeln die Teller vor ihnen überwölbten. Beryls Freund saß mit der natürlichen Anmut des stets Aktiven auf seinem Stuhl. Sein Pelz glänzte vor Gesundheit. Sein Körper war zu groß für den Tisch, und seine Beine und Füße drängten auf ihre Seite herüber. Sie versuchte, ihre Füße schicklich unter ihrem Stuhl verschränkt zu halten, aber er brauchte sogar diesen Platz, und sein schweres Gewicht lastete auf ihr, ganz gleich, in welche Richtung sie sich bewegte. Er tat ihr leid wegen des Ausmaßes seiner Bedürfnisse. Sie fragte sich, ob er wohl beleidigt wäre, wenn sie ihren Teller vom Tisch nähme und auf dem Fußboden äße. Als er das Essen roch, zog sich seine schwarze Nase ein wenig kraus, und seine Mundwinkel wurden feucht. Die geschmeidigen Hände des Kellners hoben die Deckel von den Tellern.

Am nächsten Tag bekamen sie dreizehn Bären zu sehen. Die Müllkippe war fünfzig Kilometer von der Stelle entfernt, wo sich die meisten Tiere versammelten, und Beryl wußte, daß ihre Wanderung in dieses Gebiet gerade erst begonnen hatte. Noch einen ganzen Monat lang würden immer mehr Bären hier ankommen. Und trotzdem war jederzeit mindestens ein Bär zu sehen, der den Müll durchschnüffelte, an einem Autoreifen kaute oder zielbewußt auf ihren Bus zukam.

Die Bären schienen bereit, jedes Ding auf seine Eßbarkeit hin zu überprüfen; sie fraßen den Schaumgummi aus Sofas, zerrten die Sitze aus Schneemobilen heraus, knabberten an blechernen Autodächern. Beryl, die aufrecht im Bus stand, sah einen Bären eine geschlossene Dose Farbe beschnuppern. Er nahm sie zwischen die Zähne, zog die Lippen zurück und drehte die Dose dann im Maul herum, um es noch einmal zu versuchen. Jedesmal, wenn die Bären etwas fanden, das sie für eßbar hielten, machten sie ein zufriedenes Gesicht und kauten angestrengt auf ihrem Fund herum, während ihnen die Sabberfäden aus der Schnauze liefen.

Einer der Bären fand einen zusammengeschrumpften Plastikclown mit einer Glocke im Bauch, wie kleine Kinder sie lieben. Während er darauf herumkaute, bimmelte das Glöckchen. Der Bär spitzte die Ohren und schlug halbherzig mit einer Tatze auf den Clown. Beryl ließ sich durch das Schiebedach hinunter und bat Jean-Claude, näher heranzufahren, an eine Stelle, von der aus sie den Bären nicht im Gegenlicht hatte. Als sie die halbgeschlossenen Augen und die entblößten, schwarzen Lefzen des Bären mit der Kamera heranholte, knabberte der Bär sich gerade behutsam durch die rotgeknöpfte Weste des Clowns. Das Plastik quietschte.

Vom Vordersitz des Busses hörte sie Butlers Stimme. »Hier oben in der Arktis gibt es so gut wie nichts, das von Natur aus giftig ist. Die Pflanzen sind alle eßbar. Keine giftigen Schlangen oder Insekten. Eisbären haben eine angeborene Neugier, kennen keine Vorsicht. Sie erkunden einfach alles, was ihnen neu ist, kauen darauf herum. In Zusammenhang mit den Menschen hat das dann nicht mehr so gut funktioniert. Die Bären nehmen jede neue Müllkippe aufs Korn, jeden Lagerplatz und jeden Ölteppich. Schnuppern überall rum, lecken irgendwelches Gefrierschutzmittel auf. Werden aus Angst erschossen.«

David und Beryl hatten ihre Bärenwachen schnell eingeteilt. Es fotografierte oder filmte immer nur einer von ihnen, der andere stand derweil mit in der Öffnung des kleinen Schiebedachs und hielt Ausschau, ging den Objektiven aus dem Weg, blieb wachsam. Sie standen ständig dicht aneinandergedrückt, Rücken an Rücken oder Bauch an Rücken. Ihre Beine bewegten sich in Eintracht miteinander.

Fest an ihn gedrückt, spürte Beryl seine Art, mit der Kamera zu arbeiten, die Art, wie er sich mit den Beinen abstützte, sein Gewicht verlagerte, die Scharfeinstellungen vornahm, das leise Vibrieren der Kamera zwischen ihnen. Aus nächster Nähe erlebte sie seine Fähigkeit, vorherzusagen, welche Richtung ein Bär einschlagen würde, während sie, die sich umsehen konnte, ohne daß ihr Blickfeld durch ein Objektiv eingeschränkt war, von jeder Bewegung des Bären aufs neue völlig überrascht wurde. Als er dem trägen, scheinbar ziellosen Weg eines jungen Bären einmal über zwanzig Minuten lang gefolgt war, ohne einen Fehler zu machen, hatte sie sich umgedreht, um einen Blick auf sein Gesicht zu werfen, und sah seine in Konzentration hochgezogenen Lippen, das scharfe Weiß seiner darunter glitzernden Zähne.

Wenn David sah, daß es Zeit zum Rückzug war, berührte er sie leicht an der Schulter und zog sie sanft nach unten. Sie reagierte sofort. Wenn sie an der Reihe war, Wache zu halten, zupfte sie an seinem Ärmel. Mit ruhigen Bewegungen glitten sie in den Bus hinunter. Als der Tag zu Ende ging, hatte sie begriffen, daß er wahrscheinlich schwul war. Sie lehnte sich mit der gleichen Unbefangenheit an ihn wie an ihre Mutter.

Jedesmal, wenn sie sich aus dem Schiebedach zurückziehen mußten, sanken sie wie *ein* Geschöpf herab und kurbelten das Dach eilig zu. Von draußen hörten sie dann ein Schnüffeln, manchmal über, manchmal unter ihnen, dann das Kratzen von bürstenrauhem Haar gegen das Metall des Busses, ein Donnern an der Seite. Dann warteten sie. Wann immer ein Bär sich dem vorderen oder hinteren Fenster näherte, ließ Jean-Claude den Wagen an und legte, je nach Notwendigkeit, Vorwärts- oder Rückwärtsgang ein. Während sie alle durch die dünne Glasschicht auf die vorwärtsstapfende Kreatur blickten, hielt er vorsichtig einen Fuß auf der Bremse.

Es war immer das gleiche: Der Bär kam langsam und mit schaukelnden Bewegungen seines breiten Rückens auf sie zu. Ungefähr drei Meter vor ihnen richtete er sich dann auf. Sein langer Hals und sein Kopf erhoben sich über ihren Bus hinaus, sein Bauch breitete sich mächtig und stark vor ihnen aus. Der Bär stand schließlich da, schnuppernd, unsicher, dann kam er noch näher und streckte eine einzige bekrallte Tatze aus, um das Gleichgewicht zu halten. Der Bus bewegte sich dröhnend rückwärts. Ein nervöses Lachen breitete sich aus, während Jean-Claude den Wagen wendete, um an eine andere Stelle zu fahren.

Jedesmal, wenn ein Bär näher kam, stellte Beryl sich vor, er würde auf den Bus zustürmen, Jean-Claude würde hektisch auf das Gaspedal treten, der Bus würde mit einem Ruck zurücksetzen, der Bär schneller laufen, das Glas brechen – und plötzlich kalte Luft im Bus, Blut auf Jean-Claude und Butler. Jean-Claude, der versuchte, sich aus seinem Sitz zu befreien, der Bär, der hineinlangte...

Als sie zum Mittagessen zurück in die Stadt fuhren, fragte Beryl David, warum Jean-Claude es zulasse, daß die Bären so nah an den Bus herankämen.

»Oh«, sagte David, »das ist wie bei Safaris in Afrika. Dort haben die Jeeps sogar offene Dächer. Ich meine, richtig offen; sie haben nicht einmal ein Gitter. Auf diese Weise kann jeder seinen Kopf und seine Kamera aus dem Wagen rausstrecken und sich über die Seiten hinauslehnen, um Fotos von dem Löwen zu machen oder von Cheetah, die anderthalb Meter weiter weg ein Schläfchen hält. Und ich meine buchstäblich anderthalb Meter. Natürlich könnte jeder Löwe einfach in dieses Loch hineinhüpfen und jeden darin zu Rührei verarbeiten, ohne daß irgend jemand etwas dagegen tun könnte. Aber das passiert einfach nicht. Die Löwen sind sich nicht ganz sicher, was sie eigentlich wollen. Im Gegensatz zur landläufigen Auffassung stehen Menschen keineswegs hoch oben auf der Liste ihrer Lieblingsspeisen. Sie würden zum Beispiel viel lieber eine Antilope fressen. Der Geruch des Jeeps und sein metallenes Äußeres verwirren sie. Also vergeht genug Zeit, und die Löwen gewöhnen sich an die Jeeps. Sie gewöhnen sich an Kameras, an den Geruch von Pfefferminzdeo, an Kansasakzente, die durch die Savanne dröhnen und sagen: ›Sind die nicht schön!‹«

Beryl blickte über die Schulter noch einmal zur Müllkippe zurück. Sie konnte immer noch einen jungen Bären erkennen, der sich auf den Rücken gerollt hatte, zum Himmel hinaufblickte und gedankenverloren an einem Wanderstiefel knabberte.

Während des Mittagessens in ihrem Hotel machte Butler eine Reihe von Witzen darüber, wie gut David Beryl kennenlernte.

»He, David«, sagte Butler, »wenn du keine Lust mehr hast, Beryl in diesem winzigen Schiebedach zu bewachen, nehme ich deinen Platz ein.« Er schnalzte ein paarmal mit der Zunge, um Frohsinn zu demonstrieren. Butler lächelte Beryl zu, als er das sagte, und seine dicken Lippen wölbten sich. Er wirkte nicht im geringsten angespannt oder verlegen. Und er schien zu glauben, daß sie den Witz ebenso genoß wie alle anderen, vielleicht sogar noch mehr.

Butler benutzte Rasierwasser. Er roch die ganze Zeit nach süßem Moschus und Hitze. Er trug seine Hemdsärmel hochgekrempelt über seinen flachen, breiten Unterarmen. Beryls Unterarme waren sommersprossenübersät, mit einem goldenen Flaum überzogen und dünn. Sie hatte einmal ernsthaft das Gewichtheben angefangen, aber obwohl sie schließlich doppelt soviel stemmen konnte wie am Anfang, waren ihre Arme nur noch länger und sehniger geworden. Die schweißglänzenden, schweren Männer im Fitneßclub konnten mit scharfen Grunzern der Befriedigung das Dreifache ihres Körpergewichts stemmen. Sie hatte sich unter ihnen stets mit einem beharrlichen Gefühl von Angst bewegt. Einmal war einer dieser Männer, als er über einen Witz lachte, einen Schritt zurückgetreten und hatte sie hart in das kalte Metallnetz einer Nautilusmaschine gestoßen. Der Mann trat zurück und entschuldigte sich, aber Beryl hatte immer noch die heiße Röte gespürt, die ihren Hals und ihre Arme überzogen hatte. Wenn Beryl und Butler Rücken an Rücken gestanden hätten, hätte der obere Teil ihres Kopfes sich tadellos in die Mulde zwischen seinen Schulterblättern geschmiegt.

Beryl sah die anderen Männer an, um herauszufinden, wie sie auf Butlers Witz reagierten. Sie würde einen Monat mit ihnen zusammensein. Sie versuchte, unbeteiligt auszusehen. David schien sich unbehaglich zu fühlen. Butler lachte laut genug für sie alle. Einen Moment lang löste Jean-Claude seinen Blick von der Tundra und sah Beryl an. In diesem kurzen Blick spürte sie eine Verbindung, eine Nachricht, die sie noch nicht verstehen konnte. Dann wandte er sich wieder ab und hielt nach Bären Ausschau. Seine Hände lagen locker auf dem Lenkrad. Er hatte es den ganzen Tag nicht losgelassen.

Butler lachte noch eine ganze Weile. Sein Lachen gehörte zu dieser allumfassenden Sorte, die Beryl normalerweise mochte. Die Haut auf seiner Stirn zog sich zurück, als sei er überrascht. Seine Augen öffneten sich, und seine Brust und seine Schultern zuckten. Er lachte wie ein junger, muskulöser Sankt Nikolaus. Beryl malte sich aus, wie er dastand, dieses Lachen lachte und ein Mädchen, seine Freundin, sich fest an ihn lehnte, glückselig und im Rhythmus seiner Bewegungen mitzitternd. Beryl hoffte, daß ihr eigenes Leben niemals von seinem Urteil abhängen würde.

An diesem Nachmittag fing es an zu schneien. Die Flocken fielen dick und feucht und überzogen den Abfall auf der Müllkippe mit einer reinen Schicht von strahlendem Weiß. Die Bären bewegten sich durch den Schnee, Weiß auf Weiß. Beryl sah sie zum ersten Mal vor einem anderen Hintergrund als alten Sofas und zerbrochenem Glas. Sie verschmolzen mit der blanken Schönheit, so daß nur noch die schwarzen Dreiecke ihrer Nasen und dunklen Augen zu sehen waren. Der Schnee dämpfte alle Geräusche bis auf das Quietschen unter ihren Tatzen und ihr tiefes Schnauben, wenn sie ihre Schnauzen in den Schnee gruben, um den Duft von Eßbarem zu erschnuppern.

Als es dunkel wurde, fuhr Jean-Claude sie zurück zum Hotel. Beryl saß am Fenster ihres Zimmers und sah zu, wie die Flocken im Licht der am Hotel angebrachten Scheinwerfer zu Boden funkelten. Der Schnee ebnete alles ein. Er löschte die Autos aus, die Straße und die Briefkästen. Häuser wurden zu magischen Palästen aus Zucker und Eis. So hatte sie sich immer den Nordpol vorgestellt, nur daß dort auch noch Elfen sein müssen, die fröhlich ihre Arbeit tun, und Rentiere, die ruhelos in ihren Ställen scharren.

Ein Wagen bog um die Ecke, fuhr langsam und vorsichtig die Straße entlang. Die Eisbärenstreife. Auf dem Dach waren zwei Scheinwerfer und eine Sirene montiert. Die Scheinwerfer kreisten geduldig und warfen ihre Lichtkegel über den Schnee.

Am nächsten Tag war alles mit glitzerndem Schnee bedeckt; Flokken tanzten im Wind, schimmerten reinweiß in der Sonne und in der dünnen Luft. Der Himmel darüber glänzte in dem hellen, harten Blau dicken Glases. Als sie am Abend zurückkehrte, nachdem sie den ganzen Tag lang nur auf den Schnee und die Eisbären gestarrt hatte, taten ihr die Augen weh, und in ihrem Nacken baute sich ein zäher Kopfschmerz auf. Es fiel ihr zuerst schwer, sich an die relative Dunkelheit im Hotel zu gewöhnen, und sie ließ ihre Hand über den verblichenen Samt der Tapeten gleiten, während sie langsam die Stufen zu ihrem Zimmer hinaufging.

In der Sonne hatten die Farben des Schnees, der Bären und des Himmels Beryl an ihre Kindheit erinnert, als sie häufig schlimme Fieberanfälle gehabt hatte. Ihre Temperatur war dann oft auf vierzig, einundvierzig Grad gestiegen. Sie hatte gekeucht, ihre Oberlippe war klebrig gewesen vom Schweiß ihrer Anstrengung, und ihr Mund hatte offengestanden, damit ihre geschwollene Zunge Platz fand. Ihre Eltern brachten sie dann stets ins Krankenhaus, wachten an ihrem Bett und hielten ihre Hand. Sie blickten voller Faszination auf ihr bleiches Gesicht mit seinen hellroten Tupfen auf jeder Wange. Und jedesmal, wenn es passierte, wußte sie, daß sie wieder einmal darüber nachdachten, wie unklug es von ihnen gewesen war, so spät im Leben noch ein Kind zu bekommen. Sie hatten nicht die Kraft, mit diesen unerwarteten Ereignissen fertig zu werden.

Nachdem sie einige Male die Besorgnis ihrer Eltern mitangesehen hatte, machte sie es sich, wenn sie Fieber bekam, zur Gewohnheit, das Thermometer aus dem Mund zu nehmen, sobald ihre Eltern wegsahen. Kurz bevor sie dann wieder hinsahen, ließ sie es schnell zurück in den Mund gleiten, hielt ihre Zunge davon weg und klemmte es fest zwischen ihre kühlen Zähne. Jedesmal, wenn ihre Eltern sie fragten, lächelte sie und sagte, es gehe ihr besser, sie werde bald aufstehen.

Einmal, im Alter von sieben Jahren, erwischte das Fieber sie schlimmer als je zuvor, aber zu dieser Zeit war sie bereits eine bessere Schauspielerin. Ihre Eltern machten trotzdem ein besorgtes Gesicht, brachten sie aber nicht ins Krankenhaus. Wenn Beryl ihren Kopf auf dem Kissenbezug bewegte, erfüllte das Kratzen des Stoffs ihren ganzen Kopf. Jeder Faden knisterte und raschelte so laut in ihrem Ohr, daß sie am liebsten geschrien hätte. Das langsame Tröpfeln des Schleims, der ihr die Kehle hinunterlief, hielt sie mit seinem heimtückischen Strom die ganze Nacht wach. Der Raum glitzerte. Die Krankheit war schlimm. Es war sehr schlimm und wurde im Laufe der Nacht noch schlimmer, der Raum schien in hellem Licht zu stehen, obwohl es dunkel war. Die Luft wirkte hell und warm und stickig.

Sie konnte ihre Raggedy-Anne-Puppe auf dem Stuhl an der gegenüberliegenden Wand deutlich erkennen. Sie sahen einander an mit offenen, fieberglänzenden Augen. Beryls Haut war straff gespannt vor Hitze und Müdigkeit. Sie wollte die Augen schließen. Ihr Kopf rollte langsam zur Seite, ihre Augen waren immer noch offen, und sie spürte, wie ein Summen in ihrem Körper aufstieg, ein Vibrieren, so fein wie das des Lichtes. In diesem Augenblick sah sie aus den Augenwinkeln den Fingernagel auf ihrem linken kleinen Finger. Eine vereinzelte weiße Wolke trieb bis hinauf in die Mitte seiner klaren, rosafarbenen Fläche. Die Wolke war so hell und flaumig wie ein früher Sonntagmorgen, und direkt über ihr lag der scharfe Halbmond der wachsenden Kante ihres Fingernagels, glatt und dünn wie Milcheis. Die Exaktheit seiner Wölbung verblüffte sie. Sie wollte Schlittschuh laufen auf seiner kühlen Oberfläche, auf seinem glatten Mondrand. Sie wollte weiße Wölkchen in seine kühle Nachtluft hauchen. Sie wollte das scharfe Metall der Kufen auf dem Eis hören, das leise Zittern in ihren Knöcheln spüren, wollte vorwärtsgleiten, schnell und kühl. Als sie auf die Wolke auf ihrem Nagel blickte, wußte sie, wie die Welt aussehen würde, wenn der Himmel rosa wäre und die Sonnenuntergänge blau. Als sie auf ihren Nagel blickte und auf die weiße Wolke, vergaß sie ihre Müdigkeit für eine Weile und hätte nicht einmal mehr sagen können, wann das Vibrieren abgeklungen war.

An ihrem dritten Tag auf der Müllkippe sahen sie, wie eine junge Bärin Feuer fing. Ungefähr sechs Meter von dem Bus entfernt brannte eine Matratze. Beryl wußte, daß Eisbären keine instinktive Furcht vor Feuer kennen, denn draußen in der feuchten Tundra oder auf dem Eis gibt es kein Feuer. Man hatte von Bären gehört, die mitten in ein Lagerfeuer hineingetreten waren und einen Augenblick dort verharrt hatten, bevor sich auf ihren Gesichtern Verwirrung abzeichnete. Die junge Bärin lag ziemlich nah an der lodernden Matratze, und ihre schwarze Zunge leckte säuberlich die Mayonnaise aus einem offenen Glas, das ihr jemand aus dem Wagen zugeworfen hatte. Fett ist lebenswichtig für die Bären, und Mayonnaise enthält es in großen Mengen, aber die Gläser verwirrten die an Fleisch gewöhnten Geschöpfe. Mit ihren Pfoten konnten sie das Glas nicht festhalten, und ihre Zungen kamen nicht ganz bis auf den Boden. Sie spielten mit den Gläsern, fasziniert, frustriert, stundenlang.

Die Bärin entdeckte, daß sie das schlüpfrige Glas unter Kontrolle halten konnte, wenn sie alle vier Pfoten benutzte. Während sie versuchte, mit der Zunge bis auf den Boden zu kommen, rollte sie sich langsam zurück über die Schultern und auf die brennende Matratze. Nach einem langen Augenblick dachte Beryl, nichts würde geschehen, alles wäre in Ordnung. Dann zuckte die Bärin mit der Schulter. Sie sprang auf und schüttelte sich heftig; ihre linke Schulter stand in Flammen. Sie versuchte, danach zu beißen. Ihre Schnauze begann ebenfalls zu brennen. Das Feuer bewegte sich über ihr Gesicht, über ihre Schulter. Sie warf ihren Kopf hoch in die Luft. Die Flammen brannten schneller. Das Feuer bewegte sich ihren Rücken herunter. Heiser atmend lief sie weg, und der Wind fachte die Flammen immer noch mehr an. Man roch verbranntes Haar und verbranntes Fleisch. Die Bärin rannte über den Hügel. David stellte seine Kamera ab.

Beryl hatte sich langsam an die Bären gewöhnt, an ihre Körper, ihre Geräusche, ihre Gerüche: die watschelnden Bewegungen ihrer Hinterteile, die kürzeren Vorderbeine, immer bereit zum Angriff, den feuchten, schnüffelnden Atem. Sie hatten einen fleischigen, warmen Geruch wie übergroße Katzen. Und sie schlenderten über die Müllkippe, als hätten sie alle Zeit der Welt. Die Geräusche von Waffen erschreckten sie nicht, denn sie waren an das soviel lautere Krachen von Meereseis unter sich gewöhnt. Sie hatten keine angeborene Furcht vor Menschen. Nicht einmal ganze Rudel von Schlittenhunden versetzten sie in Angst. Die Bären gingen einfach darauf los, mit suchenden Augen, und wählten sich ihr erstes Opfer aus.

Am Ende der nächsten Woche würde die Expedition gut sechzig Kilometer nach Nordosten fahren, dorthin, wo die Bären sich in größerer Zahl versammelten, und Beryl würde zum ersten Mal in ihren Käfig steigen. Die drei Männer und sie würden fast einen Monat dort draußen verbringen, würden miteinander in einem einzigen Bus schlafen und essen und nur an den Wochenenden nach Churchill zurückkehren.

Von den drei Männern war Jean-Claude derjenige, von dem sie immer noch am wenigsten wußte; abgesehen davon, daß sie einige seiner Gewohnheiten beobachtet hatte, war es kaum mehr als das, was sie an jenem ersten Tag erfahren hatte. Er saß während der langen Tage im Bus sehr still auf seinem Platz. Im Gegensatz zu den meisten Menschen hatte jede seiner Bewegungen einen Zweck: die

Heizung höherzustellen, den Rückwärtsgang einzulegen, den Rückspiegel einzustellen, damit man einen Bären besser sehen konnte. Ansonsten saß er einfach still da, die Hände locker auf dem Lenkrad. Er beobachtete die anderen mit ausdruckslosen blauen Augen. Wenn er sprach, war seine Stimme ruhig, beinahe ein Flüstern, als könne er irgend etwas aufschrecken, wenn er lauter spräche. Er trug jeden Tag einen weiten, grauen Rollkragenpullover und Jeans. Sie fragte sich, ob es immer dasselbe Paar war, aber sie konnte es nicht herausfinden. Seine Wangenknochen waren breit, sein Haar lang, seine Handrücken durchfurcht von weißen Sehnen. Er mochte gern viel Butter auf seinem Toast.

Eines Morgens beim Frühstück, während sie noch auf David und Butler warteten, versuchte sie, ihn zum Reden zu bringen. Sie fragte ihn, wie kalt es im Winter werden könne.

Er sah sie nicht an, während er antwortete. Statt dessen wandte er sich ein wenig ab, so daß sie nur sein Profil sehen konnte. Er starrte an die Wand auf der anderen Seite des Raums und beantwortete ihre Frage so knapp wie möglich. »Minus fünfzig«, sagte er.

»Wow«, erwiderte sie. »Das kann ich mir überhaupt nicht vorstellen. In Boston hatten wir einmal zwanzig unter Null, aber ich glaube, da war der Windkühlungsfaktor schon mit eingerechnet.« Sie lächelte ihn an und bemühte sich um Blickkontakt. Er sah für einen Moment zu ihr herüber und dann wieder weg. Sie fragte sich, ob er wohl sehr weitsichtig sei, nachdem er in seinem Leben schon so viel auf so weites Land hinausgestarrt hatte. Sie fragte sich, ob er in Gegenwart von Frauen schüchtern sei. »Wie ist der Frühling hier?«

Er zögerte einen Augenblick. »Kurz. Massenweise Wasser.«

Ihr fiel die Ernsthaftigkeit auf, mit der er seine Worte bedachte, als verständigte er sich mittels Morsecode, und jeder zusätzliche Buchstabe bedeutete eine Anstrengung. Sie begann zu lächeln. »Weißt du, was mich wirklich fasziniert, sind die Moschusochsen. Ihr Haar ist toll, aber manchmal frage ich mich, ob überhaupt soviel unter diesem ganzen Lockengewirr steckt. So, wie bei manchen flauschigen Katzen, die sich nach einem Bad einfach als magere kleine Dinger entpuppen.« Sie griff nach ihrem Toast, biß ab. »Hat jemals jemand versucht, sie zu scheren?«

Sie konnte nicht erkennen, ob er wußte, daß sie einen Witz machte. In seinen Mundwinkeln zuckte es ein wenig, aber das konnte auch ein Lächeln sein oder einfach nur die Anspannung, soviel reden zu müssen. Zur Antwort schüttelte er einfach nur den Kopf und wandte sich dann wieder ab, um die Wand anzustarren.

»Wie groß sind sie überhaupt?« fragte sie.

»So groß wie die Bären.« Er faßte sich mit zwei Fingern an die Nase. »Ihr Atem ist ziemlich laut.«

»Warst du schon mal nah genug dran, um das zu hören?«

»Ja.«

Sie gab es auf. Sie kannte ihn kein bißchen besser als vorher. Sie dachte, daß es ihn wohl nervös machte, wenn man ihm Fragen stellte, obwohl er niemals zappelig wurde oder versuchte, das Gespräch abzubrechen. Statt dessen saß er einfach nur still da und wartete darauf, daß die Fragen ein Ende nehmen würden. Sie konnte sich bei ihm beinahe alles vorstellen. Daß er plötzlich tief und wild wie ein Wolf losheulte oder daß er die Expedition nach zwei Wochen verließ und einfach über den Schnee nach Norden davonstapfte.

Beryl fragte auch Butler nach dem Frühling. Er hatte mehrere Jahre hier oben zugebracht und für *Natural Photography* und die kanadische Regierung an verschiedenen Projekten mitgearbeitet. Er erzählte ihr vom Frühling, als sie beim Mittagessen neben ihm saß. Er hatte die Angewohnheit, ihr, wenn er mit ihr sprach, ziemlich nahe zu kommen, viel näher, als er es bei Jean-Claude oder David tat. Sie wußte nicht, ob er sie besonders anziehend fand oder ob das einfach die Art war, wie er mit Frauen umging. Sie ertappte sich dabei, wie sie sich zurücklehnte und langsam an Boden verlor. Er verströmte eine warme Hitze und atmete mit einem hörbaren Wispern durch die Nase. Selbst sein Gesicht war größer als ihres. An ihr würde es beinahe bis ans untere Ende ihres Halses reichen.

Butler sagte: »Der Frühling kommt schnell und laut. Er hat nicht viel Zeit, bevor es Sommer wird. Die Temperatur steigt plötzlich auf zehn, zwölf Grad, und die Sonne scheint. Der ganze Schnee schmilzt auf einmal. Der Boden taut niemals mehr als ein oder zwei Meter tief auf, nicht einmal mitten im Sommer, so daß das Wasser nirgendwo hinfließen kann, außer in den Hafen. Es staut sich auf dem ungeschmolzenen Hafeneis.«

Beryl stellte sich vor, wie das Wasser das noch gefrorene Meereseis niederdrückte, wie es sich langsam über den Pier erhob, zum ersten Haus hinüberfloß und dann zum zweiten, wie es durch die Stadt flutete und in der Nacht eine dünne milchige Haut bildete, so glatt und vollkommen wie Glas, eine Haut, die jeden Morgen mit der ersten Tür, die sich öffnete, zersprang. Die Wellen liefen von dieser ersten Tür aus weiter, und zerbrochenes Eis klirrte durch die Stadt.

Butler, der Beryl zentimeterweise näher rückte, sagte: »Die ganze Stadt ist überflutet. Das Wetter ist schon ziemlich heiß. Die Leute tragen T-Shirts mit dicken Winterhosen und Stiefeln, weil sie dauernd durch das Wasser waten müssen. Eines Tages bricht dann endlich das Eis im Hafen. Das kracht so laut wie Gewehrschüsse. Das Wasser läuft ins Meer, die Stadt ist frei, und am nächsten Tag ist der Boden trocken und warm.«

Beryl lehnte sich mit ihrem ganzen Gewicht gegen die Trennwand; sie hatte den Kopf eingezogen, um von Butlers Gesicht wegzukommen. David starrte in seine Suppe und rührte darin herum. Jean-Claude beobachtete sie und Butler in völliger Reglosigkeit, in einer Hand eine Scheibe Toast, und auf seinen Wangen erschien wieder diese leichte Röte.

Nach einem Augenblick rückte Butler ein Stück von ihr ab.

Beryl wußte, daß ein Frühling, der nur eine Woche dauerte, sie so sehr überraschen würde, daß sie keinen Schlaf mehr fände. Sie würde aufbleiben und dem Ächzen des Eises lauschen, dem hohen Wehklagen der inneren Spannung des Eises, dem scharfen Klirren, das klang wie Metall gegen Metall, dem sanften Plätschern von Wasser auf ihrer Türmatte.

Sie stellte sich vor, wie Butler an dem Tag, nachdem das Eis gebrochen war, in der Mitte einer trockenen, warmen Stadt stand, dankbar dafür, daß der seltsame Frühling vorüber war.

# 11

An diesem Wochenende kam es zu einem Temperatursturz. Über Nacht waren noch einmal sieben oder acht Zentimeter körnigen Schnees gefallen, und Beryl brach im Halblicht des frühen Morgens durch den noch immer fallenden Schnee zu einem Spaziergang auf. Sie brauchte etwas Bewegung und wollte ihren neuen *Natural Photography*-Parka ausprobieren. Sie wollte zum ersten Mal seit einer Woche von den anderen wegkommen. Noch vor einem Monat hatten die Temperaturen über zwanzig Grad erreicht; jetzt, während sie am frühen Morgen durch die Stadt wanderte, war die Luft so kalt, daß der Schnee unter ihren Füßen quietschte wie Styropor. Die Straßen waren verlassen, nur ab und zu rollte ein Auto mit beschlagenen Fenstern und verschwommenen, warmen Gesichtern im Innern an ihr vorbei. Mehrere Leute aus den Autos starrten sie an. Außer ihr war niemand zu Fuß unterwegs.

Sie ging schnell und versuchte, in einem weiten Bogen durch die unbekannten Straßen zu laufen. Ihre Ohren füllten sich mit den Geräuschen ihres eigenen Atems und dem Rascheln ihres Parkas. Nachdem sie kaum fünf Minuten gegangen war, öffnete sie den Reißverschluß und zog sich die Kapuze vom Kopf. Man hatte ihr gesagt, daß Schwitzen die einfachste Art war, hier oben zu sterben. Schweiß würde rasch auf der Haut gefrieren und ihren Körper mehr abkühlen, als er vertragen konnte.

Mit heruntergezogener Kapuze konnte sie soviel mehr sehen und hören. Sie ließ ihren Blick schweifen, berauscht von der Tatsache, das einzige menschliche Wesen zu sein, das draußen im Schneesturm herumlief. Sie blickte durch ein Fenster in ein warm erleuchtetes Zimmer. Ein Mann im Bademantel schlurfte auf nackten Füßen an ihr vorbei. Zwischen ihnen fiel der Schnee. Beryl fühlte sich gewappnet, selbstsicher, ein Geschöpf der Wildnis.

Irgendwo aus dem Nichts tauchte plötzlich ein Polizeiwagen auf.

Er kam schlitternd vor ihr zum Stehen, schon halb auf dem Gehsteig. Die Frau hinterm Steuer stieß die Beifahrertür auf.

»Steigen Sie ein«, sagte sie. »Er ist hinter Ihnen.«

Beryl drehte sich um, um einen Blick über die Schulter zu werfen.

Der Bär folgte ihr in einer Entfernung von nur zehn Metern. Als Beryl die Wagentür hinter sich schloß, blieb er langsam stehen. Dann wandte er seinen schweren Kopf ab und stapfte schließlich eine Einfahrt hinunter.

Beryl blickte hinab auf ihre Handschuhe und sah, daß ihre Hände sich fest ineinander verschlungen hatten. In ihren Träumen war sie dem Bären schon viel näher gewesen. In ihren Träumen hatte sie dieses Land hier viel deutlicher gespürt, den offenen Raum, grenzenlos in jeder Richtung, bis auf eine.

Beryl sah den Bären hinter einem Gebäude verschwinden und richtete ihren Blick auf die Frau, die sie gerettet hatte. Sie erwartete, daß sie angeschrien würde. Ihr fiel auf, daß ihr Atem plötzlich langsamer ging, als wäre die Situation jetzt erst gefährlich geworden.

Die dünne, schwarze Frau trug eine Uniform mit Eisbärenabzeichen an den Schultern. Sie sagte: »Das war eine ausgesprochene Dummheit.« Sie warf einen Blick in den Rückspiegel. »Ich glaube sogar, das war das *Dümmste*, was ich in meinen ganzen sieben Jahren hier in dieser Stadt *jemals* einen Touristen habe tun sehen. Und die Touristen sind beileibe nicht für ihren Grips bekannt.«

Die Frau sprach mit einem leisen Lächeln, so daß Beryl sich nicht sicher war, ob überhaupt eine Antwort von ihr erwartet wurde. Beryl ging davon aus, daß die Polizistin ernstlich wütend war, daß sie vielleicht sogar der Zeitschrift Meldung machen würde und daß diese Leute es ihr dann nicht mehr erlauben würden, hinaus in den Käfig zu gehen, um zwischen den Bären zu sitzen. Panik durchflutete sie, so wie damals als Kind, wenn ihre Eltern sie dabei ertappten, daß sie ungehorsam war. Sie gaben es nicht zu, wenn sie böse mit ihr waren, aber ihre Hände zitterten dann, und sie setzten mehr Kraft als notwendig zum Brotschneiden oder Abbremsen des Wagens ein, so daß alle, die im Auto saßen, im Rhythmus ihrer Gefühle vor- und zurückgeschleudert wurden, während das Schweigen so steif war wie das Weiß in ihren Augen.

»Hallo«, sagte die Frau. »Ich heiße Margaret Johnson. Und Sie?«

Beryl blickte erneut auf ihre Hände. »Beryl Findham«, sagte sie.

»Ich bin die Eisbärenwache. Sie können mich Maggie nennen.« Sie steuerte den Wagen wieder auf die Straße und fügte hinzu: »Ich habe Sie übrigens gerade belogen. Das Dümmste, was ein Tourist je getan hat, hat sich auf der Müllkippe abgespielt – und es war nicht einmal ein besonders junger Mensch, sondern ein Mann, der es geschafft hatte, über dreißig Jahre alt zu werden. Er kurbelte sein Fenster herunter, um den Kopf eines Bären zu tätscheln. Also, das war *wirklich* dumm.« Maggie sah Beryl aus den Augenwinkeln an und drehte sich dann vollends um, um sie genau anzusehen. »Alles in Ordnung bei Ihnen? Sie fühlen sich nicht irgendwie benommen, oder? Wo kommen Sie her? Wie um alles in der Welt haben Sie es geschafft, mit dem Gehirn eines Truthahns so lange zu überleben? Himmel, sind Sie blaß. Müssen Sie vielleicht brechen?«

Maggie fuhr den Wagen an den Straßenrand. Sie drehte sich zu Beryl um. »Haben Sie einen Schock? Sehen Sie mich an.«

Beryl gehorchte.

»Machen Sie die Augen auf. Weiter.«

Beryl öffnete die Augen so weit wie möglich.

»Ich glaube, die Pupillen sind geweitet. Atmen Sie. Vergessen Sie nicht zu atmen. Das ist wichtig. Hören Sie, drehen Sie mir hier bloß nicht durch, nicht solange Sie in meinem Auto sitzen. Und unterstehen Sie sich, sich zu übergeben. Das mach ich nicht sauber. Sehen Sie mich an.« Maggie packte Beryl an den Ohren. Sie schüttelte sie dreimal kräftig durch und schrie ihr ins Gesicht. »Wachen Sie auf, verdammt! Sie sind jetzt in Sicherheit.«

Beryl starrte sie verblüfft an.

Maggie fragte: »Welches Jahr haben wir?«

»Neunzehnhundertvierundneunzig«, sagte Beryl. »Wer ist der Präsident der USA?«

»Clinton.«

Maggie lehnte sich zurück. »Okay, ich denke, Sie sind in Ordnung. Tut mir leid.« Sie ließ den Wagen an und fuhr wieder auf die Straße. »Man hat uns beigebracht, solche Dinge zu tun. Es heißt, wir sollen irgendwie ihre Aufmerksamkeit gewinnen. Sie ablenken, von der Angst ablenken. War das erste Mal, daß ich Gelegenheit hatte, es auszuprobieren. Hat es weh getan?«

Beryl grinste. »Hm, kann man wohl sagen. Ich glaube, ich habe etwas knacken hören.«

»Wirklich?« Die rechte Seite von Maggies Mund zuckte. »Tut mit leid. Aber wenigstens sehen Sie jetzt nicht mehr aus wie geronnene Milch.«

Beryl stellte fest, daß ihre Hände sich langsam entspannten, und sie zog ihre Fäustlinge aus, um sie neugierig zu betrachten. Sie spürte die Breite ihres Lächelns. »Ich arbeite als Fotografin für das *Natural Photography*-Team hier in der Stadt. Ich komme aus Boston.« Beryl horchte auf die Worte, die sie sprach. Kein Zögern. »Boston in Massachusetts«, fügte sie hinzu.

Maggie nickte. »Hab davon gehört. Ich komme aus Atlanta, aber ich hasse die Hitze mehr als alles andere.« Schnell wandte sie ihren Blick nach links, aber Beryl sah, daß da nur ein schneebedecktes Auto war. »Ich war schon immer der Meinung, man kann nicht mehr als schwitzen, aber man kann immer noch ein paar zusätzliche Kleider anziehen.«

Beryl lachte darüber und bemerkte mit Überraschung die verhaltene Scheu in Maggies Lächeln.

»Nein, wirklich«, fuhr Maggie fort, »ich mag die Kälte. Ich esse viel mehr hier oben, und mein Körper heizt sich auf. In Atlanta habe ich mich immer ein bißchen krank gefühlt, so als könnte ich nicht richtig durchatmen. Hier kann ich atmen.« Sie tippte sich mit der Faust auf die Brust. »Sind Ihre Ohren auch bestimmt in Ordnung? Gibt's da irgendwas, das verletzt werden kann? Ein wichtiger Muskel oder so etwas? Hören Sie, es ist nicht meine Schuld. Die haben gesagt, man solle es aus den Leuten rausschütteln. Und Ihre Ohren sahen einfach so praktisch aus.«

Beryl nickte und griff sich an die Ohren. Sie fühlten sich heiß an.

»Ich bin auch wegen meiner Kinder hier heraufgekommen. Ich wollte, daß sie irgendwo aufwachsen, wo es genug Platz zum Spielen gibt.«

Die zugefrorenen Ebenen vor ihnen dehnten sich nach allen Seiten aus. Beryl lachte. Diesmal schien Maggie überrascht zu sein, daß sie etwas Komisches gesagt haben sollte. Beryl wurde bewußt, daß sie selbst nicht mehr viel gelacht hatte, seit sie zu dieser Reise aufgebrochen war.

Sie unterhielten sich, bis die Sonne aufging und Maggies Wache vorbei war. Zusammen gingen sie ins Hotel, um zu frühstücken. Maggie bestellte sich eine gewaltige Mahlzeit: Waffeln, Eier, Porridge. »Es ist nicht nur die Kälte! Auch die Angst. Ich brauche nur eins von diesen Dingern zu sehen, wie es sich da durch die Nacht bewegt, groß wie ein gottverdammtes Schlachtschiff, und schon sind diese Pfannkuchen hier restlos verschwunden.« Sie streichelte sich den Bauch und prustete leise. Sie war eine von diesen mageren, sehnigen Frauen, die pausenlos Mars und Snickers vertilgten, sich mit verblüffender Schnelligkeit bewegten und Hitze verströmten. »In Atlanta war das größte, furchterregendste Ding, das ich je zu Gesicht bekommen habe, ein Dobermann, und die wiegen nur achtzig Pfund.«

»Wie sind Sie zu diesem Job gekommen?« fragte Beryl.

»Ach, es standen monatelang Schilder mit Anschlägen rum. Niemand wollte den Job. Nicht die ganze Nacht draußen in der Kälte, nicht auf der Suche nach hungrigen Eisbären. Aber ich wollte ihn. Ich brauchte ihn. Geld, wissen Sie. Sie wollten ihn mir erst nicht geben. Ich bin eine Frau, hm, und schwarz.«

Maggie sah Beryl eine Sekunde lang direkt an, und Beryl war sich nicht ganz sicher, was genau ihr Gesicht nun eigentlich ausdrücken sollte. »Es ist nicht so, daß sie irgendwas von wegen schwarz gesagt hätten, aber sie hatten eine Menge von wegen Frau zu sagen, daß ich schwächer sei und solche Sachen. Als könnte der größte Muskelprotz von Mann mit einem Eisbären im Ernstfall besser fertig werden als die arme kleine Maggie. Außerdem betrachtete man mich hier in der Stadt immer noch als Touristin, noch dazu praktisch aus den Tropen. Ich war damals zwar bereits ein ganzes Jahr hier, aber sie haben immer noch gedacht, jeder Tag hier könne das Faß zum Überlaufen bringen und ich würde meine sieben Sachen packen und weggehen.«

Maggie rieb langsam mit dem Daumen über den Rand ihres Kaffeebechers. »Dann wurde dieses Kind auf den Felsen am Strand ziemlich übel zugerichtet. Sehr übel – der Bär hat ihm den Schädel zertrümmert, bevor er das Interesse verlor. Der Kopf des Kindes steckte im Maul des Bären, das Kind schrie, und dann hat er es einfach ausgespuckt und ist weggegangen. Der Junge hat überlebt, aber er hat seinen Gleichgewichtssinn verloren. Seine Beine sind vollkommen in Ordnung, aber wenn man ihn aufrecht hinstellt, fällt er vornüber, als hätte jemand den Raum einfach umgekippt.«

Maggie ließ die Tasse los und legte beide Hände in den Schoß. »Danach haben sie mich also eingestellt. Ich mag den Job. Diese zwei Monate jedes Jahr sind eine Art Ferien für mich. Mein Mann Gerry ist jetzt seit sechs Jahren wieder weg, zurück im Süden. Kam hier oben nicht zurecht. Den einen Winter, den er hier war, hat er praktisch im Kamin gelebt.« Maggie lächelte und wandte den Blick ab. »Diese beiden Monate decken die Kosten für alle Extras, die die Kinder und ich den Rest des Jahres brauchen, die Dinge, die ich mir als einfache Postbotin sonst nicht erlauben könnte. Die Kinder wohnen solange bei den Nachbarn. Ich lebe allein im Wagen. Ich habe ein Gewehr bei mir, trage eine Uniform. Ich bin zäh. Zwei Monate lang bin ich keine Mutter mehr. Ich bin Dirty Harry, ein verdammter Bulle. Wissen Sie, es ist einfach mal was anderes.«

Maggie und Beryl kamen überein, sich an diesem Abend zu treffen, so daß Beryl eine Nachtwache fotografieren konnte. Den anderen aus dem Team sagte Beryl nichts davon. Gleich nach dem Abendessen ging sie auf ihr Zimmer und zog ihre wärmsten Kleider an. Maggie hatte ihr gesagt, daß es sehr kalt würde, wenn man die ganze Nacht über still im Wagen saß. Durch die Hintertür des Hotels schlich sich Beryl ins Freie.

Sie trat durch die Doppeltüren in eine Kälte hinaus, von der sie zuerst dachte: Das ist ja gar nicht so schlimm. Aber noch bevor sie die zehn Schritte zum Auto gegangen war, stahl sich die Kälte unter ihre Kleider und zerrte an ihren Gliedern. Es war nicht das prikkelnde Gefühl der Kälte, die sie kannte. Diese Kälte betäubte ihre Haut und verlangsamte ihre Bewegungen. Als sie schließlich im Wagen saß, ertappte sie sich dabei, wie sie erst eine Weile darüber nachdachte, ob sie sich an der Nase kratzen sollte, bevor sie es wirklich tat. Sie begannen, methodisch durch die Stadt zu kreisen, fuhren durch jede Nebenstraße und jede Einfahrt und suchten in dem hellen, kreisenden Licht der Scheinwerfer jedes Gebäude und jeden Garten ab. Licht und Dunkel glitten in wilden Bewegungen über den Schnee. Alles sah aus wie ein Eisbär, der reglos vor sich hin starrte oder mit schnellen Schritten durch die Landschaft setzte.

Als sie zum ersten Mal am Ende der Stadt in der Nähe der Müllkippe anlangten, hielt Maggie an. Sie sah sich vorsichtig um und sagte: »Das ist die Stelle, an der sich die meisten von ihnen in die Stadt schleichen, wenn sie erst einmal der Meinung sind, daß es auf der Müllkippe nicht genug zu fressen für sie gibt.« Sie legte ihre Hand auf die Tür, griff nach dem Gewehr und sagte: »Bleiben Sie hier.« Dann trat sie ins Freie.

Beryl spürte die Kälte scharf auf ihrem Gesicht, dann schlug die Tür zu, und die Autoheizung summte weiter. Beryl zögerte kurz, bevor sie durch die andere Tür ebenfalls hinaussprang. Der Schnee knirschte unter ihren Füßen, und sie war sich mit allen Sinnen der Dunkelheit hinter ihr und der Felsbrocken neben ihr bewußt. »Was zum Teufel machen Sie da?« fragte sie. Maggie brüllte: »Steigen Sie wieder ins Auto!«

Beryl empfand die Stille wie Wind auf ihren Ohren. Sie stieg wieder ins Auto und legte ihre Hände geöffnet vor sich auf den Schoß. Sie sah zu, wie Maggie das Fernglas hob und es langsam über die Felsen zwischen dem Wagen und der Müllkippe gleiten ließ. Maggie sah als Silhouette gegen die Dunkelheit sehr klein aus. Ihre Hände hielten das Fernglas vor ihre Augen, und sie hatte die Ellbogen vorgereckt, als erwarte sie jederzeit einen Schlag. Das Gewehr hatte sie über der Schulter hängen. Als sie fertig war, stieg sie wieder in den Wagen.

Maggie legte das Gewehr weg und packte mit beiden Händen das Lenkrad. »Tun Sie das niemals«, sagte sie. »Verlassen Sie *niemals* diesen Wagen. Nicht solange es Nacht ist und ich Dienst habe. Auch wenn ein Bär mit meinen Eingeweiden Seilchen springt, werden Sie nicht rausgehen. Ist das klar?«

Beryl nickte. Sie saß sehr still auf ihrem Platz.

»Sie sehen wieder ziemlich blaß aus«, sagte Maggie. »Lassen Sie das.« Sie sah sie an und dann wieder weg. »Lieber Gott, können Sie krank aussehen.« Sie ließ den Wagen an und fuhr langsam rückwärts wieder auf die Straße. »Es tut mir leid. Ich hätte Sie vorher warnen sollen. Der Grund, warum ich aus dem Wagen steige, ist der, daß ich die Bären dann besser erkennen kann. Ich habe an dieser Stelle schon mehr Bären gesehen als irgendwo sonst. Manchmal kann ich sie davon abhalten, in die Stadt zu gehen. Ich schreie oder verscheuche sie mit dem Auto. Es ist nicht so, daß sie dann eingeschüchtert wären. Eher verlegen. Ich glaube, ich habe auf diese Weise schon einige Bären gerettet.

Ich stehe da draußen und sehe mich um, ungefähr dreimal pro Stunde, dreißigmal jede Nacht, und mir ist nie ganz wohl dabei. Das Gewehr dient hauptsächlich meiner Beruhigung. Verstehen Sie, es tut gut, sein Gewicht auf meiner Schulter zu spüren. Ich darf auf keinen Fall auf sie schießen, es sei denn, es geht um mein Leben. Manchmal hoffe ich, daß der Knall eines Schusses sie zumindest ablenken würde.«

»Vor zwei Jahren«, fuhr Maggie nach einer kurzen Pause fort, »habe ich einmal hier draußen gestanden, ringsum alles abgesucht und mich dabei einfach zu langsam gedreht. Weil auf irgendeinem Hügel etwas glitzerte und ich nicht erkennen konnte, was es war. Als ich mich dann endlich weiterdrehte, hatte ich plötzlich nur noch Pelz im Fernglas.« Maggie machte eine wellenförmige Handbewegung. Beryl wußte nicht, ob sie damit den Pelz meinte oder ihre Gefühle damals.

»Ich ließ das Fernglas sinken. Es war so, als versuchte ich, mich schneller zu bewegen, aber statt dessen wurde alles nur langsamer und langsamer. Da war dieser Bär, dieser riesige Bär, der auf mich zugerannt kam, verstehen Sie, mit diesem schaukelnden Gang, den sie haben, und so gottverdammt groß. Ich konnte seinen Atem hören. Schwarze Nase.« Maggie hob ihre Finger an die Nase und ließ sie einen Augenblick lang nachdenklich dort.

»Zwölf, fünfzehn Meter weit weg, und er kam immer näher. Aus irgendeinem Grund war es seine Nase, die ich anstarrte. Seine schwarze Nase. Sie war ganz feucht. Ich schleuderte ihm mein Fernglas entgegen, so fest ich konnte, drehte mich um und stieg in den Wagen. Immer noch so verdammt langsam. Ich hatte diesen Gedanken, verstehen Sie, diesen Gedanken, als wäre da die Stimme eines anderen in meinem Kopf, die mir sagte, daß ich es nicht schaffen würde. Ich fand es schrecklich wegen meiner Kinder.« Sie berührte die Wagentür an ihrer Seite.

»Ich zog gerade mein linkes Bein in den Wagen, als der Bär gegen die Tür trat, das Fenster zersplitterte um mich herum, und die Tür schlug auf meine Wade – gebrochen natürlich. Aber ich spürte keinen Schmerz. Irgendwie hörte ich ein Geräusch, aber ich spürte nichts. Ich sah hinaus. Das Gesicht dieses Bären füllte mein ganzes Fenster aus. Diese pelzigen Kiefer keine zehn Zentimeter von meiner Nase entfernt, zwischen uns nicht einmal eine Fensterscheibe.

Er war so schön – sein Pelz war so sauber. Ganz weiß. Ein junger Bär. Sein Atem roch schlecht wie bei einem Hund an einem nassen Tag. Und dann fuhr ich schnell los. Der Bär fiel hinter mir zu Boden. Ich kann mich nicht einmal mehr daran erinnern, das Gaspedal berührt zu haben.«

Viele Male in dieser Nacht sah Beryl zu, wie Maggie aus dem Wagen stieg, hinaustrat in die dunkle Stille der Arktis. Der Schnee knirschte laut unter ihren Füßen. Jedesmal stand Maggie dann vor dem Wagen, drehte sich langsam um und suchte durch das Infrarotfernrohr die Felsbrocken vor sich ab, durchsuchte die Nacht nach weißem Pelz auf weißem Schnee oder vielleicht nach dem hellen Widerschein von Augen, die nahe genug waren, um das Licht der Scheinwerfer zu reflektieren. Jedesmal ließ auch Beryl ihre Blicke über den Schnee streifen auf der Suche nach Bären. Sie dachte, wenn irgend etwas passierte, hatte Maggie schließlich das Gewehr. Beryl konnte nichts tun, als Ausschau zu halten.

Beryl starrte aus dem Fenster ins Dunkle. Sie stellte sich vor, wie sie selbst allein und warm durch den Schnee stapfte, bei dem Geräusch eines Wagens stehenblieb, zusah, wie seine hellen Lichter geschäftig in einem engen Zirkel kreisten, die Köpfe im Wagen nach vorn blickten. Sie sah, wie der Wagen verschwand, das Motorengeräusch vom Schnee gedämpft, und wandte ihr schweres, weißes Gesicht zur Seite, um dem Wagen nachzusehen.

»Warum liegt Ihnen eigentlich soviel an den Bären?« fragte Beryl.

Maggie sagte: »Ich weiß es nicht genau. Sie sind ganz anders als die meisten Tiere, weil sie so unberechenbar sind. Sie reagieren nicht jedesmal gleich, so wie Robben immer tauchen oder Moschusochsen einen immer mit gesenkten Hörnern angehen. Ich habe gesehen, wie derselbe Bär einen Wagen einmal angriff und am nächsten Tag vor ihm davonlief. Ich habe sogar einen Bären gesehen, der sich auf den Rücken gerollt und vor den Scheinwerfern Schnee in die Luft geworfen hat, weil er spielen wollte.«

Maggie rieb sich mit der Innenseite ihres Daumens den Kiefer. »Einmal hat Jeff Shelbourne, ein widerlicher, gemeiner Mistkerl, einer Bärenmutter auf der Müllkippe ein Steak hingeworfen, und während sie es sich holte, hat er ihre beiden Jungen erschossen. Und das vor Publikum. Nun ja, er hat eine Geldstrafe bekommen, aber das ist etwas ganz anderes als Gefängnis oder so.« Maggie drehte sich um, um Beryl anzusehen, und richtete dann ihren Blick wieder auf die Straße. »Eine Woche danach hat sich diese Mutter Jeff geholt, während er den Müll auf die Veranda trug. Es war gerade so, als hätte sie dort auf seiner Veranda auf ihn gewartet. Ganz geduldig. Ich glaube, sie hat ihn verfolgt. Ich weiß es nicht. Jeff war der letzte Todesfall durch Eisbären in dieser Stadt. Das war vor drei Jahren.«

Maggie bediente die Schalthebel des Scheinwerfers, dessen Kreise sichtbar gemachter Dunkelheit lautlos über den Schnee glitten. »Ich habe großen Respekt vor den Bären. Sie machen mir wirklich angst.«

Während der Nacht sangen Maggie und Beryl Country-Balladen, Lagerlieder und die Titelmelodien aus »Drei Mädchen und drei Jungen« und »Speed Racer«. Gegen Morgen, als die Kälte sich sogar in ihren Mündern ausbreitete, erzählte Beryl Maggie, wie gern sie all die wilden Orte der Welt besuchen würde, um Tiere zu fotografieren. »Damit verdient David, der Kameramann unserer Gruppe, seinen Lebensunterhalt. Aber ich möchte es anders machen. Er liebt die warmen, sonnigen Plätze, die der Club Mediterrané noch nicht so recht entdeckt hat. Ich möchte in die extremen Gebiete gehen: in die Wüste Gobi, nach Patagonien, Sibirien. Ich habe mein ganzes Leben in der Stadt zugebracht. Der größte Teil meines Essens ist in Plastik verpackt. Mein Zuhause hat eine Zentralheizung, mein Wagen eine Klimaanlage. Manchmal wache ich morgens auf und kann mich nicht daran erinnern, welche Jahreszeit wir haben.

Ich möchte lernen, aus eigener Kraft zu überleben, mich den Extremen zu stellen. Wenn ich das nicht tue, werde ich eines Tages nicht wirklich gelebt haben, jedenfalls nicht im Sinne dieser Welt, in der es Zyklen gibt wie Dürre und Kälte, Durst und Überfluß. Es klingt vielleicht dumm, aber manchmal fühle ich mich wie meine Katze – immer noch als ein wildes Geschöpf erkennbar, aber kastriert und mit gestutzten Krallen, ein Kuscheltier. Sie sitzt den ganzen Tag auf dem Fenstersims in der Sonne und beobachtet das Leben durchs Fenster.«

Beryl merkte, daß sie sich nun schon eine ganze Weile unterhalten hatten. Die lange Nacht hatte ihre eigene Zeit. Der Himmel über ihnen war immer noch schwarz, aber in der Dunkelheit fingen die Schneewehen schon an, leicht zu glühen. Sie hatten die ganze Nacht lang keine anderen Bewegungen in der Landschaft wahrgenommen als das fauchende Tanzen des Schnees.

Maggie nickte. »Was mich betrifft«, sagte sie, »ich möchte nicht reisen. Ich möchte nichts anderes als diesen Ort.« Sie hielt an einer Kreuzung an, drehte sich auf ihrem Sitz und hielt in alle Richtungen Ausschau. Dann bog sie nach rechts ab. »Ich möchte einfach hier oben bleiben und die Kinder großziehen. Sie werden nicht hierbleiben, wenn sie erwachsen sind. Das weiß ich bereits. Aber ich möchte meine Zeit mit ihnen haben. Manchmal, wenn sie etwas Neues erzählen, frage ich mich, wo zum Teufel sie eigentlich hergekommen sind.« Maggie legte sich eine Hand auf den Bauch und fügte hinzu: »Von hier jedenfalls nicht.«

Die Autoheizung schaltete sich ein. Beryl spürte einen Schwall Hitze auf ihrem Gesicht, so trocken wie aus einem Backofen. Maggie sagte: »Und ich möchte diese Patrouillen weitermachen. Um die Bären zu sehen.«

»Meine Träume hier oben sind ziemlich merkwürdig«, bemerkte Beryl vorsichtig. Sie warf einen kurzen Blick auf Maggie und betrachtete dann wieder ihre Hände, die offen auf ihren Knien lagen. »In vielen meiner Träume geht es um Bären, aber nicht so, als wären sie wirklich Bären. Sie tanzen mit mir, oder wir essen zusammen. Ist das nicht merkwürdig?«

»Nein«, sagte Maggie und blickte hinaus in den Schnee. »Ich träume die ganze Zeit solche Sachen.«

Die beiden Frauen sahen einander einen Augenblick lang an und dann wieder weg.

# 12

Nachdem Beryl von dem Bären verfolgt worden war, ertappte sie sich oft dabei, wie sie am Fenster ihres Hotelzimmers saß und hinausstarrte. Sie hatte jetzt ein anderes Gefühl für das, was sie dort sah. Sie dachte: Ich kann nicht dort hinausgehen, es sei denn, ich sitze in einem Auto – sogar draußen muß ich drinbleiben. Die gewaltige, weiße Prärie erstreckte sich unter einem harten, blauen Himmel bis zum Horizont. Sie hatte sich noch immer nicht an die Reinheit der Farben in dieser dünnen Luft gewöhnt, an diese Szenen, die aussahen wie auf einem Buntglasfenster. Selbst die Braun- und Grautöne der Häuser in der Stadt waren weniger schlammig als weiter im Süden, weniger abgestumpft. Sie dachte: All das, und ich kann nur zusehen. Als wäre es bereits auf Davids Film und flackerte über eine flache Leinwand.

Manchmal ging sie in ihrem Zimmer auf und ab. Sie dachte, daß sie eigentlich irgend jemandem schreiben, sich Notizen machen, Nachforschungen anstellen sollte, aber ihr fiel nichts ein, was sie über dieses Land hätte sagen oder was sie hätte lesen sollen. Und ganz gewiß wollte sie nicht in die Bar hinuntergehen, wo David und Butler saßen, tranken und redeten. Sie würde nächsten Monat noch mehr als genug von ihnen zu sehen bekommen. Sie konnte nicht rausgehen, also ging sie statt dessen auf und ab und sah aus dem Fenster.

Eines Nachmittags fielen ihr die Holzbalken an der Decke ihres Zimmers auf, das dicke, handbehauene Holz alter Kolonialhäuser. Sie war überrascht, in dieser Stadt so weit hinter der Baumgrenze Holz von solcher Schönheit zu finden. Sie stellte sich auf einen Stuhl, um einen der Balken zu berühren. Er gab leicht nach unter ihren Fingern. Die Balken waren aus Styropor.

»Als ich noch ein Kind war«, sagte Maggie, »habe ich immer davon geträumt, Alec Ramsey zu sein. Das war dieser Junge aus den Abenteuerbüchern, die ich gelesen habe. Er ist mit seinem schwarzen Hengst überall hingeritten, in weit entfernte Länder, hat Rennen bestritten, Abenteuer bestanden. Obwohl man ihm zuerst immer gesagt hat, er könne dies oder das nicht schaffen, weil er ja nur ein Kind sei, ist ihm am Ende doch alles gelungen, wegen seines Pferdes und seiner Entschlossenheit. Ich wollte so sein wie er. Ich dachte, wenn ich mir nur genug Mühe gäbe, würde es mir gelingen. Aber ich war eben nur ein mageres, schwarzes Mädchen, das kein großes Pferd besaß, das nicht einmal viele Freunde hatte. Ich habe also nur eine Menge gelesen. Ich habe die ganze Zeit über von diesen Abenteuern geträumt, aber in der Hitze da unten war ich zu müde, um auch nur durch den Garten zu laufen.«

Der Wagen schlingerte leicht in dem tiefen Schnee, und Maggie verlangsamte das Tempo zu einem Kriechen. »Als ich zwanzig war, fand ich diesen Mann, diesen guten Mann, der sagte, er liebe mich. Meine Mom dachte, er sei alles, was ich jemals haben würde. Ich habe ihn auf der Stelle geheiratet. Es war nicht so, als hätte ich nicht die ganze Zeit versucht, mich anzupassen. Wir bekamen Julie und James und dauernd Streit. Ich konnte nicht an die Rolle glauben, die ich da spielte. Ich konnte nicht an die Wohnung glauben und an unsere Ehe und an die Kinder. Nein, einen Augenblick mal, es stimmt nicht, daß ich nicht an die Kinder glauben konnte. An sie habe ich mehr geglaubt als an irgend etwas sonst, ich konnte nur einfach nicht verstehen, daß sie mir gehörten.« Ein kleines Lächeln zuckte in Maggies Mundwinkeln, und sie blickte hinaus in den Schnee.

»Eines Tages sah ich eine Anzeige, in der Leute für die Arktis gesucht wurden. Man wollte auch für den Umzug der Familie aufkommen. Gerry hatte damals keinen Job. Einen Monat später waren wir hier. Er dachte, es sei nur für ein Jahr. Dachte, ich würde dann endlich Ruhe geben. Das dachte ich auch, bis ich aus dem Flugzeug trat und den Wind über all diesem freien Land spürte. Ich hatte noch nie etwas Derartiges gerochen, etwas Derartiges gesehen. Gerry ist noch im gleichen Jahr gegangen. Ich hoffe wirklich, er ist jetzt glücklicher.«

Nach dem College hatte es nur wenige Jahre gedauert, bis Beryl nach einigen Fotoausstellungen von ihrer freien Mitarbeit für einige Zeitschriften leben konnte. Auf ihren Ausstellungen bekam sie inzwischen oft mit, wie Fremde »Findham« sagten, als zeigte die Wiederholung ihres Namens bei der Diskussion ihrer Fotos, daß sie ihre Bedeutung verstanden hatten. Sie schrieben ihrem Namen zuversichtlich viele Qualitäten zu, als ob sie ein Ding wie einen Felsen beschrieben, etwas mit klaren, leicht abgrenzbaren Eigenschaften. Für sie selbst verband sich ihr Nachname immer noch mit ihren Eltern, und jedesmal, wenn sie ihn hörte, sah sie ihre Mutter die Kamera spannen, ihren Vater die Beleuchtung einstellen. Irgendwie war es für sie leichter, sich vorzustellen, ihre Eltern hätten die Fotos gemacht, wegen der all diese Leute hergekommen waren.

Als sie sechsundzwanzig war, besuchte sie einmal die Ausstellung eines Mannes, der drei Jahre älter war als sie und wohletabliert. Er hatte sich darauf spezialisiert, das Innenleben der verschiedensten Gemüsearten zu fotografieren, wobei er die verborgenen, samenreichen Winkel und Windungen in ihrem Innern zu gewaltigen Bildern vergrößerte. Sie bestaunte sein technisches Können. In einer der Kritiken, die in ellengroßen Lettern über dem Tisch mit Wein und Käse abgedruckt waren, hieß es, seine Vision der fremden, verborgenen Zukunft sei scharfsichtig, verwickelt und vernichtend.

Beryl glaubte felsenfest an sein Können, an seinen wahrhaftigen Anspruch auf seinen Ruf als Künstler, seinen Ruf als Mann mit einer Vision. Als sie sich kennenlernten, spürte sie die Festigkeit seines Handschlags, die Breite seiner Hand. Krähenfüße erschienen um seine Augen, wenn er lächelte; Beryl nahm an, sie hätten sich beim angestrengten Blick durch die Kamera und beim konzentrierten Nachdenken eingestellt. Seine Zähne funkelten so weiß und glatt, daß ihr sofort klar war, daß er nicht rauchte und nicht einmal Kaffee trank. Er sagte, er habe zwei ihrer Ausstellungen besucht. Sie bemerkte, wie er sich, wann immer sie sprach, völlig auf ihr Gesicht konzentrierte, als sei das, was sie sagte, sehr komplex und fordere seine ganze Aufmerksamkeit. Als sie sich abwandte, um sich noch etwas Wein zu holen, fing sie auch den Blick auf, mit dem er ihren Körper betrachtete. Sie fühlte sich geehrt und nervös und trank ihren Wein viel zu schnell. Sie versuchte, so zu lächeln, wie sie glaubte, daß er glaubte, sie solle es tun: ein kleines, zuversichtliches, weltverdrossenes Lächeln. Sie verabredeten sich zum Abendessen.

Während ihrer Beziehung ertappte sie sich dabei, wie sie seine Redeweise, seine Manierismen kopierte. Er neigte dazu, seine eigenen Gedanken so zu formulieren, daß sie immer an den unpersönlichen Stil eines Lehrbuchs denken mußte: »Es ist anzunehmen...«, und: »Es muß nicht eigens erwähnt werden...« Dieser Stil ließ das, was er sagte, erwiesen und sachlich erscheinen. Wenn er philosophierte, strich er sich gewohnheitsmäßig das Haar zurück und massierte seinen Schädel, als müsse er so schwer nachdenken, daß ihn der Kopf schmerzte. Er verzog die Lippen zu Grimassen, während er nach dem treffenden Wort suchte. Ihre Imitationen seiner Redeweise klangen nie auch nur annähernd so beeindruckend. Ihre Grimassen erweckten eher den Anschein von Zuckungen als von tiefem Nachdenken.

Nach und nach übernahm er die Rolle des älteren Lehrers und gab ihr Abhandlungen von Krishnamurti zu lesen: *The Moosewood Cookbook* und *Diet for a Small Planet*. Er behauptete, daß man mit makrobiotischer Ernährung der Welt weniger wegnahm. Zum Geburtstag schenkte er ihr eine Packung aus Altpapier hergestelltem, dioxinfreiem Toilettenpapier und ein Parfüm, das ohne Tierversuche entwickelt worden war. Sie war zuerst ziemlich aufgeregt wegen der Größe des eingewickelten Päckchens und dann verwirrt, als sie die erste Rolle sah. Er hatte ihr die Gefahren von Dioxinen erklärt, und nachdem sie begriffen hatte, daß er es ernst meinte, hatte sie versucht, sich bei ihm für das Geschenk zu bedanken, als sei sie von der Originalität seines Gedankens begeistert.

Eines Tages, als er sagte, sie solle für ihre Wäsche nur noch doppeltkohlensaures Natron und Essig benutzen, hatte sie eine Liste aller Chemikalien gemacht, die er bei seinen Fotoarbeiten verwendete. Sie wollte ihn nur aufziehen, aber sein Gesicht wurde starr, und die Flügel seiner dünnen, wohlgeformten Nase erbleichten.

»Das«, sagte er, »ist Kunst. Man kann unmöglich die Notwendigkeiten seines Ausdrucks beschneiden oder auf die erforderlichen Werkzeuge verzichten.«

Sie hatte sich augenblicklich darangemacht, ihn zu beschwichtigen. Er hatte sich erst entspannt, als sie behauptete, es sei wirklich alles die Schuld der Wissenschaftler, die sich nicht bemühten, ökologisch gesündere Chemikalien zu entwickeln. Er sei ein passives Opfer mangelnder Alternativen. Daraufhin hatte er über ihre Weisheit genickt, und gemeinsam hatten sie über die Profitgier der Wissenschaftler geschimpft.

Und seit ihrem dritten gemeinsamen Frühstück hatte er fortwährend auf sie eingeredet, sie solle das Kaffeetrinken aufgeben.

»Es ist allgemein bekannt, daß es drei Substanzen gibt, die einem klaren Blick gefährlich werden können«, sagte er, als er zum ersten Mal die Übel des Kaffees auflistete. Er hob die Hand und zählte an seinen großen, säuberlich manikürten Fingern die einzelnen Punkte ab. Diese Finger hatten sich in der vergangenen Nacht so geschickt über ihren Körper bewegt, daß sie beinahe Angst vor ihnen bekam. Später hatte sie, während er schlief, lange Zeit immer wieder die Umrisse und die Struktur seiner Nägel und seiner Handgelenke erforscht. Das blonde, durchscheinende Haar auf seinen Knöcheln war ihr so verwundbar erschienen, so zart.

»Nikotin«, fuhr er fort, »Alkohol und Kaffee. Mystiker auf der ganzen Welt, angefangen bei den frühen Christen bis hin zu den modernen Buddhisten, stimmen darin überein, daß diese drei Dinge das Auge des Geistes trüben.« Sie beobachtete seine Hände, betrachtete seine roten Lippen, die die Worte formten. »Es besteht ganz offensichtlich eine Verbindung zwischen dem geistigen Auge und der Kunst. Wir müssen uns einen klaren, unverfälschten Blick bewahren.«

Der Gedanke faszinierte sie, daß die Seele Klarheit brauchte, damit man gut fotografierte, so als sei sie ein zusätzliches Objektiv, das man auf die Kamera schrauben konnte. Unglücklicherweise mochte sie Kaffee. Jeden Morgen machte sie sich mit ihrer Melior-Maschine einen ziemlich starken Kaffee, ein Ritual, das ihr beim Aufwachen half. Er sagte, jedes Erwachen müsse von innen kommen. Etwas an der Gewichtigkeit, mit der er Ratschläge wie diesen vorbrachte, ließ sie immer an eine an die Wand gehängte rosenumrandete Stickerei mit einer Bauernweisheit denken. Sie wußte, daß das gewiß nicht die Art war, wie er seine Worte verstanden wissen wollte.

Wenn er morgens in der Nähe war, versuchte sie, auf ihren Kaffee zu warten, bis er ging, aber manchmal blieb er bis zum Mittagessen, und dann holte sie vor seinen Augen die Kaffeemaschine hervor. Einmal fragte er sie, was es für ein Gefühl sei, süchtig zu sein. Suchtverhalten war zu dieser Zeit ein ziemlich beliebtes Thema, angefangen bei physischer Abhängigkeit bis hin zu abhängigmachenden Beziehungen. Mehrere ihrer Freunde hatten ihr ihre Abhängigkeiten gestanden, und sie war sich unsensibel und ein wenig ausgeschlossen vorgekommen, weil sie diesen Bekenntnissen nichts Gleichartiges entgegenzusetzen hatte. Sie begann sich zu fragen, ob Kaffee akzeptabel wäre.

»Es ist, als müßte ich zusehen, wie du gemahlenes Glas trinkst«, erklärte er. Sie lächelte scheu angesichts seiner Fürsorge, seines Beschützerdrangs, aber jedesmal, wenn sie einen Schluck nahm, wandte er den Blick ab. Ihr Kaffee schmeckte ihr immer weniger.

Eine Woche lang hatte sie mit einem Verzicht auf Koffein experimentiert, um festzustellen, ob ihre Fotos wirklich davon profitierten. Sie konnte keinen großen Unterschied feststellen. Sie fragte sich, ob es länger als eine Woche dauern würde, die Verunreinigungen aus ihrer Seele zu vertreiben.

Er fing an, ihr jedesmal, wenn sie sich in ihrem Atelier trafen, Ratschläge für ihre Arbeit zu geben. Wenn er seine Kritik äußerte, hielt er sein Gesicht leicht von dem Foto abgewandt, so daß sein Blick von der Seite kam, aus schmal gewordenen Augen, an denen die Krähenfüße sichtbar wurden – dieselbe Pose, die er für die Plakate bevorzugte, die seine Ausstellungen ankündigten. Sie hörte nie auf, sich an der physischen Größe seiner Arbeit zu ergötzen, angeschwollen auf eine Höhe von drei Metern, eine Breite von fünf Metern, grobkörnig und hart. Manchmal nagelte er Holzbretter auf seine Bilder, beschmierte sie mit Dreck oder klebte Telefonschnüre darauf, die sich rein- und rausschlängelten. Die Gemüse bekamen etwas Fremdartiges, wie das Innere von Maschinen. Die Kritiker liebten seine Kombination von Fotografie und Bildhauerei. Beryl dachte, er könne bei Bildern solcher Größe keine Fehler machen.

Eines Tages beim Mittagessen fragte er sie, ob sie es nicht manchmal müde werde, nur Tiere zu fotografieren.

Sie hatte gerade ein Tofu-Curry-Sandwich an die Lippen gehoben. Sie legte das Sandwich wieder weg. »Was?« fragte sie.

»Du fotografierst nur Tiere«, sagte er. »Du müßtest das doch langsam leid werden. Wenn du schon bei Tieren so gut bist, könntest du doch sicher mit einem größeren Gegenstand noch viel mehr ausdrücken, mit etwas, das mehr wäre als...« Er dachte einen Augenblick nach, schürzte dann die Lippen und sagte lachend: »Mehr als Bambis und Lassies.«

Sie versuchte, über seinen Witz zu lachen. Ein Tropfen Soyonnaise klebte an seiner Unterlippe. Sie beugte sich vor und wischte den Tropfen mit ihrem Taschentuch ab, berührte seine Lippen mit der anderen Hand und ließ dann ihre Finger sein Kinn hinuntergleiten, als könnte sie damit seiner Stimme Einhalt gebieten, seinen Worten. Sie hatte den Kaffee beinahe ganz aufgegeben, bis auf seltene Gelegenheiten, wenn sie sich am Nachmittag immer noch schläfrig fühlte.

»Oh«, sagte sie. »Es wäre bestimmt schön, einen größeren Wirkungskreis zu haben, aber nur Tiere faszinieren mich als Motiv so sehr, daß ich gute Fotos machen kann.«

»Vielleicht«, sagte er, »solltest du dir mehr Mühe geben.«

Sie hatten eine lange Diskussion über das Thema. Bei Auseinandersetzungen wie dieser war er stets methodisch und ernst und verfolgte jedes Argument bis zu seinem logischen Schluß. Er beharrte darauf, daß sie, *wenn* sie einen eingeschränkten Wirkungskreis hatte und *wenn* sie glaubte, es sei besser, mehr als nur Tiere zu fotografieren, sich *dann* eben mehr Mühe geben sollte, ihren Horizont zu erweitern.

Sie war bei diesen Debatten weniger logisch. Für sie war dieses Gespräch nicht das einzige, was vorging. Während sie über den Wirkungskreis ihrer Arbeit diskutierten, bemerkte sie etwas, das ihr bisher noch nicht aufgefallen war: Immer wenn er ein Argument anbrachte, hielt er ihr seine offenen Hände hin, so als böte er ihr etwas an, etwas Greifbares. Sie bemerkte auch, daß sein Blick kaum je auf ihr ruhte, sondern auf Salz und Pfeffer neben ihr, als beschreibe er ihr etwas, das für ihn so klar war wie die Form des Salzstreuers. Sie sah ihre eigenen Hände eine Papierserviette zerfetzen und überlegte, was sie im Kühlschrank hatte, um einen Nachtisch zu machen. Nach diesem Streit hatte er das Gefühl, das Problem sei gelöst und die Lösung werde nun in die Tat umgesetzt. Sie hatte das Gefühl, daß sie nur eine Seite der Angelegenheit betrachtet hatten.

Als er ging, begann sie nachzudenken. Wieder und wieder hörte sie seine Stimme, die sagte: »Bambis und Lassies.«

Als sie ihn das nächste Mal traf, überreichte er ihr eine Mappe mit seinen erfolgreichsten Arbeiten, so daß sie anfangen konnte, über ein neues Sujet nachzudenken. In dem Augenblick, als sich ihre Hand um die Mappe schloß, wurde ihr klar, daß er dieses Thema nicht fallenlassen würde. Irgendwann würde ihr das Fotografieren von Tieren genausowenig Spaß machen wie jetzt das Kaffeetrinken. Die Haut über ihrer Wirbelsäule begann zu schwitzen. Nichts in ihrem Leben war ihr mehr wert als ihre Arbeit.

Nach dem Dinner küßte sie ihn ein letztes Mal und ging dann langsam nach Hause, um ihre Telefonnummer zu ändern und mit dem ersten Auftrag zu verschwinden, der länger dauerte als einen Monat.

Einige ihrer besten Fotos überhaupt stammten aus diesem Auftrag, bei dem sie Neuerwerbungen des Zoos von San Diego fotografiert hatte. Sie war so glücklich, einfach nur Stunde um Stunde dastehen und mit der Kamera in der Hand die Tiere beobachten zu dürfen. Ihre Geduld war unerschöpflich gewesen. Die Bilder hatten etwas beinahe Intimes an sich, so als beugten die Tiere sich zu ihr herüber, um ihr ein Geheimnis zu offenbaren.

Später einmal, als sie bei einer Firma, für die sie gelegentlich arbeitete, um eine Ecke in der Eingangshalle bog, war er ihr entgegengekommen, zwei Fotos in der Hand, die er aufmerksam studierte. Sein Haar war gewachsen, sein Gesicht dünner geworden. Sie zog sich hastig wieder um die Ecke zurück und verschwand in der Damentoilette; ihr Atem ging unregelmäßig, als wäre sie mehrere Blocks weit gelaufen.

Sie hatte seither andere Beziehungen gehabt, aber diese Beziehungen waren hauptsächlich körperlich gewesen, mit einer klaren, von ihr selbst gezogenen Grenze, die genau beschrieb, wie weit der Mann in ihr Leben eindringen durfte. Selbst mit den Männern, die ihre Regeln respektierten, gingen die Beziehungen nach zwei oder drei Monaten wieder auseinander. Sie wußte nicht, ob sie einfach nur Pech hatte oder ob sie zu viele Grenzen setzte. Andere Frauen, die sie kannte, versuchten – ganz gleich, wie sehr sie in der Vergangenheit verletzt worden waren –, mit jedem neuen Mann so vertraut zu werden wie nur möglich. Beryl fragte sich, ob es ein Fehler von ihr sei, das nicht zu tun.

Ihre letzte Beziehung war die beste gewesen, mit dem Freund eines Freundes, der einen zahmen Otter hatte, den sie fotografieren wollte. Der Mann war genauso humorvoll und flink wie sein Otter, der ein Meister in der Kunst geworden war, sich mit den Pfoten Türen zu öffnen, so daß er bei allem dabeisein konnte, was irgendwie mit Wasser zu tun hatte, angefangen beim Spülen bis hin zum Duschen. Beim leisesten Erlahmen ihrer Gegenwehr rollte er sich in die Spülmaschine und wickelte sich um eine Tasse, bereit, mit aller Entschlossenheit um seinen Besitz zu kämpfen. Anschließend mußten sie das Geschirr mit einem Fön trockenblasen, um all die verirrten Otterhaare herunterzubekommen. Beryl hatte gelernt, sich beim Duschen nicht mehr tödlich zu erschrecken, wenn das glatte Otterfell unerwartet um ihre Knöchel glitschte.

Der Mann und Beryl waren beide extrem kitzelig und verbrachten ganze Stunden damit, einander zu quälen, stürzten sich in unerwarteten Augenblicken auf die Schwachpunkte des anderen und versuchten, ihre eigenen zu verteidigen, wobei sie zappelnd und lachend um Gnade flehten. Einmal, als sie – beide besonders gut angezogen – abends durch eine menschenüberfüllte Stadt zum Essen gingen, griff er mit der Hand unter ihre Jacke, als wolle er sie näher an sich ziehen, und riß ihr statt dessen ihre Unterhose halb den Rücken herauf. Sie schrie auf und wand sich vor Schmerzen, und beide fielen sie auf den Gehsteig, brüllten sich Beleidigungen zu und griffen einander an die Unterwäsche. Die Leute, die an ihnen vorüberkamen, blieben kurz stehen und sahen sie mit ausdruckslosen, feindlichen Gesichtern an.

Nach sechs Monaten sprach er zum ersten Mal von der Möglichkeit zusammenzuziehen. Sie sagte ihm, sie werde darüber nachdenken. In derselben Woche fuhr sie den Otter und ihn an einen See in der Nähe der Grenze zu Maine. Am See angekommen, rutschte der Otter auf seinem glatten Bauch aus dem Wagen und das schlammige Ufer hinab und tunkte erst im letzten Augenblick den Kopf ins

Wasser, als streife er ein Kleid über. Er tauchte und tollte herum, bis er erschöpft rücklings im Wasser lag, sein flaches, katzenartiges Gesicht der Sonne zugewandt. Dann zog sich der Mann die Kleider aus und tauchte ebenfalls ins Wasser, um den Otter durch den See zu jagen. Nach einer Weile kletterte der Otter dem Mann auf den Rükken und auf den Kopf, drückte ihn mit seinem Gewicht unter Wasser, bis er prustend wieder auftauchte. Der Otter schwamm zurück, um seine Schnauze zärtlich über das hustende Gesicht des Mannes zu reiben, und der Mann griff ihn von hinten am Schwanz, um ihn unter Wasser zu ziehen.

Sie sah ihnen zu und ließ die Sonne über ihren Rücken streichen, während sie mit den Zehen im kalten Wasser planschte. Sie saugte alles in sich auf, mit einem scharfen, strahlenden Glücksgefühl, einem Glücksempfinden, das ein Kribbeln über ihre Haut sandte. Sie wußte, sie würde sich für alle Zeit an diesen Tag erinnern. Sie fragte sich, ob andere Menschen viele solcher schlichten, einfachen Tage hätten. Sie dachte, wenn sie zu ihm zöge, würde sie diese Art von Tagen immer haben können, und sie spürte eine heftige, wilde Gier in sich.

Nach jenem Tag am See fühlte sie sich in seiner Nähe abhängiger. Sie wollte mehr von dieser Art Glück haben. Sie wollte, daß nichts dieses Glück gefährdete. Und sie hielt Ausschau nach Veränderungen in ihm oder in ihren Gefühlen für ihn. Er sagte, sie solle zu ihm ziehen, denn seine Wohnung sei die größere. Wenn sie jetzt zu ihm ging, war sie jedesmal voller Freude, wenn sie den Türknauf herunterdrückte, eine große, hölzerne, lächelnde Sonne. Jedesmal, wenn sie bei ihm frühstückte, suchte sie sich mit größter Sorgfalt einen Löffel aus seinem zusammengewürfelten Silber aus. Es bereitete ihr Vergnügen, jeden Gegenstand in die Hand zu nehmen, sein wohlgestaltetes Gleichgewicht, seine vom Alter geglättete Oberfläche zu spüren. Sie dachte, wenn sie zu ihm zöge, würde jede Einzelheit statt dessen zur Normalität werden, zur Routine. Das Haus würde mit ihrem Wissen, mit der Wiederholung zusammenschrumpfen, und beim ersten Streit würde es zum Käfig werden. Sie wußte, daß er früher oder später das Interesse an ihr verlieren würde. Er würde ihr vorschreiben, was sie tun solle; jeder andere Mann hatte das bisher getan. Sie begann, dies mehr und mehr zu fürchten und sich von ihm zurückzuziehen. Sie sagte, sie sei nicht so sicher, ob sie überhaupt zu ihm ziehen wolle.

Er war zuerst verwirrt und fing schließlich an, mit ihr zu streiten. Jedesmal, wenn er sie anschrie, empfand sie Freude, denn ihr war klar, daß es nicht halb so schlimm war wie befürchtet.

Am letzten Tag stritten sie mit dieser verzweifelten Grausamkeit, die nur zwischen Menschen existieren kann, die einander lieben. Verängstigt biß der Otter sie heftig in den Daumen. Die Narbe war immer noch zu sehen, der klare Abdruck scharfer Tierzähne auf dem Fleisch ihrer Hand.

# 13

Mit jedem Tag wurde es kälter. Auf der städtischen Müllkippe bekam Beryl langsam Probleme mit ihren Kameras. Sie klemmten, und sie mußte die Batterien an ihrem Bauch wärmen, bevor sie sie benutzen konnte. Sie kam sich dumm vor, weil sie das Ausmaß dieses Problems nicht vorhergesehen hatte. Zu Hause in Boston hatte sie geglaubt, es würde genügen, wenn sie immer eine zusätzliche Kamera in der Wärme ihres Parkas bereithielt, so daß sie die Kameras je nach Bedarf austauschen konnte. Als sie jedoch einige der Filme in der Dunkelkammer der städtischen Zeitung entwikkelte, stellte sie fest, daß feine Linien kreuz und quer über die Bilder liefen, als hätte sie sie durch ein zerbrochenes Objektiv aufgenommen.

Als sie David die Filme zeigte, sagte er: »Ach, das liegt daran, daß die Emulsion gefriert und dann zerspringt. Was für ein lächerliches Klima. Warum um alles in der Welt gibt es Menschen, die hier oben leben, obwohl es in Florida immer noch mehr als genug Platz gibt? Halt die Kameras warm, und sei vorsichtig, wenn du den Film zurückspulst. Mach es ganz langsam und mit der Hand. In dieser Art Kälte baut sich immer elektrostatische Ladung auf. Wenn du zu schnell zurückspulst, gibt es Entladungen, und du bekommst wunderschöne gezackte Blitze auf deine besten Bilder.«

Trotz all ihrer Bemühungen wuchsen die Schwierigkeiten, mit denen David und Beryl zu kämpfen hatten. Sie stapelten Ersatzkameras in der Nähe der Autoheizung, aber die Knöpfe klemmten immer noch, und die Batterien waren zu schwach. Fluchend drückte David wieder und wieder auf die Bedienungstasten.

Butler telefonierte mit dem Hauptquartier der Zeitschrift in New York, um Heizgeräte für ihre Kameras zu ordern, aber er meinte, es würde mindestens eine Woche dauern, bevor sie irgend etwas bekämen. Schließlich schloß David seine Kamera an die Autobatterie an, um zusätzliche Stromreserven zu haben. Die lange Schnur schlängelte sich durch den Wagen und wickelte sich mitunter sechs- oder siebenmal um Davids Füße, wenn er den kreisenden Bewegungen eines Bären folgte. Beryl hielt weiter zwei zusätzliche Kameras unter ihrem Parka bereit, nur eine einzige Kleiderschicht von ihrer Haut entfernt, und tauschte alle fünf Minuten den abgekühlten Apparat aus. Trotz der dicken Unterwäsche zwischen ihrem Bauch und dem kalten Metall spürte sie die dumpfe Kälte und die Taubheit, die sich langsam über ihre Hüften legte und ihr den Rücken heraufkroch.

In dieser Kälte wurden schließlich auch ihre Hände immer langsamer. Sie spürte die Lethargie in ihren Fingern, wenn sie versuchte, die Kamera einzustellen und dann abzudrücken. Sie kämpfte gegen die Frustration. Sie wollte dieses Bild, genau dieses. Ihre Finger bewegten sich zu spät. Die Handschuhe tasteten ungeschickt über den Auslöser. Die Kamera summte schwach, versuchte, den Film weiterzuspulen. Nachdem sie zwanzig Minuten lang ihren Oberkörper aus dem Bus gelehnt hatte, spürte sie, wie die Kälte in ihre Bewegungen eindrang. Wenn David ihre Schulter berührte, dauerte ihr Abstieg lange Sekunden, und ihre Knie beklagten sich.

Als sie eines Tages einen Film zurückspulte, riß er mitten durch, und die Kurbel ließ sich ohne Widerstand weiterdrehen. Als sie die Kamera in der Dunkelkammer öffnete, waren die gerissenen Enden des Films gesplittert, so fein wie Glas. Auf dieser Filmrolle war die Aufnahme eines Bären gewesen, die ihr besonders gefallen hatte: Er lag auf dem Rücken, die Arme kraftlos auf seiner flachen Brust, und seine dunklen Augen hatten sie angesehen. Der Bär wirkte schläfrig, geduldig und sehr menschlich. Er hatte nicht den ausdruckslosen Blick eines Vogels oder eines Fischs; er hatte sie mit Bewußtsein betrachtet, wissend.

In dieser Kälte fühlte sie sich viel älter, eine Frau, die in die Jahre gekommen war, deren Körper nicht mehr richtig funktionierte. Sie verstand jetzt, warum Jean-Claude so langsam ging, warum er nicht lächelte. Wenn man erst einmal über längere Zeit hinweg die Macht einer solchen Kälte kennengelernt hatte, mußte einem jede Bewegung wie ein Kraftakt erscheinen.

Sie wußte, daß ihre Langsamkeit möglicherweise auch auf Schlafmangel zurückzuführen war. In dieser Woche hatte sie sich jede Nacht zu Maggie hinausgeschlichen und die ersten drei Stunden ihrer Wache mit ihr geteilt, bevor Maggie sie dann wieder vor ihrem Hotel abgesetzt hatte. Jede Nacht war Beryl langsam die Treppe zu ihrem Zimmer hinaufgestiegen, hatte mit hölzernen Fingern die Schlüssel ins Schloß gefummelt. Es hatte sie sogar Mühe gekostet, ihre Handschuhe abzustreifen. Sie ließ sich dann kaltes Wasser über Hände und Gesicht laufen, spürte es auf ihrer Haut brennen, prikkeln. Langsam stellte sie die Temperatur des Wassers höher, und die Haut in ihrem Gesicht juckte, während das Wasser sich erwärmte. Sie rieb sich Creme in die Haut, kletterte dann ins Bett, wo das saubere Rascheln der Laken sie überraschte, wo jeder Laut sie überraschte, der sich von dem Summen des Wagens und dem langsamen Rhythmus der durch den Schnee gleitenden Scheibenwischer unterschied. Beryl schloß die Augen und sah nur die eingeschneiten, dunklen Häuser an den Fenstern vorbeiziehen.

Sie hatte während ihrer Nachtwachen mit Maggie noch immer keinen Bären zu Gesicht bekommen, was für diese Jahreszeit sehr ungewöhnlich war. Maggie sagte, in den Stunden vor der Morgendämmerung, wenn Beryl nicht mehr bei ihr sei, sehe sie jedesmal fünf bis sieben Bären. Maggie und Beryl fuhren weiter langsam durch die Stadt, hielten Ausschau, beobachteten. Beryl wollte unbedingt einen Bären ruhig durch die Stadt streifen sehen, die Stadt, die in diesem Augenblick nur ihm allein gehörte, weit entfernt von der Müllkippe und den Mayonnaisegläsern. Sie wollte einen Bären in der Tiefe der Nacht sehen, wie er die Höhe eines Fensters einzuschätzen versuchte, während die Menschen dahinter fest schliefen.

Als Beryl ihre ersten Bilder entwickelte, stellte sie fest, daß sie nicht einmal einen Hauch des arktischen Lichts eingefangen hatte. Die Fotos, die nicht von der Kälte zerstört worden waren, sahen beinahe wie geschickt getarnte Zoofotos aus. Sie wollte das kristallklare Licht, den weit offenen Raum, den wiegenden Trott der Bären. Sie probierte langsamere und dann schnellere Filme aus, verschiedene Filter, Weitwinkelobjektive. Nach einer Weile bekam sie das Gefühl für den Raum, für die Größe der Bären, aber es war ihr noch immer nicht gelungen, dieses besondere Licht mit ihrer Kamera einzufangen, es auf ihren Film zu bannen. Sie wollte dieses Licht mit nach Hause nehmen.

Am Freitag morgen erzählte Butler der Gruppe von einem Mann, der im vergangenen Jahr von einem Bären aufgespürt und getötet worden war, während er auf einem Bulldozer die Trans-Alaska-Pipeline entlanggefahren war.

»Bären«, sagte Butler und hielt dann inne, um einen Schluck Kaffee zu trinken. Er saugte die heiße Flüssigkeit durch die Zähne, während seine Lippen sich zu einer breiten Grimasse verzogen. Beryl nahm an, daß diese Angewohnheit von seinen Campingreisen herrührte, auf denen er seinen Kaffee aus dünnen Metalltassen getrunken hatte. Wahrscheinlich glaubte er, auf diese Weise härter zu wirken. »Bären haben keine Angst vor großen Maschinen. Sie sind daran gewöhnt, daß sich das Eis unter ihnen bewegt; laute, krachende Geräusche erschrecken sie nicht. Der Bulldozerführer konnte wegen der Motorgeräusche nichts hören. Er war auf seinem Sitz festgeschnallt. Ich meine, selbst wenn er die Schritte des Bären hinter sich gehört hätte, was hätte er tun können? Ein Bulldozer schafft nicht mehr als fünf Meilen die Stunde. Er konnte sich nirgendwo verstecken oder weglaufen. Nur flacher Schnee, Felsen, Schotter in allen Richtungen. Nur die Straße, über die er fuhr, die zurück zur Basis führte. Alles flach.« Butler schob seinen Teller weg und streckte die Arme über die ganze Wagenbreite aus. Seine Schultern knackten.

Beryl saß neben ihm und sah zu seinem Arm auf, der direkt über ihren Schultern lag. Sie mußte sich ein wenig vorbeugen, um zu verhindern, daß ihr Kopf die Innenseite seines Ellbogens berührte.

Butler sprach weiter. »Anscheinend hat der Bär angefangen, den Burschen aufzufressen, während er noch auf dem fahrenden Bulldozer saß.« Butler warf einen Blick auf Beryl, die neben ihm saß, und suchte in ihrem Gesicht nach Spuren des Ekels. Sie fand es schwierig, in ihrer leicht vorgebeugten Haltung seinem Blick tapfer standzuhalten.

»Die Straße«, sagte Butler, »war so gerade, daß der Bulldozer noch anderthalb Kilometer weitergefahren ist, bevor er in einer

Schneewand steckenblieb, die der Mann kurz zuvor selbst errichtet hatte. Anscheinend hat der Bär den Körper des Mannes kurz vorher aus dem Fahrerhaus geholt. Das, was noch von dem Körper übrig war, hat man ungefähr anderthalb Kilometer von dieser Stelle entfernt gefunden.«

Beryl dachte über diese Art von Tod nach. Vielleicht kommt er ganz plötzlich, und man weiß nicht, was geschieht, aber ebenso wahrscheinlich mag er langsam kommen. Den Bären kümmert es nicht, ob man tot ist oder lebendig, solange man sich nur nicht bewegen kann. Man würde seine normalen Gedanken denken, an einem normalen Tag, das Gehör eingelullt von der lauten Maschine, auf der man sitzt; nur der Blick ist frei. Man würde eine leere, flache Landschaft sehen, verunstaltet nur durch die Straße, die sich wie eine Narbe hindurchschneidet. Man zappelt auf seinem Platz herum, in der Hoffnung, diesen Tag ein wenig vorantreiben zu können, um an sein Ende zu gelangen, zum Fernseher und zu irgendeinem Abendessen.

Und dann plötzlich wird man von einer Gewalt ergriffen, die so mächtig ist, daß man nicht einmal mehr den Schmerz spürt. Nur ein Wind, ein Krachen auf dem Hinterkopf. Man wird herumgerissen, blinzelt, blickt auf zu einem Geschöpf, dessen Größe und Stärke man nie für möglich gehalten hätte, dessen Augen schwarz sind, feucht und klein, und wenn es sich vorbeugt, um einem die Zähne in den Bauch zu schlagen, spürt man die rauhen, dicken Nackenhaare an seinem Gesicht.

»Der Körper des Mannes wurde vollkommen zerfleischt«, fügte Butler hinzu und kam Beryl noch ein Stück näher. Er sah weder Jean-Claude noch David an, während er seine Geschichte erzählte. Er wollte ihre, Beryls, Reaktionen beobachten. Sie sah das leichte Beben seiner Nasenflügel, während er den Duft ihrer Haut einatmete. »Beryl, sag mir, wenn das zu blutrünstig für dich ist – aber er hatte kein rechtes Bein mehr.« Butler suchte in Beryls Gesicht nach Zeichen von Schwäche, nach einer Spur von Ekel oder Entsetzen.

»Er hatte kein rechtes Bein mehr, und – du weißt ja, wie gern Bären Körperfett mögen – er hatte auch kaum noch Haut.« Butler hielt inne, um ihre Reaktion auf diese Information abzuschätzen.

Sie versuchte, ihre Gesichtsmuskeln zu entspannen. Seine Augen zogen sich vor Verärgerung leicht zusammen. Sie fühlte sich schon seit einiger Zeit in seiner Gegenwart nicht mehr wohl. Sie hätte vermutlich nicht so empfunden, wenn sie weniger Zeit miteinander verbracht hätten, aber schließlich war sie den größten Teil des Tages nicht weiter als drei Meter von ihm entfernt. Wäre sie ihm in Boston begegnet, hätte sie seine Gesellschaft wegen der Geschichten, die er zu erzählen wußte, vielleicht sogar genossen. Vielleicht hätte sie sich sogar zu ihm hingezogen gefühlt. Statt dessen wußte sie, daß sie den nächsten Monat mit ihm zusammen in einem kleinen Bus verbringen würde. Sein Körper wog ungefähr doppelt soviel wie ihrer. Der Stoff seines Hemdes straffte und kräuselte sich mit den langsamen Bewegungen seines Atems. Er stand so dicht neben ihr, wie sie es niemandem gern gestattete.

Butler sprach weiter. »Man weiß nicht, wie lange er noch gelebt hat, nachdem der Bär über ihn hergefallen war. Aber die Ärzte sagten, daß keine seiner Verletzungen tödlich gewesen sei. Es ist möglich, daß er die ganze Zeit über noch lebte und erst, nachdem der Bär ihn liegengelassen hat, an Kälte und Blutverlust da draußen im Schnee gestorben ist.« Butler streckte seine massige Hand aus, zu Krallen verzogen, und bewegte die dicke Tatze langsam nach vorn, um ihr Gesicht zu berühren und mit den Nägeln über ihre Wange zu fahren. Er wollte ihr angst machen, sie zwingen, Angst zu zeigen. Die beiden anderen beobachteten ihre Reaktion.

Sie entzog sich seinem Griff, nicht aus Angst vor dem Bären, sondern aus Ekel vor Butlers warmem, feuchtem Fleisch. Er lächelte.

Sie dachte, von einem Bären zerfleischt zu werden sei eine bessere Art zu sterben als die meisten anderen. Besser, als dem ungleichmäßigen Keuchen eines Sauerstoffapparats zu lauschen.

## 14

Am Samstag morgen klopfte jemand an ihre Tür. Als sie die Tür öffnete, war sie überrascht, Jean-Claude vor sich zu sehen. Er hielt ihr eine Tasche mit Drähten und Batterien entgegen. »Ich glaube, ich kann ein Heizgerät für deine Kamera machen«, sagte er. Als sie ihm so direkt gegenüberstand, fiel ihr auf, daß er nur fünf oder vielleicht sieben Zentimeter größer war als sie. Sie fragte sich, ob er als Kind wohl genug zu essen bekommen hatte; vielleicht hatten die Expeditionen, an denen er mit vierzehn Jahren teilgenommen hatte, sein Wachstum gehemmt, oder vielleicht war es einfach wichtig für ihn gewesen, klein zu sein, weniger zu essen, sich schnell zu bewegen, um zu überleben. Seine weißen Augenbrauen gaben seinem ernsten Gesicht ein beinahe komisches, erschrockenes Aussehen.

Er half ihr, am unteren Teil ihrer Kamera ein kleines, batteriebetriebenes Heizgerät zu installieren. Seine Arbeit war methodisch, und er erklärte ihr jeden einzelnen Schritt. Er sprach klar und deutlich. Dreimal überprüfte er jede Verbindung. Sie fragte sich, wie seine Eltern wohl gewesen sein mochten, seine Kindheit. Sie wollte mit ihm über seine Reisen sprechen, über die Arktis, die Kälte und den Tod; wie dachte er darüber, durch den Schnee zu laufen und einen Haufen Kleider zurückzulassen, in dem etwas steckte, das einmal gelebt hatte. Aufmerksam beobachtete sie jede seiner Bewegungen. Seine Hände waren groß und schwielig. Seine rechte Hand schien größer zu sein als die linke. Nachdem sie einige Augenblicke hingesehen hatte, fiel ihr auf, daß seine linke Hand nur drei Finger hatte; selbst der Knöchel des vierten Fingers war entfernt worden. Seine Finger bewegten sich präzise und voller Anmut. Sie fragte sich, ob er im Geiste auch die Finger bewegte, die nicht mehr da waren.

Als nächstes baute sie unter Jean-Claudes Augen ein Heizgerät für David. Sie beobachtete ihre eigenen Hände und versuchte, sie genauso präzise zu bewegen, wie Jean-Claude seine bewegt hatte. Sie stellte sich vor, daß ihr ganzes Leben vom Erfolg dieses Geräts abhinge. Keine Reservedrähte oder Batterien. Keine Zelte, keine Vorräte. Nicht einmal Zeit. Sie überprüfte die Verbindungsdrähte noch einmal. Schaltete den Apparat ein. Die Wärme breitete sich aus, langsam und tröstlich.

Sie lächelte Jean-Claude zu, und ihr wurde klar, daß sie nur spielte mit einem Entsetzen, das er durchlebt hatte.

»Sag mal«, fragte Beryl, »kannst du dir auch mal meinen Parka und meine Kleider für den Käfig ansehen? Ich habe alles, was die Zeitschrift empfohlen hat, aber ich mache mir trotzdem Gedanken darüber, da draußen im Wind zu sitzen. Würde es dir etwas ausmachen?« In Maggies Wagen waren Beryl trotz all ihrer dicken Kleider und der voll aufgedrehten Heizung Füße und Finger taub geworden, während sie, in den Sitz geschmiegt, am Rücken geschwitzt hatte.

Sie öffnete den Schrank, zog alles heraus und packte es aufs Bett. Sie hatte zwei Garnituren Polypropylen-Unterwäsche mitgenommen, drei Flanellhemden, mehrere Islandpullis, Thinsulate-Schlüpfer, Gore-Tex-Überhosen und den grünen, glänzenden Parka, dessen Reißverschluß nur ein kleines Loch für die Augen und zum Atmen frei ließ. Außerdem zwei Paar Handschuhe, drei Mützen, sechs batteriebetriebene Wollsocken, Stiefel, die groß genug waren für eine Mondlandung, eine Schutzbrille und eine Gesichtsmaske. Auf jedem Kleidungsstück prangte das Emblem von *Natural Photography*. Am wenigsten mochte sie die elektrischen Socken, denn sie rochen immer leicht nach verbrannter Wolle. Sie hatte sie nur am ersten Tag getragen, später nicht mehr; der Geruch machte sie zu nervös. Sie hatte immer das Gefühl, ihre Füße könnten Feuer fangen. Die Kleidung nahm beeindruckend viel Platz ein, einen viel größeren Teil des Bettes als sie selbst, wenn sie dort lag.

Jean-Claude, der neben ihr stand, begann zu zittern. Zuerst dachte sie, die Erinnerung an irgendeine Expedition, an die Kälte und die Not, hätte dieses Zittern ausgelöst. Einen Augenblick lang überlegte sie, ob sie nicht langsam aus dem Zimmer gehen solle. Dann sah sie in sein Gesicht und merkte, daß er lachte. Er preßte sich den Handrücken auf den Mund, und sein Gesicht hatte sich so vollständig verändert, daß er beinahe so aussah wie der Junge von Zwanzig, der er war.

Sie warf einen Blick auf den Kleiderhaufen und lächelte. Wenn sie mit all diesen Sachen auf dem Körper zu Maggies Wagen ging, atmete sie so langsam und steif wie ein Astronaut.

»Tut mir leid«, sagte er und drehte sich zu ihr um. Das Grinsen auf seinem Gesicht war jung und glücklich. In diesem Augenblick konnte sie sich beinahe vorstellen, wie er sich mit Büchern unterm Arm über Zensuren unterhielt. Er sagte: »In dem ganzen Zeug da ertrinkst du ja. Die Eskimokleidung ist besser. Wärmer. Komm mit in mein Zimmer. Ich habe noch eine Garnitur übrig.«

Jean-Claudes Garnitur bestand aus zwei getrennten Schichten. Die Unterkleidung – Hemd und Hose – war aus Karibuhaut, die Überkleidung ein Anzug aus Wolfspelz mit einem weichen Saum von Vielfraßpelz ums Gesicht.

»Die Karibuschicht gehört direkt auf die Haut. Nichts darunter. Der Pelz nach außen.« Er ließ seine Finger über den Flor des Karibus gleiten. »Trag den zweiten Anzug mit dem Pelz nach innen. Sonst brauchst du nichts außer Socken, Stiefeln und Handschuhen. Wenn der Körper warm ist, kann das Gesicht enorme Kälte vertragen. Muß es. Masken frieren durch die Feuchtigkeit des Atems einfach zu.«

»Eis ist ein Problem da draußen.« Jean-Claudes Blick wanderte zum Fenster. Beryl sah zu, wie er dann langsam wieder zu ihr herübersah. »Du schwitzt und atmest Feuchtigkeit aus. Diese Feuchtigkeit gefriert auf deinen Kleidern. Der Anzug hier ist aus Pelz gemacht, hält das Eis also nicht fest. Wenn du ins Wasser fällst oder wirklich einmal besonders stark schwitzt, ziehst du ihn aus und schüttelst ihn. Das Eis springt ab. Der Anzug ist wieder trocken. Nicht wie bei Wolle, wo die Feuchtigkeit in den Stoff eindringt.«

Sie ging ins Badezimmer, um den Anzug anzuprobieren. Die Regale dort waren leer bis auf eine Zahnbürste und Zahnpasta. Beryl hustete, um das Geräusch zu übertönen, mit dem sie das Medizinschränkchen öffnete. Nur eine Haarbürste. Unter dem Waschbecken stand ein Erste-Hilfe-Koffer, der groß genug für eine Arzttasche gewesen wäre.

Sie zog sich aus und streifte den Anzug über. Die Karibuhaut glitt über ihre Brust und ihre Arme, geschmeidig, weich und leicht. Sie zog die Hose an und verknotete die Riemen in der Taille. Sie roch Rauch und Leder, den Schweiß von Schlittenhunden und Jean-Claude, ein harter Geruch, wie von Bitterholz. Der kurze, dicke Pelz des Karibus stand von ihrem Körper ab. Sie konnte an Bauch und Schultern die Stiche auf seiner Innenseite spüren, aber sie waren so klein und eng, daß sie sie nicht sehen konnte, wenn sie das Haar zurückstrich. Dann zog sie die Übergarnitur an. Der dicke Pelz raschelte über ihr Gesicht. Als sie die Kapuze überstreifte, atmete sie einen Moschusgeruch ein, der so dick und süß war wie der eines Stinktiers. Wolf oder Vielfraß. Der Geruch verlor sich beinahe sofort. Sie wußte nicht, ob sie sich bereits daran gewöhnt hatte oder ob er in der frischen Luft einfach schnell verflog.

Sie stand leicht und biegsam in dem weiß gekachelten Badezimmer. Mit jeder ihrer Bewegungen zitterten die Pelzseiten der beiden Schichten ihrer Kleider und rieben sich aneinander. Der Pelz machte keine Geräusche; vielmehr weckte er in ihr das deutliche Gefühl, als stellten sich ihre Nackenhaare auf und mit ihnen all die feinen Härchen auf ihrem ganzen Körper – wie das Verzahnen und Übereinandergleiten von Borsten.

Es erschien ihr so, als hätte sie schon immer auf dieses Gefühl gewartet, auf die sanfte Haut eines Karibus, die sich zwischen ihre Beine schmeichelte. Sie fühlte sich stark und groß. Sie betrachtete sich in dem Spiegel, der ihren ganzen Körper zeigte. Ihre neue Gestalt und die Gerüche, von denen sie umgeben war, überraschten sie. Sie fragte sich, ob sich so auch die Bären fühlten.

Sie ging ins Schlafzimmer, um Jean-Claude zu zeigen, wie ihr der Anzug paßte. Er zog ihr die Kapuze über den Kopf, soweit es ging. Sie spürte den Wolfspelz an ihren Wangen. Jean-Claude zog am Saum des Parkas, um sicherzustellen, daß er weit genug herunterreichte. Dann hob er ihn hoch, um nachzusehen, wie sie die Riemen der Hose verknotet hatte.

»Nein«, sagte er, »du darfst da nie einen Doppelknoten machen.« Ihr Bauch war entblößt. Seine Hand hielt den Stoff des Parkas hoch und gegen ihre Rippen gedrückt. Wenn er jetzt an den Riemen zöge, um festzustellen, wie eng sie saßen, würde er ihr

Schamhaar sehen. »Du mußt die Hose zum Kacken und zum Pinkeln öffnen. Wenn du die Handschuhe ausziehen mußt, um den Knoten zu lösen, verlierst du vielleicht deine Finger.« Er ließ den Stoff los und trat ein Stück zurück. »Da draußen ist es wie auf dem Mond. Man muß immer vorausplanen.« Er pochte mit dem Finger gegen ihre Schläfe. »Denk nach, denk die ganze Zeit. Du kannst kein Metall berühren. Mußt deine Augen schützen. Wie tief ist der Schnee? Sind die Decken gefroren? Hände funktionieren noch? Solltest du einen Dauerlauf machen, um dich jetzt aufzuwärmen, oder wirst du diese Energie später noch brauchen?«

Die Gerüche und ihre eigene Wärme stiegen durch den Kragen des Anzugs zu ihr auf. Verschiedene Wahrnehmungen verschmolzen miteinander zu dem Gefühl eines einzigen Körpers. Wenn sie früher bekleidet oder unbekleidet vor einem Mann gestanden hatte, hatte sie sich immer unzulänglich gefühlt, zu klein. Jetzt stand sie in den Gerüchen und Häuten von vielen Leibern und hatte das Gefühl, größer zu sein, als sie es je gewesen war.

Wenn sie die Kleidung tragen würde, die *Natural Photography* für den Käfig empfohlen hatte, erklärte er ihr, würde sie sich in dieser unförmigen Masse nicht einmal genug bewegen können, um in die Hände zu klatschen, um warm zu bleiben. Jedes Jahr schickten sie auf diese Weise ausgestattete Leute hier herauf, und es war auch alles schön und gut, solange sie in beheizten Autos oder Häusern blieben. Aber wenn sie versuchten, für eine Weile hinaus in den Schnee zu gehen, konnte alles mögliche geschehen.

Als Jean-Claude, nachdem er die Länge der Hosenbeine überprüft hatte, wieder aufstand, stellte sie zu ihrer Überraschung fest, daß sie errötete. Er sagte, es beunruhige ihn etwas, daß der Anzug vielleicht zu eng sei. Er schob die Kapuze zurück und griff ihr hinten in den Kragen, um sicherzustellen, daß die überschüssige Wärme genug Platz hatte, zu entweichen. Er streckte den Arm aus, legte ihn über ihre Schulter, und sein Körper lehnte gegen den äußeren Pelz. Sie spürte den sanften Druck jedes einzelnen seiner drei Finger auf ihrer nackten Haut zwischen den Schulterblättern. Die Wolfshaut raschelte.

Im Badezimmer zog sie die Anzüge aus und schlüpfte voller Bedauern wieder in ihre eigenen Kleider. Ihre Kleidung schien geruchlos, nichtssagend und zu leicht ohne den Pelz. Die Reißverschlüsse waren übermäßig mechanisch, die Knöpfe fremdartig. Mit dem Anzug überm Arm kehrte sie in das andere Zimmer zurück. In der Ecke stand ein Stuhl, aber sie setzte sich neben Jean-Claude aufs Bett. Er sah sie an und wandte den Blick wieder ab. Seine Augen streiften langsam über die kahlen, weißen Wände. Sie fragte sich, wonach er suchte. Sie rückte ein wenig näher an ihn heran. Sie wollte seine Haut berühren, herausfinden, ob sie wärmer war als bei den meisten Menschen. Vielleicht war er ein kleiner Backofen wie Maggie.

Jean-Claude sagte: »Als die Briten die Arktis erforschten, kamen sie in normalen Marineuniformen. Alles andere war ihnen verboten. Man glaubte, nichts könne so gut sein wie zwei Schichten britischer Wolle.«

Beryl war froh, daß er endlich wieder redete. Sie wollte, daß er weitersprach. »Und haben sie nicht gemogelt?« fragte sie. »Konnten sie die Regel nicht einfach ignorieren, sobald sie hier waren?«

»Es war schwierig, andere Kleider an Bord zu schmuggeln. Und in der Öffenlichkeit konnten sie sie sowieso nicht tragen. Das haben die Offiziere bestraft.« Jean-Claude blickte auf die Wand, als lese er die Worte dort ab. Sie fragte sich, ob es ihm etwas bedeutete, mit wem er sprach. Sie hätte gern gewußt, ob er Freunde hatte, Geschwister. »Jedes Jahr blieb ein Schiff im Eis stecken. Das Treibeis wuchs im Laufe der Monate zusammen. Der Schiffsrumpf barst. Die Männer erfroren oder verhungerten langsam. Der Winter dauert hier neun Monate. Das meiste davon ist eine einzige Nacht. Ohne Sonne war es gleichgültig, ob sie mittags wach waren oder um drei Uhr morgens. Es spielte keine Rolle, es war immer noch dunkel. Sie konnten zwei Stunden wach bleiben oder zwanzig. Egal. Die Zeit vergeht sehr langsam so.«

Beryl beobachtete seine Hände. Sie lagen auf seinem Schoß, zu groß und zu schwer für den Rest seines Körpers. Sie hatten geschwollene Knöchel und dicke Schwielen. Beryl fragte sich, ob sie weh taten.

Er drehte sich um und sah sie einen Augenblick lang an. »In Situationen wie dieser«, sagte er, seine Worte klar und überlegt, »muß man wissen, wofür man lebt, und zwar genau. Man muß in der Lage sein, sich daran festzuhalten. Wenn man das nicht hat oder wenn man es vergißt, stirbt man.«

Er sah sie an. Sie war sich nicht sicher, wie sie darauf reagieren sollte. Es schien, als warte er auf etwas. »Es muß ein schrecklicher Tod sein«, brachte sie hervor.

Er wandte sich ab. Sie konnte nicht erkennen, ob er zufrieden war oder nicht. »Da war dieser holländische Kapitän. Das Schiff lief auf einen Eisberg auf. Passiert leicht. Einige der Eisschollen sind so groß wie Häuserblocks und ändern ihre Richtung mit dem Wind. Der Kapitän lief nach vorn, mit ausgestreckten Händen. So.« Jean-Claude streckte, die Schultern durchgedrückt, die Hände aus. »Hat seine Hände gegen das Eis gestemmt. Er wurde zwischen Schiff und Eis in die Tiefe gezogen. Seine Männer sahen zu. Er war ein guter Kapitän.« Jean-Claude ließ die Hände wieder auf seinen Schoß fallen.

»Ein Teil des Schiffes überstand die Havarie. Es kippte mit sieben Mann Besatzung auf dem Eis zur Seite. Sie hatten nichts zu essen. Sie hatten kein Holz, außer dem Schiff, auf dem sie hausten. Sie haben es langsam, Stück für Stück, verbrannt. Sie trieben mit dem Eis umher. Zapften einander reihum Blut ab, tranken das Blut aus einem Schuh. Nach einem Monat ging ein Mann hinaus aufs Eis, um sich umzubringen, und sah ein anderes Schiff vorüberfahren. Sie wurden gerettet.«

Jean-Claude drehte sich zu ihm um. Sein Gesicht war ausdruckslos. Er hielt seine Hände mit den Innenflächen nach oben. Eine Geste, die sie nicht verstand.

Sie ließ ihre Fingerspitzen über die Innenfläche seiner Hand gleiten. Die Haut war dick und hart, an manchen Stellen rissig. Warm. Sie zog ihre Hand zurück und lächelte ihn verlegen an.

Jean-Claude erwiderte ihren Blick, verwirrt und plötzlich sehr jung.

## 15

An ihrem letzten Abend in der Stadt blieben sie alle nach dem Abendessen noch sitzen und unterhielten sich bis spät in die Nacht hinein. Sie tranken und warfen den Fremden, die an ihrem Tisch vorbeikamen, hungrige Blicke zu. Keiner von den vieren unternahm den Versuch, mit anderen Leuten zu sprechen. Soweit Beryl wußte, waren sie und Jean-Claude die einzigen, die überhaupt jemanden in der Stadt kannten. Jean-Claude schien einfach jeden zu kennen, der nach Hunden und Benzin roch. Jeder, der vorbeikam, warf erst einen Blick auf die *Natural Photography*-Gruppe und nickte dann Jean-Claude schweigend zu. Er nickte zurück.

Die meisten der Leute, die er kannte, waren Männer, aber Beryl fiel auch eine Frau auf. Klein, mit dunklen Augen. Beryl beobachtete, wie Jean-Claude ihren kurzen Gruß erwiderte. Sie konnte seinem Verhalten nichts entnehmen, dem geduldigen, ruhigen Blick, dem knappen Nicken. Sie stellte fest, daß sie allmählich ziemlich neugierig wurde auf alles, was sein Leben betraf.

David begann von seiner Heimat in Südkalifornien zu sprechen. Er sagte: »Ich wohne zusammen mit einem Freund direkt am Strand, in der Nähe von San Diego. Wir haben die Wohnung gemietet, weil wir dort ein wenig schnorcheln wollten. Wir haben früher jeden Tag geschnorchelt. Mir gefällt die Stille, wißt ihr, das Licht und die Fische. Soviel Bewegung und Farbe in einem so kleinen Gebiet.« David atmete durch den Mund aus. »Ich habe diese Welt dort nie gefilmt. Ich hatte nie den Wunsch, versteht ihr?« Er sah von einem zum anderen.

»In den letzten paar Jahren hat sich das allerdings geändert. Ich weiß nicht, was passiert ist. Nichts Plötzliches, nichts Bestimmtes, einfach die ganze Entwicklung, all die neuen Städte, eine kleine Ölpest.« Er griff nach seiner Serviette und strich mit dem Daumen über ihre Kante. »Wenn ich jetzt zum Strand gehe, sind die Geräusche noch dieselben. Die Sonne ist wie früher und die Wellen auch. Aber ich wate in die Brandung, und das Wasser ist leer.« Er legte die Serviette wieder weg.

Beryl beobachtete Butler, während David sprach. Die Geschichte schien ihn ein wenig zu verwirren – vielleicht waren es aber auch einzelne kleine Hinweise, die Art, wie David von seinem »Freund« sprach. Butler warf einen Blick auf Davids Gesicht und dann, aus irgendeinem Grund, auf seine Hände. Er rückte seinen Stuhl von David weg, aber nur ein kleines Stück. Er schien noch immer verwirrt zu sein.

David drängte Jean-Claude, die Rufe einiger arktischer Tiere nachzumachen. Jean-Claude ließ sich schließlich dazu überreden.

»Das Schneehuhn«, sagte er, zog seine Unterlippe zwischen die Zähne und machte die schnalzenden, wispernden Rufe des weißen Vogels mit den erstaunten Augen nach, dieses Vogels, der jede Nacht unter einer Schneewehe schläft und am Morgen seinen Kopf wie ein Seerohr durch den Schnee stößt. Weite und Kälte hallten in seinen Rufen wider, so körperlich wie eine Berührung auf Beryls Gesicht.

Jean-Claude nahm nicht die Hände zu Hilfe, um den Ruf nachzumachen. Er richtete lediglich den Blick in die Ferne, schürzte die Lippen und stieß das Geräusch aus. Beryl nahm an, daß er seine Hände deshalb nicht benutzte, weil sie, wenn er diesen Ruf draußen machen mußte, in Handschuhen steckten.

»Der Polarfuchs«, sagte er als nächstes. Er bellte und kreischte mit der gepreßten Stimme des Lumpensammlers, eifrig, hungrig, eine immerwährende Klage. »Der Wolf.« Er reckte den Hals, und Beryl sah, wie sich das Geräusch aus den Knochen in seiner Brust entfaltete. Ein heulender, anschwellender Ruf, der hervorquoll und beim ersten Ton den ganzen Speisesaal zum Schweigen brachte. Der Klang von Schnelligkeit und Macht, von Einsamkeit und Schnee. Sämtliche Gesichter im Raum wandten sich um und sahen Jean-Claude an.

Er senkte den Kopf, sah erst blinzelnd von einem zum anderen und schaute sich dann im Speisesaal um. Ihm schien nicht klar gewesen zu sein, daß seine Imitationen Aufmerksamkeit auf sich ziehen würden. Irgend jemand ließ klappernd eine Gabel zu Boden fallen. Nachdem die Stille gebrochen war, rückten die Leute sich auf ihren Stühlen wieder zurecht, und der Speisesaal kehrte rasch zur Normalität zurück.

Beryl fragte nach den Eisbären, nach ihren Rufen.

Jean-Claude drehte sich zu ihr um und sah sie einen Augenblick lang ohne Wiedererkennen an. Dann begann er zu sprechen. »Der Eisbär macht keine Geräusche. Er ist ein Einzelgänger. Hat es nicht nötig, mit anderen Bären Kontakt aufzunehmen, es sei denn, er zieht Junge auf, oder er ist wütend. Die einzigen Geräusche kommen von seinem Atem.«

Sie dachte an dieses Geräusch – ein Zischen, ein Schnauben, der Schnee, der wieder an seinen Platz glitt, nachdem die schwarzbesohlten Tatzen des Bären sich weiterbewegt hatten.

Beryl war die erste, die aufstand und gute Nacht wünschte. Sie mußte sich umziehen, um Maggie bei der Nachtwache Gesellschaft zu leisten. Sie ging die Treppe zu ihrem Zimmer hinauf; sie fühlte sich warm und ziemlich betrunken. Als sie sich auf der Treppe noch einmal umdrehte und die drei Männer lachend in ihr Gespräch vertieft sah, nahm sie sich vor, sich diese Szene sorgfältig einzuprägen. Sie wußte, dies war der Höhepunkt ihrer Reise; besser konnte es nicht mehr werden.

Nachdem sie sich den *Natural Photography*-Anzug angezogen hatte, ging sie durch den Hintereingang auf den Parkplatz, wo sie sich mit Maggie verabredet hatte. Sie hatte sich schließlich doch gegen Jean-Claudes Anzug entschieden, weil sie glaubte, Maggie würde sie aufziehen. Außerdem erschien ihr die lange Nacht im Wagen ziemlich kalt; obwohl sie das Gefühl des Pelzanzugs mochte, wollte sie ihre ersten Experimente damit doch lieber in den relativ kurzen Zeitabschnitten machen, die sie im Käfig verbringen würde.

Sie trat hinaus in den unbeheizten Tunnel, der auf den Parkplatz führte. Die warme Luft aus dem Hotel dampfte und wirbelte um sie herum und war dann plötzlich verschwunden. Ihr Gesicht wurde so schnell taub, daß ihre Augen erschrocken zu blinzeln begannen. Die Luft war kälter, als sie es je zuvor erlebt hatte. Sie ging durch den Betontunnel und lauschte dem Echo ihres Atems und dem leisen Quietschen ihrer Schritte im Schnee. Ihre Arme und Beine bewegten sich ein wenig unkontrolliert, und ihre Gedanken waren etwas langsam. Ein kleiner Rausch war in dieser Art Kälte wahrscheinlich ganz nützlich. Undeutlich nahm sie ein Summen jenseits des Gehwegs wahr, das von einem großen Motor zu stammen schien. Sie dachte, es könne Maggie sein, die im Wagen auf sie wartete, und beschleunigte ihren Schritt.

Sie drückte die Klinke herunter und öffnete die letzten Türen. Sie schwangen so weit auf, daß sie sie mit sich rissen. Der Wind zerrte hart an ihrem Parka. Mit ausgestreckten Armen bahnte sie sich ihren Weg über den schlüpfrigen Grund. Schnee füllte ihre Augen und ihre Nase. Instinktiv wandte sie ihm dem Rücken zu, beugte sich ein wenig vor. Dann heulte der Wind plötzlich aus einer anderen Richtung, sie drehte sich wieder um und richtete sich auf, einen Handschuh als Schutzschild vor dem Gesicht.

Sie konnte das Hotel nicht sehen.

Sie drehte sich wieder um. Schnee bedeckte ihre Wimpern. Sie konnte nichts hören als das ungleichmäßige Schnarren und Heulen des Windes. Luft und Boden wirbelten weiß um sie herum, schmiegten sich ineinander, nicht weiter von ihr entfernt als ein ausgestreckter Arm. Der Wind brauste zwischen ihre Beine, blähte ihren Parka auf, wirbelte über ihren Bauch. Ihre Haut wurde bei seiner Berührung augenblicklich gefühllos. Tiefer unten tat es weh, ein pochender Schmerz.

Sie war sich überhaupt nicht mehr sicher, in welcher Richtung das Hotel liegen sollte.

Wenn sie an sich herabsah, konnte sie unterhalb ihrer Knie nichts mehr erkennen. Der Schnee zischte und flog über sie hinweg wie ein Fluß. Der Wind riß an ihren Knöcheln. Sie versuchte, die Zehen einzuziehen und dann wieder auszustrecken, konnte aber nicht feststellen, ob sie sich überhaupt noch bewegten. Sie wurde schnell nüchtern. Sie wußte, daß sie auf keinen Fall stehenbleiben durfte.

Sie begann, durch den Schnee in die Richtung zu laufen, in der sie das Hotel vermutete; sie machte kleine Schritte, so daß die plötzlichen Windstöße sie nicht zu Fall bringen würden. Ihr Gesicht wurde hart vor Kälte. Sie war sicher, daß sie früher oder später auf das Hotel oder eins der Häuser an der Straße treffen würde.

Sie streckte den Arm vor sich aus. Der Schnee überzog ihn augenblicklich mit einer weißen Hülle. Er wirbelte immer dichter um sie herum, bis sie den Handschuh am anderen Ende ihres Arms kaum noch erkennen konnte. Der Wind schlug ihr hart in die Seite, traf ihren Rücken, dann ihren Arm. Sie taumelte und setzte einen Fuß vor den anderen, mit winzigsten Schritten. Ihr Arm zitterte. Sie konnte zusehen, wie sich kleine Schneewehen in den Falten ihres Parkas aufhäuften. Ihr Atem ging immer langsamer. Sie spürte ihre Füße nicht mehr, wenn sie den Boden berührten. Sie konnte ihre Füße nicht einmal mehr sehen. Sie zog ihre Beine eins nach dem anderen durch den Strom, ziellos, immer weiter.

Sie hatte das Gefühl, sie müsse dreißig Meter durch den Schnee gegangen sein, gewiß wenigstens fünfzehn. Breiter konnte die Straße nicht sein. Sie war immer noch nicht auf ein Gebäude gestoßen. Langsam fragte sie sich, ob sie im Kreis lief. Ohne irgendeinen Orientierungspunkt und mit dem stürmischen Wind war es schwer, eine klare Richtung beizubehalten. Ihr schien es, als ginge sie immer geradeaus. Sie fragte sich, ob sie vielleicht zwischen den Gebäuden hindurchlief, an Hintertreppen und Einfahrten vorbei, oder geradewegs die Straße hinunter zum Ende der Stadt, direkt in die offene Tundra, die dahinterlag. Sie versuchte, sich millimeterweise nach links zu bewegen.

Nach einer Weile konnte sie ihren ausgestreckten Arm nicht länger spüren. Millimeter um Millimeter bewegte sie sich nach rechts. Von oben mußte ihr Weg einen ziemlich verworrenen Eindruck machen, wie sie da, den Arm weit von sich gestreckt, umhertaumelte. Ein Erwachsener, der Blindekuh spielte, spät in der Nacht und ganz allein. Sie ging langsam weiter wie Jean-Claude mit seinem ausbalancierten Hinken.

Plötzlich fand sie, daß sie mittlerweile außerhalb der Stadt sein mußte; das war der Grund, warum sie nirgends auf ein Gebäude traf. Sie drehte sich um in die Richtung, aus der sie gekommen war, aber es würde ihr nichts nützen, wenn sie den gleichen Weg wieder zurückging. Sie wußte, daß das Hotel dort nicht sein konnte. Vielleicht ein wenig weiter links. Sie stand da, lehnte sich in den Wind und wußte nicht weiter.

Der Wind schlug ihr hart in die Seite. Ihre Füße verloren den Halt. Sie spürte nicht, wie sie auf dem Boden aufschlug. Mühsam stand sie auf. Ihre Beine rutschten durch den Schnee. Ihre Arme wollten ihr nicht gehorchen. Wie dumm, staunte sie. Und wie schnell. Der Wind warf sie wieder zu Boden. Sie fühlte sich sehr klein im Angesicht dieser geballten Kraft, ein Kind, ein Baby. Der Schnee legte sich wie ein Kissen auf ihr Gesicht, weich wie eine Decke. Ihr Herz schlug langsam und schwer gegen die Kälte in ihren Gliedmaßen an. Sie lauschte seinem Klang. Das Zentrum ihres Körpers fühlte sich warm an.

Der Schnee wirbelte über ihr Gesicht und in ihre Nase hinein. Sie hustete.

Sie dachte: Langsam, und versuchte, sich auf Händen und Knien weiterzubewegen. Es fiel ihr sehr schwer, herauszufinden, was sie taten. Ihre Handgelenke weigerten sich zu tun, was sie wollte. Ihre Füße schleiften hinter ihr her. Das Ganze erschien ihr wie ein so einfacher Fehler, Wärme ein so natürlicher Luxus. Ihr linker Ärmel war ein Stück hinaufgerutscht. Sie konnte die Haut des Handgelenks sehen. Blauweiß.

Sie sah sie an und stellte überrascht fest, daß sie im Begriff war zu sterben.

Sie kroch schwankend weiter und konzentrierte sich darauf, das Gleichgewicht zu halten. Ihr Körper entglitt ihr Stück um Stück. Sie spürte jetzt nichts mehr als die Luft, die in ihre Lungen eindrang. Sie sah nichts als die Ränder ihrer Kapuze und ihre Handgelenke, die durch das Schneetreiben glitten. Das Blut dröhnte in ihren Ohren, ihre Gliedmaßen schleppten sich durch den Schnee. Die Geräusche füllten ihren Kopf, dieser starke Lärm, jeder Herzschlag und jedes Seufzen, jedes Rascheln und jedes Scharren.

Sie erinnerte sich an das Geräusch der Bürste in ihrem Haar letzte Nacht, bevor sie schlafen ging, erinnerte sich an das Schaben und Ziehen der Borsten auf ihrer Kopfhaut. Sie erinnerte sich daran, wie sie an dem Abend, bevor sie Boston verließ, in die Badewanne gestiegen war, wie ihre Zehen in dem heißen Wasser plötzlich rosa anliefen. Sie sah den Eisbären lichterloh brennen, sah ihn über den Hügel laufen, hörte den Klang seines Atems und das Knistern des Feuers. Sie bewegte sich auf allen vieren wie der Bär.

Sie dachte: Leben, und kroch weiter. Vor ihrem inneren Auge sah sie ihre Eltern in ihrem Wohnzimmer in Boston, der Fernseher lief, blaues Licht flackerte über ihre Gesichter, ihre Hände lagen locker und offen da, fünf Zentimeter voneinander entfernt.

Vor sich sah sie plötzlich etwas Festes, Kompaktes im Treibsand ihrer Welt. Es was mehr als nur ein Gegenstand, was sie da vor sich sah. Wenn sie nur ihr Gesicht bedecken könnte, dachte sie, würde ihr warm werden. Wenn sie nur die Augen schließen könnte.

Das erste, was sie erkannte, war ein Bär. Die Hinterbeine und die Flanke eines riesigen Bären, eines weißen Bären, der sich scherenschnittartig gegen das Blau der offenen Wagentür und Maggies Parka auf dem Boden abzeichnete. Maggies schwarzes Haar ergoß sich aus der Kapuze, feucht von Blut. Maggies Arm fuhr durch die Luft. Beryl war ganz nah, bewegte sich kriechend noch näher heran.

Der Bär drehte sich zu Beryl um und ließ das Vorderteil von Maggies Parka, das er im Maul gehalten hatte, los. Er war ein Riese, gelb vom Alter, ein gesenkter, verfilzter Kopf, der sich auf sie zubewegte. Sein Pelz kräuselte sich mit dem Wind und dem Schnee, aus dem er gemacht war. Seine Augen wurden schmal, seine Zähne leuchteten weiß gegen das Schwarz seines Mauls. Sie kroch auf ihn zu.

Der Bär stemmte sich hoch und erhob sich zu einer solchen Höhe, daß sich sein Gesicht weiter oben im Schnee verlor. Sie roch seinen warmen, schweren Geruch nach Fleisch, Urin und feuchtem Fell. Er schlug mit den Armen um sich. Sie kroch weiter vor, auf die Wärme zu. Sie schmiegte sich in die Wölbung seines Körpers, die Wölbung seiner Beine. Ihr Kopf stieß gegen seine Hoden, ihre Nase bohrte sich tief in die intime Wärme seines Pelzes, bis sie die Haut darunter berührte, trocken und glatt wie Talkum-Puder. Sie barg ihre Nase in seiner Wärme und atmete im Schutz dieser Zuflucht tief durch. Ihr Gesicht würde wieder warm werden.

Sie spürte, wie der Bär sich versteifte. Spürte den Pelz hochschnellen. Sie sah den Bären über sich in den Schnee springen. Sie war allein.

Sie hörte ein leises Geräusch. Eine Art Glucksen, ein Schnauben. Sie sah sich überall um. Dann senkte sie den Blick, und dort lag Maggie und lachte so laut sie nur konnte mit ihrer klaffenden Wange, die bis zum Knochen aufgerissen war, so daß Zähne und Zahnfleisch bloßlagen. Beryl konnte die Mechanik des Lachens in all ihrer Pracht erkennen.

Maggie setzte sich auf und umarmte sie. Beryl gab sich einen Augenblick lang still dieser Geste hin, bettete dann ihren Kopf tief in Maggies Umarmung, verkroch sich tief in der Wärme. Beryl machte ein Geräusch, das wie ein Husten klang, mit verzerrtem, unwilligem Mund. Maggie begann zu weinen. Die Tränen gefroren auf der Haut ihrer Wangen. Langsam krochen die beiden zum Wagen und stiegen ein. Sie schlossen die Türen und lehnten sich zurück.

Draußen blies der Wind. Es herrschte ein Schweigen, eine Stille, so tief, wie Beryl es sich nur je hatte vorstellen können. Die Stille sickerte langsam durch ihre Haut, bis Maggie sich mit ihrem ganzen bleiernen Gewicht auf die Hupe warf und der Schnee auf der vorderen Stoßstange in die Hoteltüren stob und Leute kamen, um ihnen hineinzuhelfen.

## 16

Das Krankenhaus entließ Maggie früher als Beryl. Maggies Verletzungen an Gesicht, Schulter und Hüfte hatten nur einiger Stiche bedurft. Sie hatte keine Erfrierungen, dazu war sie nicht lange genug draußen gewesen. Es würden allerdings Narben zurückbleiben, sagte ihr der Arzt. Maggie sagte, sie sei froh darüber; die Stadt würde sich jetzt zu schuldig fühlen, um ihr jemals ihren Job wegzunehmen. Außerdem, sagte sie, würden Narben ihre Kinder einschüchtern, ihnen neuen Respekt einflößen.

Der Arzt machte sich mehr Sorgen um Beryl. Ihre Haut verschorfte sich und schälte sich an Armen, Beinen und Rücken, als hätte sie zu lange in der Sonne gelegen. Zuerst spürte sie einen Schmerz, als gieße man ihr heißes Wasser über die Haut, dann folgte ein heftiges, unwiderstehliches Jucken. Sie kratzte sich genüßlich überall, lehnte sich sogar gegen die Kopfleiste des Bettes und rieb sich den Rücken daran wie ein Hirsch an einem Baum. Sie trug die Lotion auf, die der Arzt ihr gegeben hatte. Die frische, rosafarbene Haut gab ihr das Aussehen eines neugeborenen Babys, so als sei sie aus der Schale ihres alten Körpers herausgetreten. Und als wäre ihr Körper wirklich neu geboren, verspürte sie große Ehrfurcht vor ihm, dafür, daß er sie durch den Sturm gebracht hatte. Sie ließ ihre Finger vorsichtig über alle ihre Gliedmaßen gleiten, maß mit der Hand ihre Breite, verfolgte die Knochen unter der Hülle aus Fleisch, betrachtete ihren Körper mit klaren, bewundernden Blicken. Die Stellen, an denen sie Erfrierungen hatte, schmerzten schon bei der leichtesten Berührung. Ihre Handgelenke nahmen, nachdem sich die tote Haut abgeschält hatte, für eine Weile ein zorniges Rot an, und wenn sie schlief, ließ sie beide Gelenke seitlich aus dem Bett hängen wie ein Falke, der in der Luft schwebt.

Am zweiten Tag sagte ihr der Arzt, daß man ihr an beiden Füßen die kleinen Zehen entfernt habe.

Beryl blickte hinunter auf ihre bandagierten Zehen. Sie konnte nichts erkennen. Zuerst dachte sie, er scherze vielleicht nur, wolle ihr angst machen. Man hatte ihr die Zehen wohl in der ersten Nacht abgenommen, als sie ohne Bewußtsein war. Sie wußte nicht, was man anschließend damit gemacht hatte. Sie stellte sich vor, wie sie durchs Krankenhaus lief und Abfalleimer durchwühlte. Sie stellte sich vor, wie sie ihre Zehen finden würde, klein, weiß und dick, zusammengerollt wie Babys.

Der Arzt hatte breite Wangenknochen und schwarzes Haar. Beryl fragte sich, ob er vielleicht Halbeskimo sei, aber er hätte ebensogut Hawaiianer sein können. Er sagte, er sei überrascht, daß Beryl die Sache überhaupt so gut überstanden habe. Er gab ihr den Rat, in Zukunft mehr Vorsicht walten zu lassen in dieser Welt, die sie um ein Haar getötet hätte.

Beryl nickte. Das Krankenhaus erschien ihr unwirklich und weit weg. Manchmal fiel es ihr schwer zuzuhören, wenn jemand mit ihr sprach. Statt dessen blickte sie voller Ehrfurcht hinab auf ihren kribbelnden Körper.

Niemand konnte sie dazu überreden, die Expedition aufzugeben. Butler besuchte sie am ersten Tag und erklärte: »*Natural Photography* hat mich gebeten, dir ihr Bedauern über den Vorfall auszudrükken. Sie sagen, wenn du bereit bist, zu unterschreiben, daß du auf eine eventuelle Klage verzichtest, hätten sie alles Verständnis dafür, wenn du nach diesem Schock aus deinem Vertrag aussteigen möchtest.« Er schürzte nachdenklich die Lippen, und wieder einmal bemerkte sie deren pralle Schönheit. »Mach dir keine Sorgen wegen des Projekts. Ich habe so was schon mal erlebt. Wir werden trotzdem rechtzeitig fertig. Ein paar Leute müssen sich zwei oder drei Tage lang abstrampeln, um jemanden zu finden, der in den Käfig paßt. Das ist alles.«

Während Butler sprach, konnte er den Blick nicht von ihren weißumschlungenen Zehen abwenden. Er sah ihr nicht ins Gesicht. Er wirkte verlegen und traurig. Er machte sich an seinen Fingern zu schaffen, zupfte an der Nagelhaut herum. Ihr wurde plötzlich klar, daß er wahrscheinlich Wohltätigkeitseinrichtungen unterstützte, die das Leid von Kindern und Müttern zur Schau stellten. Er sah kleiner aus, wie er da in diesem kahlen, weißen Krankenzimmer saß. Sie vermutete, daß er sich selbst einen guten, sauberen Tod wünschte, etwas Gewalttätiges, ein herabstürzender Baum oder ein angreifender Elch, etwas, das geschah, solange er noch in der Blüte seiner Jahre stand. Er würde dem langsamen Verfall seines Körpers nicht zusehen wollen, denn er wußte genau, daß er stärker war als die meisten Menschen, schneller, größer, und war stolz darauf. Sie wußte, daß sie kleiner war, schwächer, langsamer als der Durchschnitt. Ihr Stolz galt der Tatsache, daß ihr Körper überhaupt existierte, daß er sich weitermühte. Von jetzt an würde sie unbarmherzig um jeden Atemzug kämpfen.

»Aber Butler«, sagte sie, »ich habe gar nicht die Absicht, *Natural Photography* zu verklagen, und es gibt nichts, was mich davon abhalten könnte, die Expedition zu Ende zu führen.«

Er sah ihr direkt in die Augen. Sie spürte, daß er nicht erwartet hatte, daß sie weitermachen würde.

»Das freut mich.« Er lächelte. »Freut mich wirklich.« Er verabschiedete sich schon bald, weil er meinte, sie brauche Ruhe.

David fragte sie, ob sie irgend etwas davon mit der Kamera festgehalten habe. Es schien ihn zu kränken, daß sie ihn nicht eingeladen hatte, sich den Nachtwachen zuzugesellen. Während der vier Tage, die sie auf Beryls Genesung warteten, fuhr er jede Nacht mit Maggie hinaus, um zu filmen.

»Ich habe ein paar tolle Aufnahmen gemacht«, erzählte er ihr, während er aufgeregt auf seinem Stuhl hin und her rutschte. »Du weißt schon, weiße Bären, die durch die Dunkelheit trotten, mit langen, schwarzen Schatten hinter sich. Ich hab sie mit diesem Megascheinwerfer erwischt, den ich mir von Maggie geliehen habe. Sie ist übrigens wirklich Klasse. Macht Spaß, mit ihr zu reden. Der Scheinwerfer ist unheimlich hell. Die Bären sehen richtig böse aus, und jedes Haar an ihrem Körper strotzt von Kraft. Der Bericht dazu wird das reinste Kinderspiel. Du kennst das: eine tiefe männliche Stimme, wahrscheinlich mit britischem Akzent. Nur Fakten. Lange Pausen, aus dem Lautsprecher nur der schwere Atem der Bären.« David holte ein paarmal tief Luft, rauh und durchdringend.

Dann hielt er inne und ließ seinen Blick das Krankenhausbett hinunter bis auf ihre Füße gleiten. Er schüttelte den Kopf, und als er sprach, klang seine Stimme schwerfälliger, leiser. »Du brauchst dir übrigens keine Sorgen zu machen wegen des Käfigs, wenn du nicht willst. Du würdest niemandem Ungelegenheiten bereiten. Niemand würde deswegen schlechter von dir denken. Wirklich. Ich könnte es zum Beispiel machen. Kein Problem. Ich kann auch mit einer Fotokamera umgehen.«

Als sie ihm mitteilte, daß sie trotz allem die Expedition beenden wolle, lachte er.

»Stures Weib«, sagte er. »Aber es ist wirklich gut so, denn ich habe nicht die blasseste Ahnung von einer Fotokamera. Und weißt du, ich hätte doch schlecht von dir gedacht.«

Er beugte sich vor, berührte ihren Arm dort, wo die Haut kribbelte, wenn sie die Creme darüberstrich, immer noch kribbelte, als erwärmte sie sich gerade erst wieder. Jedesmal löste sich etwas weniger Haut von dem leuchtend roten Fleisch darunter. David hielt ihren Arm fest. Er fragte: »Du hast doch jetzt nicht etwa Angst vor den Bären, oder?«

Am ersten Tag, als Jean-Claude sie besuchte, sagte er: »Du solltest so lange hierbleiben, wie du willst. Du hältst uns nicht auf. Der Bus ist immer noch nicht angekommen.« Der Bus war ihr Transportmittel für den nächsten Abschnitt ihrer Reise.

»Wann soll er denn kommen?« fragte Beryl.

»Montag morgen.« Die Firma hatte den Liefertermin nun schon zum zweitenmal verpaßt. Jean-Claude wandte den Kopf ab, sah aus dem Fenster und verfiel in seine einzige nervöse Geste. Er ließ seine Fingerkuppen auf den hölzernen Armlehnen seines Stuhls hin und her wandern.

Jean-Claude blieb jedesmal lange bei ihr sitzen. An den meisten Tagen verlor er nicht einmal so viele Worte wie mit seinem Bericht über den Bus. Wäre sie nicht so müde und benommen gewesen, hätte sein Verhalten sie vielleicht nervös gemacht, hätte sie sich für ein Gespräch verantwortlich gefühlt. Erst später wurde ihr klar, daß er wahrscheinlich gegangen wäre, wenn sie versucht hätte, eine Unterhaltung in Gang zu bringen. So, wie es war, schien er sich in ihrer Gegenwart mehr und mehr zu entspannen.

Zuerst legte Jean-Claude die Hände auf die Beine, wie gewöhnlich offen und leer, aber einmal, als sie aufwachte, hielt er ihre Hand, umfaßte sie mit seiner eigenen. Er sah sie nicht an, als sie sich langsam aufsetzte. Sie fragte sich, ob er nach ihrer Hand gegriffen hatte, weil man das so machte, wenn man einen Kranken besuchte, oder ob er versuchen wollte, mit seiner Wärme ihre Erfrierungen zu heilen. Die Wärme seiner Hände, die hart waren wie ein aufgeheizter Stein, den man sich ans Gesicht hielt, tröstete sie. Dort, wo ihre Bandagen die rohe Haut freigaben, konnte sie die tiefen Risse in seinen Händen spüren, die von Kälte und Trockenheit herrührten. Ihr gefiel die Berührung seiner Menschenhände. Manchmal dachte sie an das puderglatte Fleisch des Bären, das sich gegen ihre Nase gedrückt hatte. Sie sagte Jean-Claude nichts davon. Sie setzten ihr Schweigen fort.

Von diesem Tag an hielt er bei seinen Besuchen gewissenhaft abwechselnd ihre Hände fest. Sie hielt die Hände still, entspannte sie in seinen harten Handflächen. Sie ahnte, daß es schwer war, seine Anerkennung zu gewinnen. Ihre Hände heilten von Tag zu Tag besser. Seine Fürsorge erinnerte sie an ihre Kindheit, als ihre Mutter ihr einen kühlen Waschlappen auf die fiebrige Stirn gedrückt und ihr ihre Hand fest und besorgt auf die Wangen gelegt hatte.

Bei seinen Besuchen sahen sie beide zum Fenster hinaus, auf dessen Scheibe sich die Eisblumen langsam vermehrten. Sie schlief viel an diesen Tagen, wenn er in ihrer Nähe war; sie hatte weniger Alpträume, wenn er an ihrem Bett saß. Mittlerweile träumte sie jede Nacht, daß sie in ihren Krankenhauskleidern durch den Sturm kroch. Der Bär war nur ein kleines Stück vor ihr und öffnete mit seinen geschwungenen, gelben Nägeln langsam den Reißverschluß an seinem Kopf.

Noch Tage nach dem Schneesturm fühlte sie sich schläfrig und aß mehr als gewöhnlich, als hätte das Unwetter wochenlang an ihren Kräften gezehrt.

Als sie eines Abends keuchend erwachte und schweigend versuchte, unter ihren Decken weiterzukriechen, zu überleben, legte er seine beiden harten Hände auf ihr Gesicht und drückte sie fest an sich. »Beryl«, sagte er, »du bist in Sicherheit. Du hast es warm. Wach auf.« Seine Schulter roch nach Gras. Als sie nach Luft schnappte und dann zu weinen anfing, hielt er sie für eine Weile ganz still im Arm und sagte: »Es ist alles gut. Es ist alles gut. Du hast es überlebt. Du hast dich gut gehalten.«

Beryl und Maggie lachten und lachten.

»Seine Eier. Du hast den Bären an seinen...« Maggie japste, und beide krümmten sich vor Lachen, zitterten schwach, weinten beinahe und versuchten, das Wort »Hoden« auszusprechen.

Maggie berührte die Verbände über ihrem eigenen Gesicht und sagte: »Em, oh. Der Arzt wird mich wieder ausschimpfen.« Blutfleckchen überzogen langsam den Verband. Maggie machte ein ernstes Gesicht, wackelte mit ihrem Zeigefinger und sagte: »Margaret Johnson, keine Lachanfälle mehr. Haben Sie verstanden? Und gelächelt wird auch nicht mehr.«

Manchmal wurden Maggie und Beryl auch still. Dann saßen sie Seite an Seite nebeneinander und sagten kein Wort.

Ab und zu zuckte eine von ihnen leicht zusammen, bei einer Bewegung am Fenster, dem Wind im Schnee oder einer Krankenschwester, die, ganz in Weiß, zur Cafeteria eilte. Beide beobachteten sie die Bewegung bis zum Ende, lauschten ihrem eigenen Atem.

Beryl blickte dann zu Maggie hinüber. Sie betrachtete die harten Verbände, die Gipsnase, die sich vordrängte, als nähme sie Witterung auf, das viele Weiß, die kleinen, schwarzen Augen. Sie wartete darauf, daß Maggie gähnen und eine schwarze Zunge und scharfe Zähne entblößen würde.

Der Zwischenfall hatte Maggie verändert. Sie sagte, sie sei nicht so dumm gewesen wie Beryl und habe sich verirrt. Sie habe gewußt, wo die Hoteltüren waren, sei aus dem Wagen gestiegen und darauf zugegangen. Aber plötzlich habe die weiße Masse, die sie für einen Teil des Hotels gehalten hatte, sie mit einem einzigen Schlag wieder gegen den Wagen geworfen. Und dann sei etwas Seltsames passiert. Als der Bär mit offenem Maul nach ihrem Parka geschnappt habe, habe sie sich entspannt. Als hätte der Bär nichts anderes im Sinn gehabt, als ihr den Rücken zu massieren. Sie habe einfach lockergelassen. Sie habe den Druck gespürt, das Zerren, aber sie sei ganz ruhig gewesen, ganz klar und sehr weit weg.

Sie fuhr sich mit der Hand über den Rand ihres Verbands und sagte: »Du wirst das sicher ziemlich merkwürdig finden, aber es war einer der besten Augenblicke in meinem Leben.« Sie sagte, sie habe keine Angst mehr auf ihren Nachtwachen, wenn sie allein hinaus in den Schnee gehe. Ihr sei dann immer besonders warm.

Beryl wandte sich wieder dem Fenster zu, weg von Maggie. Sie bewegte ihre Hände. Es fiel ihr jetzt schwer stillzusitzen. Nachts wollte sie die Korridore hinunterwandern, weiße Flure, weiße Wände, der Geruch von Wind und Fußbodenreiniger, der unter ihr aufstieg, der sie zur Tür lockte.

Der große, schlaksige Arzt klärte Beryl über die Risiken auf. Dort, wo die Haut einmal erfroren war, konnte sie leicht wieder erfrieren. Der Blutkreislauf hatte Schaden genommen. Vor allem ihre Zehen würden immer besonderen Schutz brauchen. Jeder hatte in seinem Körper schlecht durchblutete Bereiche, und einige Menschen waren anfälliger für Erfrierungen als andere. Sie durfte sich der Kälte nicht mehr lange aussetzen, sonst würde sie vielleicht Finger verlieren, den Rest ihrer Zehen, ihre Nase. Der Arzt blickte ernst auf Beryl in ihrem Bett hinunter. Er trug einen weißen Arztkittel und hielt einen weißen Klemmblock in der Hand. Beryl stellte fest, daß sie sich fragte, was er wohl über all das Weiß in seinem Leben dachte.

Der Arzt fragte sie, welche Art von Kleidern sie für den Käfig habe. Beryl blickte an ihrem Krankenhausnachthemd hinunter und betrachtete die Verbände. Sie sagte die *Natural Photography*-Liste auf.

»Ja«, sagte er, »ja«, und nickte. »Das ist gut. Aber nie länger als zwanzig Minuten.«

»Ja«, sagte Beryl, »verstanden.« Sie hatte nicht die Absicht, den *Natural Photography*-Anzug noch einmal anzuziehen. Sie glaubte, sie hätte sich besser warm halten können, wenn sie in der Lage gewesen wäre, sich leichter zu bewegen; wäre ihr Blickfeld nicht durch die Kapuze so eingeschränkt gewesen, hätte sie sich vielleicht nicht verlaufen.

Am Tag vor ihrer Abfahrt nahm der Arzt die Verbände ab. Beryls Füße waren der Kälte am wenigsten gewachsen gewesen. Sie hatte nicht die elektrischen Socken getragen, sondern nur fünf Paar Wollstrümpfe übereinander. Wahrscheinlich war ihr Blutkreislauf zum Teil auch wegen dieser Unmenge Stoff unterbrochen worden. Langsam und vorsichtig untersuchte sie ihre Füße. In der Silhouette erinnerten sie sie an Füße in einem Trickfilm, wie bei den Feuersteins –

nur der große Zeh und drei andere. Soviel einfacher, die Drei, eine so magische Zahl. Sie versuchte sich vorzustellen, wie sie wieder Sandalen trug oder barfuß neben einem Swimmingpool stand. Jemand würde auf ihre Füße starren, wissen, daß etwas nicht stimmte, aber nicht sagen können, was es war. Sie stellte sich vor, wie sie in der Sonnenglut neben dem blauen Funkeln des Pools versuchen würde, es zu erklären. Sie erinnerte sich daran, wie sie durch den Sturm vorwärts getaumelt war. Wieder fühlte sie die Kraft in ihren Gliedmaßen aufsteigen.

Die Haut an ihren Füßen schälte sich; weiße Flecken toten Gewebes malten sich auf ihren Zehen ab, ihren Knöcheln, ihren Sohlen. Die Flecken lösten sich leicht, darunter lag rosafarbene Haut. Schorf überzog die Stellen, an denen früher ihre kleinen Zehen gewesen waren. Die Winzigkeit des Schorfs überraschte sie ein wenig. Der genaue Umfang ihrer früheren Zehen. Als Kind hatte sie an den Knien oft größere Wunden gehabt. Sie preßte ihre Daumen auf die leeren Stellen, wo früher ihr Fleisch gewesen war. Es fühlte sich an, als wären ihre Zehen immer noch dort, zusammengekrümmt, fest gegen ihre Füße gepreßt.

Sie zog die Hände weg. Ihr Körper war kleiner geworden, hatte wieder einmal an Gewicht verloren. Sie würde mehr Platz in ihren Schuhen haben, ein kleines Stückchen, das von einer zusätzlichen Falte in ihren Socken ausgefüllt werden würde.

Sie hob ihre Füße aus dem Bett und stand langsam auf. Ihr Gewicht verlagerte sich jetzt mehr auf die Außenkante ihrer Füße. Sie hatte ihren kleinsten Zehen früher nie besondere Beachtung geschenkt, sie niemals wirklich bemerkt, und doch drückte ihr Verlust jetzt ihre Beine zum Ausgleich nach außen – nur ein kleines bißchen. Sie machte einen Schritt nach vorn, hielt sich am Bett fest, drehte sich ein wenig um, ganz vorsichtig. Die ganze Zeit über hielt sie die Füße fest auf dem Boden. Sie schlurfte durchs Zimmer, mit ausgestreckten Armen und hocherhobenem Kopf. So wie sie es im Sturm getan hatte, unbeholfen wie ein Neugeborenes.

Triumphierend blickte sie an sich herab.

Einen Augenblick lang glaubte sie weiße Pelzbüschel an ihren Knöcheln wachsen zu sehen.

# 17

Sie brachen am Montag morgen auf, fünf Tage später, als in ihrem Zeitplan vorgesehen, an dem Morgen, als der Bus kam. *Natural Photography* hatte den Arctic Traveler für die Expedition entwikkeln lassen und gehofft, eine ganze Fertigungsserie an die Firmen verkaufen zu können, die die Trans-Alaska-Pipeline betrieben. Das erste, was Beryl an dem Bus auffiel, waren seine riesigen, schwarzen Reifen. Sie erreichten eine Höhe von gut zweieinhalb Metern, waren breiter, als sie groß war, und hatten ein Reifenprofil, das tief genug war, um ihre ganze Faust zu verschlingen.

Butler klopfte mit einer Zuneigung auf die Reifen, als handele es sich um den Hals eines Pferdes. »Es ist keine Luft in diesen Babys da. Luft würde sich beim ersten richtigen Frost zu sehr zusammenziehen. Die Dinger sind nicht einmal aus Gummi. Irgendeine neue Zusammensetzung aus Mylar und Metall.« Bei näherem Hinsehen erkannte Beryl, daß die Reifen leicht silbrig schimmerten wie eine Pfütze mit einer Ölschicht darauf. »Man hat sie bei Temperaturen bis zu achtzig Grad Kälte getestet«, fuhr Butler fort. »Mit Reifen von dieser Breite kann der Bus über ganze Berge aus Eis rauschen.«

Er ging ein wenig in die Hocke, um sie auf ein Netzwerk aus Schläuchen und Zylindern aufmerksam zu machen, die sich unter dem hohen Bauch des Busses wölbten. Einige der Schläuche sahen aus, als bestünden sie aus demselben Material wie die Reifen, die Zylinder jedoch waren aus Leichtmetall. Das Ganze sah so komplex aus wie die entblößten Eingeweide eines Tieres. Der Bus stand so hoch auf seinen Reifen, daß Beryl mit nur ein wenig zur Seite geneigtem Kopf darunter hätte durchgehen können. Größere Bären würden sich selbst auf allen vieren ein wenig ducken müssen, um unter den Bus zu kommen.

»Hier ist ein Behälter für die Abwässer«, sagte Butler mit einer leichten Bewegung seiner Hand. »Er ist hier unten befestigt, so daß wir auf unserer Route keinen Dreck zurücklassen. Sehr umweltbewußt und so. Er dient außerdem zur Isolierung des Hauptbenzintanks.« Butler zeigte auf einen Behälter weiter hinten. »Wir haben sogar zur Sicherheit einen Reservetank mit genügend Benzin für achtzig Kilometer oder fünf Stunden Wärme, ganz wie man möchte.«

Über ihnen ragte der Bus auf, funkelte in metallischem Limonengrün. Beryl fragte sich, ob das Grün vielleicht ein fehlgeleiteter Versuch war, Besuchern aus gemäßigten Zonen dabei zu helfen, sich etwas heimischer zu fühlen. Butler öffnete schwungvoll die Türen, die genauso zischten und seufzten wie die eines Greyhound-Busses.

Butler hielt sie noch einen Augenblick lang mit seinem Arm quer über den Eingang zurück, lächelte und sagte: »Wißt ihr, ich möchte nicht, daß ihr glaubt, ihr würdet hier auf irgend etwas verzichten müssen. Ich spreche von Videorecorder, Mikrowelle und Stereoanlage. Das Ding ist so geräumig, daß es schon ein richtiges kleines Arktis-Hilton ist. Wie findet ihr das – Arktis-Hilton? Wir haben einen Kelsey-Generator von der Größe eines V-8 und doppelt so stark. Wir können uns jede Bequemlichkeit leisten.« Sie würden sich in den nächsten drei Wochen zu viert siebenunddreißig Quadratmeter teilen. Am Wochenende würden sie die dreistündige Fahrt zurück nach Churchill machen, um sich voneinander zu erholen. Das Projekt würde zu Ende sein, sobald sich auf der Bucht soviel Eis gebildet hatte, daß die Bären Cape Churchill verließen.

Der Motor des Busses befand sich vorn unter dem Fahrersitz. Wenn sie ihn anließen, setzte sich das Gefährt keuchend in Bewegung, rumorte und machte eine normale Unterhaltung in der vorderen Kabine unmöglich. Die Landschaft zog sehr langsam an ihnen vorbei. Jean-Claude fuhr, und Butler saß glücklich und zufrieden auf dem Beifahrersitz, wo er das Betriebshandbuch studierte und jede Besonderheit des Busses sowie die dazugehörigen Anweisungen hinausschrie. Beryl dachte, daß Butler wahrscheinlich sein erstes Auto schon hatte, lange bevor er alt genug war, um fahren zu dürfen – einfach aus Lust am Auseinandernehmen, aus Freude daran, sämtliche Bestandteile von innen kennenzulernen und das

Ganze dann wieder zusammenzusetzen. Wenn Butler sie auf ein Instrument am Armaturenbrett aufmerksam machte, strich er mit der Hand darüber, als streichle er einen preisgekrönten Schoßhund.

Bei allem, was für den Betrieb des Busses wichtig war, warf Jean-Claude einen Blick auf die verfügbaren Zeichnungen und stellte Fragen, bis er sicher war, alles verstanden zu haben. Über die Extras, die Butler so sehr zu gefallen schienen, schüttelte er nur den Kopf. Beryl sah aus dem Fenster. Das Thermometer zeigte achtundzwanzig Grad minus an.

David und Beryl beschlossen, weiter auf Entdeckungsreise zu gehen. Hinter der Vorderkabine, die zum Wohnen, Essen und Fahren gedacht war, lagen die Küche und das Badezimmer. Jeder Raum summte geschäftig und bot stolz alle Einzelheiten dar, die eigens dazu geschaffen waren, ihm ein feudales und behagliches Aussehen zu geben: handgewebte Teppiche waren auf den Boden geklebt, es gab nachgemachte Holzpaneele und beruhigende Farben, die dem Benutzer das Gefühl von Einsamkeit und plötzlich aufwallender, hilfloser Furcht nehmen sollten. Die Räume waren zweieinhalb Meter hoch, und Beryl fiel auf, daß jeder Zentimeter sinnvoll ausgenutzt war. In der Küche hingen die Töpfe über dem Herd von der Decke. Alles hatte seinen Platz und wurde mit einem hörbaren Schnappen befestigt. Schon stieg in Beryl der Wunsch auf, die Dinge zu verrücken. Sie mußte an die Ausstellung im naturwissenschaftlichen Museum denken, an diesen einen Quadratmeter Platz, und versuchte sich vorzustellen, dieser Bus würde noch weiter in sich zusammenschrumpfen. Ihre Phantasie versagte.

In der Küche schoben sich David und Beryl aneinander vorbei, öffneten Schränke und Schubladen und untersuchten die an die Wand geklebten Bilder. In dem winzigen Raum mußten sie sich fast so eng aneinanderdrücken wie in dem Kleinbus, von dem aus sie die Bären fotografiert hatten. Sie reckte sich an ihm vorbei, um an dem Toaster zu ziehen, der an die Theke genagelt war. Er legte eine Hand auf ihren Scheitel, damit sie sich nicht den Kopf stieß, während er über ihr eine Schranktür öffnete. Wie auf einem Schiff hatte jeder Teller und jedes Glas seinen eigenen Platz. Netze mit Klettverschlüssen schlossen sich um die Gläser, und kleine Zinken hielten die Tassen. Die Unterschränke waren vollgestopft mit allem an konservierter Nahrung, was man sich nur vorstellen konnte – Artischockenherzen, Pesto, Mandarinen, Tamarindenkonzentrat und Hoisinsoße. Kochen und Essen waren zwei der wenigen Freizeitbeschäftigungen, die an Bord möglich waren; die Konstrukteure des Busses hatten alles getan, um diese Dinge so erfreulich wie möglich zu gestalten.

Als sie die Schränke auf Gesichtshöhe öffnete, stellte Beryl fest, daß sie sich fast mit dem ganzen Körper an David lehnte und daß seine Hand sich behaglich in ihren Nacken geschmiegt hatte. Er durchstöberte das Gewürzregal und murmelte etwas von schottischem Pfeffer. Sie empfand keinen Widerwillen gegen seine Nähe, sondern nur den physischen Trost eines anderen Körpers. Sie wußte, daß die Expedition irgendwann vorbei sein würde. Sie würden sich trennen und alle vier ihre eigenen Wege gehen. Sie würden von einem Wiedersehen sprechen, von künftigen Expeditionen, aber am Ende würde doch jeder die anderen und die Arktis hinter sich lassen und zurück nach Hause fahren. Sie würde in der Stadt einen neuen Job finden, als freie Mitarbeiterin bei irgendeiner Zeitschrift. Nach ein paar Monaten würde sie ein Freiexemplar des Videos bekommen, das auf dieser Reise entstanden war. Sie würde es zu ihren Eltern mitnehmen, um es ihnen zu zeigen, um ihnen ihre Erfahrung näherzubringen, aber sie würde feststellen müssen, daß ihre Geschichte nicht auf dem Video war. Die vier Mitglieder des Teams würden unsichtbar im Hintergrund bleiben – nur die Bären würden zu sehen sein, wie sie langsam durch eine Welt ohne Menschen oder Arktisbusse stapften.

»Igitt«, sagte David, als er einen Teller aus dem Schrank zog. »Was soll das denn sein? Da haben wohl Holiday Inn und Woolworth zusammen das Design gemacht.« Auf dem Teller war das Bild eines feuchtäugigen, dürrbeinigen Fauns zu sehen, der auf einem Blätterhaufen saß; ein Blatt thronte noch auf seinem Kopf. »Verdammt, das sind genau die Leute, die glauben, die Kindheit sei wunderbar und friedlich.«

Beryl zog einen anderen Teller heraus. Das Material fühlte sich leicht und billig an. Das Bild darauf zeigte eine junge Frau, die in der Dämmerung einen Strand entlangging, alles in Pink und Beige. Der Wind preßte der Frau das Kleid an den Leib und betonte so ihre

Brüste. Die Besonderheit ihres Gesichts verlor sich in ihren Haaren. Beryl sah die Männer vor sich, für die dieser Teller entworfen war, sah sie davon essen, sah sie den Körper dieser Frau mit jedem Bissen weiter enthüllten. Sie ließ den Teller auf die Theke fallen. Er sprang hoch.

»He«, sagte David. »Schnuckelig.« Er warf einen Bambi-Teller auf die Theke. Er sprang ihm beinahe wieder zurück in die Hände. »Dieses Zeug ist einfach unglaublich. Etwas für große Ingenieure, nicht für kleine Kinder. Ich wette, das ist auch aus Mylar und Metall. Wenn wir einen Platten kriegen, können wir das hier draufziehen.« Er ließ den Teller auf den Boden fallen. Es gab ein scharfes Klicken, und der Teller sprang ihm fast bis ans Knie. Er fing ihn auf und ließ ihn wieder auf den Boden prallen. Diesmal sprang er ihm direkt in die Hände.

»Als ich noch klein war«, sagte er, »gehörte ich eindeutig zu den Leuten, die solchen Behauptungen wie ›unzerbrechlich‹, ›rostfrei‹, ›wasserdicht‹ immer auf den Grund gehen. Ich hatte das Gefühl, als sei das eine ausdrückliche Aufforderung an mich persönlich. Einmal habe ich meine Uhr drei Tage lang in meinem Aquarium liegenlassen, bevor sie sich schließlich mit Wasser füllte und nicht mehr funktionierte. Alle Ziffern schälten sich ab und trieben durch das gläserne Zifferblatt. Wirklich, es war eine richtig schicke Uhr. Ich wünschte, ich hätte sie noch. Aber dann ist sie eben kaputtgegangen. Also schrieb ich einen niedergeschlagenen Brief an den Hersteller, in dem ich mein zerstörtes Vertrauen und meinen verminderten Glauben an die Versicherungen der Erwachsenen bekundete.« Er griff nach einem Glas und ließ es einfach fallen. Es prallte vom Boden ab und sprang in die Luft. »Er hat mir kostenlos eine bessere Uhr geschickt.«

»So«, fuhr er fort, »jetzt paß auf.« Er schob sich die Ärmel hoch, griff nach zwei weiteren Tellern und begann zu jonglieren. Er hatte Talent, aber die Küche war so klein, daß die Teller nicht mehr als einen kleinen Bogen machen konnten. Immer wieder prallten sie an den Schränken oder den herabhängenden Töpfen ab und trudelten in Richtungen, die David nicht erwartete. Die Teller trafen ihn auf der Nase und an der Schulter, und einer traf Beryl am Ohr. Sie hielt sich die Hände vors Gesicht und kniff ängstlich die Augen zusammen.

»Und jetzt«, sagte David, während er einen weiteren Stapel Teller aus dem Schrank zog, »sehen Sie den selten versuchten und noch nie erfolgreich durchgeführten dreifachen Überschlag, bei dem der Artist gleichzeitig mit einem kompletten Service für acht Personen jongliert – einschließlich Suppenschüsseln. Ladies und Gentlemen, wir bitten um Ruhe. Diese Angelegenheit kann möglicherweise ziemlich ins Auge gehen.« Beryl sah verblüfft zu, wie David die Teller hoch in die Luft warf, wo sie gegen die herabhängenden Töpfe, gegen Wände und Schränke knallten. Und schon beugte er sich vornüber, um einen Purzelbaum in Richtung Flur zu versuchen, schien aber vergessen zu haben, wie das geht, und als er versuchte, sich über die Schulter abzurollen, war ihm sein Kopf im Weg. Die Schüsseln schepperten überall um ihn herum zu Boden.

Er hatte sich gerade halb auf Schulter und Kopf gerollt, als wolle er einen Handstand machen, als Butler in der Küchentür erschien und mit donnernder Stimme fragte: »Was zum Teufel ist hier los?« Butler blickte direkt auf Davids Hintern und machte schnell einen Schritt zurück. Beryl fuhr durch den Kopf, daß er nicht erschrockener hätte aussehen können, wenn David nackt gewesen wäre.

Butler zog sich wieder in die Vorderkabine zurück. »Versucht bitte, das Ganze etwas ruhiger zu gestalten«, polterte er im Weggehen.

David stand wieder auf, und er und Beryl sahen einander an. Er zuckte die Achseln, und gemeinsam hoben sie das Geschirr auf.

Hinter der Küche fanden sie den Lagerraum, gefolgt vom Schlafbereich: zwei übereinanderliegende Schlafzimmer auf jeder Seite, eins oben, eins unten. Beryl kroch in eines hinein und zog ihr Gepäck hinter sich her. Es erinnerte sie an eine Tierhöhle. Ein vollständiges Zimmer, einen Meter zwanzig hoch, mit einer Tür, die sie schließen konnte, wenn sie ungestört sein wollte, und einem in die Wand eingelassenen Schrank. Sie konnte sich nicht vorstellen, wie Butler sich auf diesem engen Raum umziehen würde. Sie setzte sich in die Mitte ihres Zimmers. Es hatte beinahe die Größe ihres Käfigs.

Ohne auf Ordnung zu achten, stopfte sie ihre Kleider in die Schubladen. Sie wollte sich dieses Zimmerchen behaglich machen, menschlich. Aus der obersten Schublade guckten ihre Socken heraus. Sie zog ein Foto von ihren Eltern aus der Tasche. Ihr Vater hatte einen Selbstauslöser benutzt, um es aufzunehmen. Er hatte zwei

Filmrollen verbraucht, um den Zeitpunkt und die Einstellung der Aufnahme richtig hinzubekommen. Auf allen Fotos sah man ihn entweder auf halbem Weg zu seinem Stuhl, in den seltsamsten Positionen und mit zu schnellen Bewegungen; oder er saß auf dem Stuhl und sah ein wenig verwirrt und voller Erwartung in die Kamera. Auf diesem Bild von ihren Eltern war ihr Vater nur verschwommen zu sehen; er hatte sich offensichtlich gerade erst hingesetzt. Ihre Mutter wirkte einfach nur still und geduldig und sah mit einer Hand auf der Schulter ihres Mannes aus wie eine alte Siedlerfrau.

Beryl heftete das Bild an die Wand, so daß sie es sehen konnte, wenn sie sich aufs Bett legte. Schließlich gab sie ihm einen neuen Platz, damit ihre Eltern aus dem Fenster hinaus in das unendliche Weiß blicken konnten. Ihre Mutter trug auf dem Bild ein Sommerkleid und Sandalen. Wenn sie genau hinsah, konnte Beryl alle zehn Zehen ihrer Mutter abzählen.

Über ihr konnte sie David seine Koffer auspacken und die Schubladen schließen hören. Sie hörte, wie er sich auf dem Bett zurücklegte. Die Federn quietschten unter seinem Gewicht. Eine Pause trat ein, und er seufzte.

Zehn Minuten später war David eingeschlafen. Beryl zog an seinem Fußknöchel. »Nimm deine Kamera und deinen Parka mit«, sagte sie. »Wir müssen uns noch das Beobachtungsdeck ansehen.« Das Deck war ein unbeheizter, gläserner Raum oben auf dem Bus. Die Konstrukteure des Busses sagten, daß er durchschnittlich zwanzig Grad wärmer sein würde als die Außentemperaturen. Beryl trug Jean-Claudes Eskimoanzug. Sie wollte ihn in der Kälte auf dem Deck testen.

Sie kletterte hinter Davids Stiefeln her. Als er die Luke zum Deck öffnete, stöhnte er. Sie wußte nicht, ob das eine Reaktion auf die Kälte war oder auf etwas anderes.

Als sie den Kopf über den Rand schob, entfernte sie sich aus einer Welt der Beschränkungen, der kleinen Dinge und der leuchtenden Farben und betrat eine Welt von unglaublicher blauweißer Schönheit. Es schneite. Die sich in alle Richtungen ausbreitende Fläche entschwand in eine Ferne, die zu verstehen kaum möglich war. Der

Horizont zog sich in der Ferne dahin, glatt und ebenmäßig wie der Rand einer Schüssel. Vor ihren Augen erhoben sich in gezackten Formen Wände aus Eis. Die Pfützen darunter waren schwarz und tief.

Churchill war nur noch ein kleiner Klecks am Horizont hinter ihnen, eine gefrorene, graue Wolke. Die Weite hier draußen war irreführend, Perspektiven kaum abzuschätzen, die Größenordnung des Ganzen unmenschlich. Sie hätte ebensogut über die endlose Weite des Planeten schauen können. Sie hätte ebensogut über die Landschaft einer einzigen Zelle schauen können.

Der Schnee fiel so langsam und anmutig, wie sich das Universum dreht. David und Beryl hoben wortlos ihre Kameras und machten sich an die Arbeit.

Nach einigen Aufnahmen bemerkte sie den Käfig, der auf dem Dach hinter ihnen befestigt war. Dunkel, schwer und klein hockte er hinter ihnen. Der Käfig war ihr viel größer erschienen, als sie ihn zum ersten Mal gesehen hatte, aber damals hatte er in einem Zimmer gestanden. Hier stand er hart und fest in einer weißen, offenen Welt, stand da wie eine schwerfällige Kreatur aus einem Traum, eine Kreatur, die sich ihr ungelenk an die Fersen heften würde, während ihre Bewegungen immer langsamer würden und sie sich verzweifelt um jene Geschwindigkeit bemühte, an die sie sich nur noch schwach erinnern konnte.

Schon während der ersten zehn Minuten auf dem Beobachtungsdeck sahen sie ihren ersten Bären. Zuerst dachte Beryl, die weiße Welt sei plötzlich lebendig geworden. Ein Felsbrocken erhob sich, streckte sich und bewegte sich dann langsam über das kahle Land auf sie zu. Er kam näher, neugierig, forschend. Noch waren die Bewegungen seiner schwarzen Nase nicht erkennbar.

Beryl und David gingen wieder nach unten, um zu Mittag zu essen. Ihre Zehen und Hände fühlten sich taub an. Sie stieg die Leiter sehr vorsichtig hinunter und versuchte, die lähmende Unsicherheit ihrer Füße, die Schwäche ihrer Hände zu verbergen. Sie ging in ihr Zimmer und zog ihre Stiefel aus. Überall dort, wo sie Erfrierungen gehabt hatte, summte ihre Haut in einem Rhythmus wie dem von Wärme, von Zikaden an einem heißen Sommertag. Sie begriff jetzt den Unterschied zwischen dieser Kälte und der Kälte, die sie aus den

Staaten gewöhnt war. Dort blieb das Innere ihres Körpers immer noch warm, selbst wenn sie nach draußen ging, selbst wenn sie den ganzen Tag über bei heftigem Seitenwind Ski fuhr. Ihre Nase mochte laufen und ihr Gesicht gerötet sein, und trotzdem blieb sie warm. Hier fühlte sie eine tiefe Kälte. Sie zitterte und zitterte. Lange nachdem sich ihre Haut schon erwärmt hatte, wollte die Kälte, die sich im Innern ihres Körpers breitgemacht hatte, noch immer nicht weichen. Trotzdem hatte der Eskimoanzug sie beeindruckt; der andere Anzug hatte sie selbst im Schutz eines beheizten Wagens nicht besser vor der Kälte bewahren können.

Der Schorf von ihren kleinen Zehen war aufgerissen und blutete. Wahrscheinlich war sie zuviel herumgelaufen, hatte ihre Füße in den Schuhen zuviel bewegt. Sie wusch das Blut ab und legte neue Verbände an; ihre Finger waren unbeholfen und dick. Es tat weniger weh, als sie gedacht hätte. Langsam ging sie die sechs Meter zum Eßzimmer und versuchte, ihre Füße vorsichtiger aufzusetzen, jeden Schritt einzeln abzuwägen. Ihr Gang hatte bereits ein leichtes Wiegen angenommen.

# 18

Als sie beim Mittagessen das Roastbeef aß, hatte sie das Gefühl, als hätte sie noch nie zuvor Fleisch gegessen, als hätte sie gerade erst herausgefunden, daß sie ein Fleischfresser ist. Sie verspürte einen überwältigenden Hunger. Gierig schlang sie einen Bissen nach dem anderen herunter. Das Fleisch schmeckte voll wie Schokoladenkuchen, erquickend wie Wein. Sie hatte das Gefühl, als sei Fleisch genau das, wonach sie ihr ganzes Leben gelechzt hatte. Sie schluckte einen Fettkringel herunter, und er schmeckte so gut, daß sie auch noch den Rest davon in sich hineinstopfte, bevor sie sich wieder über das Fleisch hermachte. Zu Hause aß sie nur Bohnen und Gemüse, Brot und Reis. Bei rotem Fleisch war ihr regelmäßig übel geworden, und sie hatte unter Verstopfung gelitten. Jetzt aß sie es mit einem Gefühl, das dem eines Verhungernden nahekam. Sie nahm sich noch eine Portion.

Alle sahen sie an.

»Das ist eine ganz schöne Menge für so einen kleinen Fratz wie dich.« Butler sah sie mit zur Seite geneigtem Kopf an, ein Auge geschlossen. »Da ist doch nicht etwa was Kleines unterwegs, oder?«

Die anderen sahen ihn an.

»Sollte ein Witz sein«, sagte er. »Herrjemine.«

Jean-Claude schüttelte sich wieder in seinem lautlosen Lachen. »Sie hat gelernt, daß es Fett ist, was einen hier warm hält. So machen es die Eskimos. Bis zu zehn Pfund Robbenspeck oder Karibu pro Tag. Und sehr viel Wasser.« Er wandte sich ihr zu. »Sieh zu, daß du genug Wasser trinkst. Die Leber der Eskimos ist von den vielen Toxinen angeschwollen wie ein Basketball. David sollte auch soviel essen. Er will ja ebenfalls da raus.«

David machte ein angewidertes Gesicht. Da er neben ihr saß, sah Beryl, wie er sich mit der Hand über seinen flachen Bauch fuhr.

»Nein.« David schüttelte den Kopf. »Ich bin Vegetarier.« Seine

Hand schien seine Gedärme abzutasten, als suche er bereits nach vergrößerten Organen.

Beryl aß weiter.

Um zwei Uhr erreichten sie das Meer. Sie fuhren sogar ein kleines Stück hinaus auf See, aber der Schnee war plötzlich so undurchdringlich geworden, daß David, der den Wagen gefahren hatte, während Jean-Claude im Badezimmer war, anhielt, um ihn um Rat zu fragen.

Jean-Claude setzte den Wagen so schnell zurück, wie der Motor es zuließ. Sobald sie wieder auf festem Grund waren, hielt er an und zeigte auf die Stelle, wo sie gestanden hatten. Das Wasser sickerte bereits in ihre Reifenspuren. Etwa fünfundzwanzig Meter jenseits dieser Stelle konnten sie jetzt auch das Meer erkennen, eine weiße, feste Art von Wasser, wie Beryl sie noch nie zuvor gesehen hatte. Mit jeder Welle hüpfte das Wasser auf und nieder wie eine schwere Plastikdecke. Ein dichter Nebel entstieg den Wellen und bildete eine undurchdringliche Wand aus Wasserdampf, die sich beinahe zwanzig Meter hoch in die Luft erhob.

»Arktischer Nebel«, sagte Jean-Claude. »Die Luft ist kalt, das Meer ist wärmer.«

Mittlerweile wurden sie von vier Bären verfolgt. Dreißig Meter hinter ihnen blieben die Bären schließlich unsicher stehen. Die Nasen in die Luft gereckt, die Köpfe von einer Seite zur anderen schwingend, kamen sie langsam näher, um sich zu den drei Bären zu gesellen, die bereits da waren – einer rollte sich auf den Rücken, und sein Bauch ragte empor wie bei einer riesigen, schlafenden Katze, ein anderer schlenderte unbekümmert durch den Schnee, und ein dritter saß geduldig auf dem Rand eines festen Eisblocks. Für Beryl sahen sie aus wie Leute, die den Tag am Strand verbringen und sich die Zeit vertreiben. Als der Bus näher kam, drehten sie sich alle mit erhobenen Köpfen zu ihnen um.

David und Beryl brachten einige Zeit damit zu, vom geparkten Bus aus einen Standort für den Käfig zu suchen. Sie wollten einen guten Blick in alle Richtungen, damit sie die Bären aus deren eigenem Blickwinkel – ohne Teleobjektiv – in ihrem natürlichen Verhalten aufnehmen konnten. Schließlich verschoben sie das Aufstellen des Käfigs auf den nächsten Tag, in der Hoffnung, daß die Bären bis dahin den Bus akzeptiert und sich weit genug entfernt haben würden, so daß sie den Käfig zu seinem Standort bringen konnten.

Bis zum nächsten Morgen hatten sie nicht viel zu tun, und David sah sich einige Videos an. Es war unmöglich, so weit draußen irgendwelche Fernsehsender zu empfangen, so daß sie ganz auf ihre Videos angewiesen waren – alte Spielfilme, Sportereignisse und sogar einige frühe Episoden aus »Rauchende Colts«.

Butler stellte die Stereoanlage an und hörte über Kopfhörer Musik. Jean-Claude machte sich daran, das Abendessen vorzubereiten. Beryl stellte fest, daß die drei sich ganz wohl dabei zu fühlen schienen, daß sie einander so nah waren, gerade drei Meter voneinander entfernt, ohne miteinander zu reden. Ihr kam das eigenartig vor, als wäre sie mit Leuten zusammen in der U-Bahn, die unverwandt die Plakate anstarrten. Wenn sie einander jetzt schon so leicht ignorieren konnten, wie würde es dann erst in zwei Wochen sein? Beryl zog sich an und stieg wieder auf das Beobachtungsdeck. Sie konnte das Meer riechen, zusammen mit dem leichten, moschusartigen Duft, den sie mittlerweile gut kannte. In der Halbdämmerung konnte sie nicht sehen, wie viele Bären da draußen waren, konnte nur vage ihre schwerfälligen Schatten im Schnee ausmachen. Die Bären strichen in der Dunkelheit um den Bus herum, blickten zu seinen Fenstern hinauf. Sie lehnten sich gegen das Metall und griffen mit ihren Tatzen nach oben. Sie krochen auf der einen Seite unter den Bus und kamen auf der anderen wieder zum Vorschein. Ein Bär am hinteren Teil des Busses entdeckte sie und kauerte sich mehrmals zusammen, schwenkte den Kopf auf und nieder, um Perspektive und Entfernung einzuschätzen. Als er zum Sprung ansetzte, hielt sie einfach den Atem an. Das Tier prallte irgendwo unter ihr gegen den Bus. Der ganze Bus vibrierte. Der Bär taumelte benommen davon.

Die Bären schienen wagemutiger hier draußen, als wüßten sie, daß hier, außerhalb der Stadt, die Menschen die Eindringlinge waren. Vielleicht waren ja auch die Bären, die in die Stadt kamen, die schwächeren, die, die eine mühelose Mahlzeit auf der Müllkippe oder in einem leerstehenden Haus nötiger hatten. Die Bären hier hatten nie um Nahrung gebettelt, waren nie vor der Begegnung mit einem Menschen davongelaufen, hatten nie den Pfeil eines Beruhigungsgewehres zu spüren bekommen oder waren behandelt worden wie eine interessante käufliche Ware. Wegen dieser Bären war sie hier.

Jean-Claude kam zu ihr auf das Beobachtungsdeck. Er setzte sich neben sie, seine Schultern gegen die ihren gedrückt. »Das Abendessen ist fast fertig«, sagte er. Sie genoß das Gefühl seines Körpers und seiner Wärme an ihrer Schulter. »Es kommt mir so seltsam vor«, sagte er, »in einem geheizten Bus hier draußen zu sein. Bisher war ich immer mit einem Schneemobil hier oder mit einem Schlitten.«

Sie konnte sich nicht vorstellen, mühsam durch diese weiße Wüste zu stapfen, zu erleben, wie die Hunde aufheulten und sich in ihr Geschirr warfen. Ohne Orientierungspunkte in der Landschaft konnte sie sich nicht vorstellen, wie sie sich einen Platz für ihr Nachtlager aussuchen würde. Oder dort zu liegen und zu lauschen, wie sie und ihre Hunde atmeten, kilometerweit die einzige hörbare Bewegung.

Sie blickten für eine Weile hinaus in die Welt. Beryl konnte etwas hören – wahrscheinlich einen Bären, der unter ihr an einem Reifen nagte.

Sie drehte sich zu Jean-Claude um, berührte mit ihrem Handschuh seine Wange und beugte sich dann vor, um ihn zu küssen. Wieder nahm sie seinen frischen, holzartigen Geruch wahr. Sie schmeckte seine Lippen, kalt und überrascht.

Er zog sich von ihr zurück, ließ seinen Blick eine Weile über die Landschaft gleiten, wandte sich ihr dann wieder zu und erwiderte ihren Kuß.

Sie zog ihn fester an sich. Er versuchte, ihr Gesicht zu berühren. Sein Mund fühlte sich warm an. Die Häute zwischen ihnen raschelten.

Jemand hämmerte an die Luke. Sie zuckten zusammen. Undeutlich hörten sie David von unten rufen: »Das Abendessen ist fertig.«

Sie zog sich zurück. Über Jean-Claudes Schulter hinweg konnte sie zehn Meter entfernt einen riesigen Bären sehen, gelb vom Alter. Er beobachtete sie, lief hin und her, und sein flacher Kopf wiegte sich leicht von einer Seite zur anderen.

Beim Abendessen fing sie Davids forschenden Blick auf. Sie errötete ein wenig. Als niemand sonst hinsah, wurden seine Augen schmal, dann hob er vielsagend die Augenbrauen. Sein Gesicht war von einer Beweglichkeit, daß es die reine Maske der Lust hätte sein können. Sie wandte den Blick ab, spürte, wie das Kichern in ihr aufstieg, und versuchte, sich ganz auf ihr Fleisch zu konzentrieren. Butler blickte gerade rechtzeitig von seinem Teller auf, um zu sehen, wie David ihre Reaktion mit einem breiten Lächeln quittierte. Butler sah von einem zum anderen; er verstand nicht, was vorging.

»Meine derzeitige große Liebe habe ich vor drei Jahren vor Gericht kennengelernt«, sagte David. Er rückte ein wenig näher an Beryl heran und fügte hinzu: »Wir leben immer noch zusammen. Es ist eine langfristige Sache. Es ist so schön, einmal nicht nur als billiger Liebessklave behandelt zu werden.« Beryl vermied es, David anzusehen. Sie hatte Angst loszulachen. Jean-Claude sah keinen von ihnen an. Er hatte zwei leuchtend rote Flecken auf den Wangen. Da die anderen ihm eine solche Abfuhr erteilt hatten, richtete David seine nächsten Bemerkungen an Butler.

»Nun ja, ich stand also vor Gericht, weil ich ein Stoppschild überfahren hatte, nur daß da überhaupt kein Stoppschild gewesen war. Darauf hatte ich den Polizisten auch immer wieder hingewiesen, aber das schien ihn nicht weiter zu beeindrucken. Chris war da, um einer Freundin, die eine rote Ampel überfahren hatte, seelischen Beistand zu leisten. Als es dann für Chris' Freundin an der Zeit war, sich selbst zu verteidigen, konnte sie nicht einmal aufstehen, und so sprang Chris für sie in die Bresche und hielt eine leidenschaftliche Rede. In dem Augenblick, als ich Chris' Stimme zum ersten Mal hörte, war es um mich geschehen.«

Beryl registierte, daß David kein einziger Ausrutscher unterlief, daß er nicht ein einziges Mal Chris' Geschlecht erwähnt hatte. Er saß neben Butler, rückte näher an ihn heran, lächelte, ganz in seine Geschichte versunken. Butler sah sich um, verwirrt und dann auch ein wenig nervös. Er rückte von David weg, näher an Beryl heran. Sein Knie berührte ihren Oberschenkel. Sie schlug die Beine übereinander und rutschte etwas näher zu Jean-Claude.

»Nach der Rede habe ich meiner großen Liebe gratuliert, und, nun ja, wir haben die Nacht miteinander verbracht, und seither leben wir zusammen.« Um seinen Worten zusätzlichen Nachdruck zu verleihen, berührte er Butlers Hand. Butler fuhr zusammen. David sah bestürzt aus, und dann glitt etwas anderes über sein Gesicht, etwas Härteres. Beryl sah, wie er mit voller Absicht die Hand ausstreckte, um Butler an der Schulter zu berühren. »Sind wir vielleicht ein bißchen angespannt?« fragte er.

Butler rückte weg. David betrachtete einen Augenblick lang seine Hand, die in der Luft zwischen ihnen hing.

Bis zum Ende der Mahlzeit starrte David Butler an und schob gelegentlich seinen Stuhl ein Stück näher zu ihm hin, um nach einer Schüssel auf der anderen Seite zu greifen. Er stieß ihn mit der Schulter an. Butler zog den Kopf ein und wandte sich ab. Sein Gesicht war gerötet wie bei einem verschämten jungen Mädchen. David lächelte ein hartes, schiefes Lächeln.

Sie wußte, Butlers Zorn würde schrecklich sein.

Als sie sicher war, daß die anderen schliefen oder wenigstens schlafen sollten, schlich sie auf Zehenspitzen zu Jean-Claudes Schlafkoje. Sie legte ihre Hand auf seine nackte Schulter. Er wachte sofort auf. Sie nahm die leichte Veränderung in seinem Atem wahr. Er setzte sich auf, rieb sich die Augen und streckte verlegen die Hand aus, um ihr Gesicht zu berühren. Sie gingen schließlich in ihr Schlafzimmer, denn über Jean-Claudes Zimmer schlief Butler; wenn David etwas hörte, würde es ihm nicht soviel ausmachen. Sie zog Jean-Claude hinter sich her in ihre Koje und schloß die Tür.

Sie hielt ihn ganz fest. Er schien nicht zu wissen, was er tun sollte. Sie fragte sich, ob seine Unsicherheit auf seine Jugend zurückzuführen war oder darauf, daß er auf diesen Expeditionen nur selten Frauen traf. Vielleicht kannte er keine von ihnen wirklich gut. Er war sanft und verlegen. Er seufzte vor Überraschung leise auf.

Sie waren nicht sicher, wie hellhörig der Bus war. Also gaben sie ihrem Atem einen tiefen Rhythmus, so als schliefen sie, und ihre Bewegungen verlangsamten sich zu der Ruhelosigkeit des Träumens. Jean-Claudes Körper roch süß wie Zedernholz. Er war leicht und hart, bestand nur aus Knochen und Sehnen. Beryl dachte, daß er sich im Alter nicht viel verändern würde, er würde weder Fett ansetzen noch dahinschwinden. Selbst im Tod würde er sich nur wenig verändern, nur ein wenig steifer werden.

Nachher weinte er. Sein Weinen war genauso lautlos wie sein Lachen. Nur sein leichter, vibrierender Atem und die Feuchtigkeit auf ihrer Schulter. Sie zog ihn näher an sich.

Am Morgen, als sie aufwachte, war sie allein.

# 19

»Hey, Butler«, sagte David beim Frühstück. »Weißt du, daß dieser Rollkragenpulli genau die richtige Farbe für dich hat?« Er lächelte Beryl an und hob in Erwartung von Butlers Antwort die Augenbrauen.

Butler wandte den Blick nicht von seinem Müsli ab. Er sagte: »Es ist nur ein Pulli.«

»Aber er ist flaschengrün. Das bringt deine Augen zur Geltung«, sagte David. Beryl war überrascht darüber, daß es ihm so leichtfiel, Butler zu quälen.

Butler rührte unablässig in seinem Müsli. Einige der Flocken zerfielen bereits. »Hey, Jean«, sagte er und sprach den Namen aus wie »Gene«, »warum erzählst du uns nicht von dem schlimmsten Erlebnis, das du hier draußen je gehabt hast?« Er blickte Jean-Claude lächelnd an, voller Begeisterung für sein neues Thema. »Erzähl uns, wie du das letzte Mal hier rausgekommen bist und nicht alle zurückbringen konntest.«

Jean-Claude legte seinen Toast hin, sah erst Butler an und dann die anderen am Tisch. Sie schwiegen, beobachteten ihn. Beryl wurde klar, daß sie nicht die einzige war, die über die verhängnisvollen Dinge nachgedacht hatte, die ihnen auf dieser Reise zustoßen konnten.

Ihr Interesse schien Jean-Claude zu verwirren. »Das, was da passiert ist«, sagte er langsam, »waren keine Comics, keine *Geschichten*. Es sind Menschen gestorben. Menschen, die ich kannte.« Er stand auf. »Entschuldigt mich bitte«, sagte er und ging.

Butler sah sich verlegen um. »Ich dachte nicht, daß er...« Beryl fiel auf, daß sein Mund, wenn er sich aufregte, schlaff und asymmetrisch wurde; sein Gesicht wirkte dann nicht mehr ganz so zurückhaltend. »Also, ich muß ein paar Notizen fertig machen.« Er räumte sein Geschirr ab und ging.

David und Beryl blieben noch einen Augenblick sitzen. »Puh«, sagte David. »Dicke Luft.«

Beryl lachte nervös und trank noch einen Schluck Kaffee.

David lehnte sich auf seinem Stuhl zurück, um festzustellen, ob gerade jemand um die Ecke kam. Dann zog er seinen Stuhl etwas näher an sie heran und senkte die Stimme. »Also«, sagte er, »da wir gerade unter uns sind, nutze ich die Gelegenheit, um meine Nase mal in deine Angelegenheiten zu stecken. Ich will dir ja nicht zu nahe treten, aber ich muß doch sagen, daß ich es nicht für eine besonders gute Idee halte, mit irgend jemandem zu schlafen, solange wir alle in diesem Bus zusammengepfercht sind. Ich habe so etwas schon in anderen kleinen Gruppen erlebt. Einmal hat in Borneo, sechs Tage von der nächsten Stadt entfernt, ein Mann um ein Haar einen anderen umgebracht. Er hat ihn zu Boden geschlagen und dann seinen Kopf mit einer stählernen Feldflasche bearbeitet. Dieser Bus ist einfach zu klein, verstehst du? So was bringt Probleme mit sich.«

Sie spürte, wie ihr die Hitze den Nacken hochkroch. Gestern hatte sie geglaubt, sie wären leise genug gewesen. Sie stand auf, um ihr Geschirr in die Küche zu bringen. »Ich glaube wirklich, das geht dich nichts an«, sagte sie.

Er folgte ihr in die kleine Küche, in der sie dicht nebeneinander standen. Sie drehte sich um und sah ihn an. »Sieh mal«, begann er, »normalerweise wäre ich der letzte, der etwas dagegen hätte. Aber du hast keine Ahnung, was alles passieren kann. Du hast so etwas noch nicht erlebt. Es betrifft uns alle.«

»Da wir gerade von einem kleinen Bus sprechen«, fragte sie, »was treibst du für ein Spiel mit Butler, hm?«

»Na, komm schon.« David wirkte betroffen. »Ich habe langsam die Schnauze voll von der Schau, die er abzieht. Tut gerade so, als wäre ich ansteckend. Ich verpasse ihm eine Art Erziehung. Wenn es irgendeine Gerechtigkeit auf dieser Welt gäbe, würde er mich dafür bezahlen.«

»Du jagst ihm Todesangst ein. *Das* ist natürlich genau das richtige für einen kleinen Bus.«

Er sah sie an. Sie konnte den Pfefferminzgeruch von seiner Zahnpasta riechen. Er blinzelte.

»Okay«, sagte er. »Okay. Wir beide wollen nicht auch noch aufeinander losgehen. Laß uns zusehen, daß wir bei dieser ganzen Geschichte nicht unseren Sinn für Humor verlieren. Ich sag dir was: Ich lasse Butler in Ruhe, und ich schlage vor, du läßt Jean-Claude in Ruhe. Wir haben noch eine lange Reise vor uns.«

Nach dem Frühstück war es noch auffälliger als vorher, wie stark Butler Beryls Nähe suchte. Er drängte sich dichter an ihr vorbei, als nötig gewesen wäre, paßte sorgfältig darauf auf, daß er bei jeder Mahlzeit neben ihr saß, und berührte sie in der Taille, wenn er ihre Aufmerksamkeit wecken wollte. Einmal griff er sogar nach einer ihrer Locken, hielt sie an seine Nase und fragte, welches Shampoo sie benutze. Sie rückte von ihm weg und biß die Zähne zusammen.

An diesem Tag stieg sie in den Käfig.

Sie brauchten fast den ganzen Vormittag, um ihn an genau die richtige Stelle zu ziehen, so daß Beryl ohne Risiko hineingelangen konnte. Ursprünglich waren sie alle davon ausgegangen, daß die Bären das Interesse an ihnen verlieren und sich so weit vom Bus entfernen würden, daß die Männer den Käfig irgendwo in der Nähe aufstellen könnten. Aber die Bären schlichen immer noch um den Bus herum, und jetzt waren es sogar noch mehr als am Abend zuvor. Vom langen Hungern knochig geworden, erkundeten sie mit unbeirrter Zielstrebigkeit das Äußere des Busses. Viele von ihnen hatten einen ganzen Monat gar nichts zu fressen bekommen, andere hatten vier Monate lang nicht mehr genug bekommen. Dieser Hunger machte ihnen weniger aus als einem Menschen. Die Muttertiere rührten manchmal drei Monate lang nichts Eßbares an, wenn sie Junge säugten; erst wenn die Jungen groß genug waren, um draußen überleben zu können, kamen sie aus ihren Höhlen hervor, abgemagert und zu allem entschlossen.

Um die Bären vom Bus wegzuscheuchen, versuchte Butler zuerst, die Vordertür gerade weit genug zu öffnen, um einen Schuß in die Luft abzufeuern. Der Gewehrknall dröhnte über den Schnee, das Echo hallte bis in den Himmel. Die Tiere blickten mit verhaltener Neugier in ihre Richtung. Butler beherrschte das Gewehr mit der Selbstverständlichkeit des Fachmanns und öffnete die Patronenkammer, um es neu zu laden. Diesmal hielt er tiefer, nicht so weit weg von den Bären. Bei dem leisen Schwirren der Kugel über ihren Köpfen blickten sie auf. Keiner ergriff die Flucht. Butler schoß in den Boden nahe ihren Füßen. Sie machten ein paar Schritte nach vorn, um das Loch im Schnee zu beschnuppern. Butler fluchte.

Als nächstes versuchte er es mit Leuchtkugeln; er zündete sie und ließ sie durch den Schnee rollen. Eine Rauchwolke stieg auf. Die Bären schnaubten, rieben ihre Nasen im Schnee und husteten. Sie machten ein paar Schritte, so daß der Wind den Qualm von den Leuchtkugeln nicht mehr in ihre Richtung trug, und setzten sich hin, um zu warten.

Beryl, die hinter Butler stand, hörte den Bären, bevor sie ihn sah. Eine Verdrängung von Luft, ein Atmen, der dumpfe Aufschlag im Schnee. Sie konnte nicht sehen, woher er kam. Butler schlug die Tür zu. Sie hörten ein Knurren von draußen. Ein schlurfendes Geräusch. Stille. Butler verfluchte jeden einzelnen von ihnen.

Jean-Claude versuchte es schließlich mit einfachem Lärm. Zur Ausstattung des Busses gehörten auch einige alte, beruhigende Platten. Willie Nelson, Frank Sinatra, die Osmonds. Er spielte eine alte Osmonds-Platte auf höchster Lautstärke und übertrug den Lärm mit dem Mikrophon über die Außenlautsprecher nach draußen. Der Lärm grollte durch die Landschaft, erschreckend und mit einem schrillen Rückkopplungspfeifen. Er dröhnte hinaus in ein Land von ruheloser Stille, von trockenen Winden und dem Knarren von Eis. »*And they called it pup-py lo-ha-ha-ove.*« Die Bären schüttelten die Köpfe, zuckten mit den Ohren und legten sie dann flach an. Einer nach dem anderen trottete mit offensichtlichem Unbehagen davon. Butler und Jean-Claude zogen den Käfig an die Stelle, die sie ausgesucht hatten; sie war etwa zwölf Meter vom Bus entfernt. Sie rannten beinahe, und ihr Atem ging in der Kälte stoßweise. Die Bären standen etwa hundert Meter entfernt, nichts zwischen ihnen und den Menschen. Beryl, die ihre Kameraausrüstung trug, folgte den beiden Männern. Sie hatte wieder Jean-Claudes Anzug angezogen. Der Pelz rieb ihr bei jeder Bewegung sanft über die Haut. Sie fühlte sich fast nackt. Die wilde Kälte stach ihr bei jedem Atemzug in die Lungen. Und doch blieb sie in ihrem Pelzanzug ziemlich warm.

Die Musik spielte weiter, ein Geräusch, das hier draußen vollkommen fehl am Platz schien – Musik, gedacht für kleine Zimmer, für Hitze und Menschenmengen, für Rauch und enge Wände, dünne Sommerkleider. Dieses Land hier war zu groß, zu weiß. Der Wind verzerrte die Worte. Dieses Land war gedacht für tiefe Stille und das wilde Heulen von hundert Meilen breiten Sturmfronten.

Jean-Claude und Butler blieben stehen, sahen sich vorsichtig um und ließen den Käfig fallen. Kein Unterschied zwischen dieser Stelle und der nächsten. Die Männer rannten zurück. Beryl sah zu den Bären hinüber. Sie würden zehn Sekunden brauchen, um die Entfernung bis zu ihr zurückzulegen. Sie zog mit aller Kraft, um die Käfigtür zu öffnen, und zog dann kräftiger, bevor sie begriff, daß der Riegel umgelegt war. Sie öffnete schnell die Tür und stieg hinein, drückte die Tür zu und verschloß sie, indem sie zwei Balken gleichzeitig in zwei verschiedene Richtungen drehte. Es dauerte einen Augenblick, bis ihre Handschuhe auf dem Stahl Halt fanden und sie die Riegel richtig zu fassen bekam. Die Konstrukteure hatten ihr versichert, daß diese Art von Schloß nicht durch ein Versehen geöffnet werden konnte, daß es nicht zufrieren würde. Sie hoffte, ihre Hände würden warm genug bleiben, um das Schloß später wieder zu öffnen.

Sie legte ihre Kameras mit den kleinen Heizgeräten, die zusätzlichen Handschuhe und das Walkie-talkie vor sich hin. Dann baute sie die Kameras auf, die Nikon direkt griffbereit, und überprüfte schließlich noch einmal das Schloß.

Sie warf sich mit ihrem ganzen Gewicht dagegen, um es noch einmal auf die Probe zu stellen, und streckte dann ein letztes Mal die Beine aus, bevor sie sie unter sich zog. Die Musik erstarb mit einem unangenehmen Pfeifen, direkt nachdem Jean-Claude die Bustür hinter sich zugezogen hatte.

Sie saß im Käfig. Er umschloß sie, wie sie es sich vorgestellt hatte.

Die Bären schnupperten und kamen langsam herbeigetrottet.

Sie konnte ihren rhythmischen Atem hören, das dumpfe Aufschlagen ihrer Füße im Schnee. Mit gesenkten Köpfen trotteten sie direkt auf sie zu. Sie spürte, wie die Kälte ihr die Beine hoch und übers Gesäß kroch, das auf das Metall des Käfigs drückte. Sie ignorierte es. Sie wollte mindestens zehn Minuten hier draußen bleiben.

Sie zwang sich, eine Kamera hochzuheben und auf den Auslöser zu drücken, registrierte, wie die dicken Metallstäbe des Käfigs die näher kommenden Bären scharf umgrenzten. Die große, gelbe Bärin, die Beryl am vergangenen Abend beobachtet hatte, lief mit offenem Maul vor den anderen her. Beryl hatte die Bären noch nie aus Bodenhöhe gesehen, von einem so niedrigen Punkt. Sie waren riesig, so groß wie ein stehender Mensch, aber breiter. Sie liefen mühelos auf sie zu, ihr Pelz rollte locker über ihren Körper, und ihre schweren Tatzen platschten in den Schnee. Sie wollte aufstehen, vor ihnen weglaufen. Sie spürte Galle in ihrer Kehle aufsteigen. Die große Bärin verlangsamte ihren Schritt auch dann nicht, als sie dem Käfig bereits ganz nahe war. Ihre Schultern schlugen gegen die Gitterstäbe. Der ganze Käfig prallte zurück. Die Bärin grunzte. Beryl schlug mit dem Kopf gegen die Stäbe. Sie spürte eine Vibration in ihrem Kopf, als hätte sie einen Schlag mit einer Keule bekommen. Hastig und mit einem schrillen Summen in den Ohren schob sie sich nach vorn, weg von den Bären.

Der mächtige Kopf der Bärin tauchte über dem Käfig auf und blickte auf Beryl herab. Die Bärin beschnupperte das Metall. Sie versuchte, ihre Schnauze durch die Stäbe zu zwängen. Ihr gewaltiger Leib füllte Beryls ganzes Blickfeld aus. Im Sitzen kam Beryl sich noch kleiner vor. Der dicke, weiße Pelz an der Brust der Bärin ragte durch die Stäbe vor ihr in den Käfig hinein. Zögernd streckte Beryl eine Hand aus, um den Pelz zu berühren, und machte ein Foto von ihrem kleinen, schwarzen Handschuh vor den weißen Haarbüscheln der Bärenbrust. Sie war im Käfig. Ihr Kopf schmerzte.

Die Bärin keuchte erschrocken, als Beryl sie berührte. Ihr Atem, animalisch und warm, strich Beryl über das Gesicht. Die Bärin senkte den Kopf und sah Beryl direkt ins Gesicht, Auge in Auge. Beryl konnte die rötlichen Tränenkanäle der Bärin erkennen, wie bei einem Kind. Jedes Haar an Beryls Körper stellte sich auf; Schweiß hüllte sie ein. Noch während es geschah, wußte sie, daß dies der Augenblick wäre, an den sie sich kurz vor ihrem Tod erinnern würde. Sie spürte, wie die Kälte sich langsam von ihren Fingern ausbreitete, ihre Arme hinaufkroch. Es kümmerte sie nicht mehr.

Sie legte eine Hand auf den Kragen ihres Parkas. Die Häute raschelten bei jedem Atemzug, den sie machte, jedem Atemzug, mit dem sie die klare, eisige Luft schmecken konnte, die sanfte Wärme der Bären, den moschusartigen Duft des Wolfspelzes, ihren eigenen Körper.

Die Nase der Bärin zitterte leicht, feuchtfunkelnde, ebenholzschwarze Haut. Der verschlungene innere Tunnel schimmerte dunkelrot. Das schwarze Lächeln ihres Mauls wurde breiter, öffnete sich. Das Innere, dunkel wie Samt, war feucht. Beryl bemerkte, daß sie ihre Hand nach der Nase ausgestreckt hatte. Um sie zu berühren, um über die kleinen, geschlitzten Öffnungen der Augen zu streichen. Sie fühlte sich benommen. Sie zog ihre Hand zurück, überprüfte noch einmal ihre Position und versuchte, gleichmäßiger zu atmen. Knie und Ellbogen angezogen, Kopf gesenkt, keine Kameras in Reichweite der Tatzen. Sie legte beide Hände auf ihre Kamera, hob sie wieder hoch und betrachtete den Bären durch das Objektiv.

Die anderen Bären kamen vorsichtig von hinten und von den Seiten dazu. Sie keuchten; das einzige Geräusch.

Die große Bärin schob den vorderen Teil ihrer Tatze zwischen die Stäbe. Nur die Klauen und die erste Hälfte ihres Ballens paßten hindurch. Sie streckte ihre langen, weißen Klauen nach Beryl aus wie Finger, die sie vorwärtslocken wollten.

Beryl wollte jede einzelne Klaue küssen. Sie wollte auf dem Fleisch der Bärenzehen kauen.

Das Walkie-talkie knisterte. »Hallo, Beryl. Kannst du mich verstehen? Over.«

Sie versuchte, ein Foto von einem Bären zu machen, der probierte, zwei Gitterstäbe des Käfigs mit dem Maul zu umfassen. Das Maul füllte ihre Kamera, schwarz und feucht, weiße, gebogene Zähne, lange Zunge. Ihr Finger versagte ihr den Dienst, als sie auf den Knopf drücken wollte. Er bewegte sich lediglich ziellos über den oberen Teil der Kamera. Sie hatte schon vor einer ganzen Weile aufgehört zu zittern. Der Bär berührte vorsichtig das Metall mit den Zähnen; ein kratzendes Geräusch. Er nieste, schloß das Maul und trat zurück. Er nieste noch einmal und beschnupperte die Gitterstäbe.

Etwas von seinem Speichel war bereits auf Beryls Füßen gefroren.

»Beryl. Hallo, Beryl. Verstehst du mich? Hier ist Jean-Claude.

Alles in Ordnung bei dir? Du bist jetzt eine halbe Stunde draußen. Verstehst du mich. Dreißig Minuten. Over.«

Sie legte ihre Kamera ab und blickte zum Bus hinüber. Er paßte nicht hierher – leuchtendes Grün, Metall, Antenne, schwarze Reifen. Sie griff nach dem Walkie-talkie. Plötzlich hörte sie an der Küste hinter sich ein Krachen irgendwo im Eis, das sie erschreckte. Sie konnte jetzt auch die Wellen hören. Sie machten ein knirschendes Geräusch, während sie unaufhaltsam über das Eis schabten.

Eine junge Bärin zog sich auf den Käfig hinauf. Ihr Körper schob sich vor die Sonne. Der Käfig sank mit einem trägen Knirschen tiefer in den Schnee. Die Bärin bewegte sich oben auf dem Käfig über die Gitterstäbe, blickte auf Beryl herab, verwirrt, entschlossen. Ihre Klauen kratzten über das Metall. Das Fleisch ihrer Fußsohlen quetschte sich zwischen den Gitterstäben hindurch. Beryl saß im Schatten des Bärenkörpers, legte den Kopf in den Nacken und betrachtete die schwarzen Fußsohlen, die die Größe ihres Kopfes hatten. Sie legte das Walkie-talkie wieder weg und griff nach der Kamera. Ihre Hände tasteten unsicher nach dem Auslöser. Die Kamera schlug hart auf den Metallstäben auf. Das Objektiv zersprang. Als sie nach einer anderen Kamera griff, beobachtete sie ihre Hände, um sicherzugehen, daß sie sich auch wirklich schlossen. Sie versuchte, das Gesicht der Bärin, die zwischen ihren Füßen auf sie herabblickte, scharf einzustellen.

»Beryl. Keine Angst, Beryl. Wir kommen.«

Wieder setzte die Musik ein. Rückkopplungspfeifen. Die Bären schnaubten. Die junge Bärin sprang vom Käfig. Die Tiere entfernten sich zwar, diesmal jedoch langsamer. Kleine Gestalten rannten vom Bus auf sie zu.

Beryl sah sie neugierig an.

Sie kam rechtzeitig wieder zu sich. Sobald ihr Gesicht sich ein wenig aufgewärmt hatte, versuchte sie, ihr Desinteresse an den drei Männern zu verbergen. Setzte einen dankbaren Gesichtsausdruck auf. Sie erzählte ihnen, daß die Batterien im Walkie-talkie die Temperatur wahrscheinlich nicht vertragen hätten. Durch die Kälte bewegte sich ihr Mund nur schwerfällig, und ihre Worte klangen undeutlich wie bei einem Betrunkenen. Jean-Claude bastelte ein Heizgerät für das Walkie-talkie.

Sie beobachtete seine Hände und blickte hinab auf ihre eigenen Hände, die immer noch in den Handschuhen steckten. Sie wußte, daß etwas von diesem Entrücktsein dort draußen, was Jean-Claude empfand, der Grund dafür war, daß er sich so langsam bewegte und in so kurzen Sätzen sprach.

Sie ging nach hinten in ihr Zimmer und zog sich langsam aus. Dann legte sie sich ins Bett und wartete darauf, daß das Gefühl in ihre Gliedmaßen zurückkehrte, wartete auf den Schmerz, das pulsierende, kribbelnde Jucken. Am dritten und vierten Zeh ihres linken Fußes spürte sie gar nichts. Es konnte nicht mehr lange dauern, und sie würden erst summen, dann schmerzen. Wenn sie häufiger so lange draußen blieb wie heute, würden diese Zehen vielleicht schwarz werden und dann abfallen wie verfaulte Früchte von einem Baum. Es würde sie kleiner machen, sie auf das Wesentliche, auf ihre Substanz reduzieren, mit nur zwei Zehen und harten Schwielen dort, wo die anderen gewesen waren. Sie fragte sich, ob man wohl noch laufen konnte, wenn man gar keine Zehen mehr hatte. Im Spiegel sah sie die blassen Stellen auf ihrer Nase und auf ihren Wangen.

Sie döste friedvoll in der stillen Leere ihres Zimmers. Sie sah sich selbst in Teilen: Finger, Hände, Füße, Arme, Gesicht – alles verzichtbar. Sie sah sich selbst leer und frei von all diesen Dingen, eine pulsierende Hülle, die Organe rhythmisch und warm, bar aller Lasten. Sie spürte ihr Blut durch jeden Bereich ihres Körpers fließen, ein anderer Pulsschlag in ihren Händen als in ihren Füßen, als hätte sie mehrere Herzen wie ein Wurm.

Jean-Claude setzte sich neben sie aufs Bett und schloß die Tür hinter sich. Er überprüfte ihre Hände, ihre Zehen, ihre Ohren. Sie hätte sich um ein Haar neue Erfrierungen geholt, sagte er, und zwar an ihren Zehen und Händen. Er sah ihr ins Gesicht. Er kniff ihr ins Kinn. Er sagte ihr, daß sie in Zukunft vorsichtiger sein müsse. Sagte ihr, die Kälte komme schnell, wenn man still in einem Käfig sitze. Von jetzt an dürfe sie nicht länger als zehn Minuten draußen bleiben, das verlange er. Wenn sie weitere Erfrierungen bekäme, würde er sie zurück in die Stadt schicken. Ohne einen Augenblick zu zögern. Wenn irgendwelche Komplikationen aufträten, könnte sie sich eine Infektion zuziehen, Wundbrand. Er klang besorgt. Seine Hände glitten unter ihre Bluse. Seine Berührungen hatten nichts

Zweckdienliches mehr. Genüßlich erwiderte sie seine Zärtlichkeit und rollte sich mit der Anmut einer Robbe an seiner Brust zusammen. Nichts hatte noch Platz in ihr als die unmittelbaren Gefühle ihres Körpers.

Sie hörten Schritte im Flur, Schritte, die vor ihrer Tür innehielten. Da ihre Tür geschlossen war, war es offensichtlich, wo sie beide sich befanden. Die Person entfernte sich wieder. Einen Augenblick später rief Butler aus dem vorderen Raum, daß das Mittagessen fertig sei. Obwohl seine Stimme von den dazwischenliegenden Wänden gedämpft wurde, konnte sie trotzdem den Ärger darin hören.

Beim Mittagessen war sie in Hochstimmung, weit jenseits der Anspannung, die zwischen den drei Männern herrschte. Sie aß Fleisch und Fett, schlang alles in sich hinein. Sie fragte sich, von welchem Tier das Fleisch stammen mochte. Wann es gestorben war, wo.

Keiner von ihnen sagte ein Wort. Butler stand auf, sobald er seine Mahlzeit beendet hatte. Jean-Claude berührte unter dem Tisch ihr Knie. Er griff an ihr vorbei nach dem Salz, und seine bebenden Nasenflügel streiften beinahe ihre Schulter.

Nach dem Mittagessen machte David sich bereit, in den Käfig zu steigen. Jean-Claude fragte ihn, ob er den Eskimoanzug tragen wolle. David sah sich die beiden einfachen Fellschichten an. »Ich bin sicher, daß die Eskimos wußten, was sie taten, als sie dieses Ding da entworfen haben«, sagte er, »aber sie hatten eben kein Thinsulate, hm?«

Jean-Claude versuchte, die Vorteile der beiden Häute zu erklären, aber David sagte: »Hör mal, ich befolge jetzt seit vierzehn Jahren den Rat von *Natural Photography*, und es hat nie ein Problem gegeben. Ich habe keine Lust, mir plötzlich selbst irgendwelche Sachen auszudenken. Außerdem«, fügte er grinsend hinzu, »bin ich allergisch gegen Vielfraßmoschus. Die meisten Leute würden so etwas nie herausfinden, aber bei meiner Arbeit…« Er zuckte die Achseln und zog den Reißverschluß seiner Jacke hoch.

David sah sehr klein aus, wie er da zu dem winzigen Käfig hinüberlief, der mitten in der gewaltigen, weißen Landschaft stand. Sogar seine Kameras wirkten größer als er. Sie funkelten in der klaren Luft und dem Sonnenlicht.

Nach den ersten drei Minuten konnte Beryl David unter den weißen Schultern und Hinterbeinen der Bären nicht einmal mehr sehen. Sie hätte es nicht gemerkt, wenn die Tiere den Käfig aufgebrochen hätten. Sie erinnerte sich an Bilder von Löwinnen in der Savanne beim Fressen: gedämpftes Knurren, zusammengebissene Zähne, Köpfe, die sich ruckartig hin und her bewegten.

Nach fünf Minuten meldete sich David über das Walkie-talkie; er hatte offensichtlich alle Mühe, sich zu beherrschen. »Meine Füße sind zu Eis gefroren, verdammt noch mal.« Seine Stimme klang verrauscht und verzerrt durchs Radio wie die historische Aufnahme von jemandem, der längst gestorben war. »Meine Beine sind eingeschlafen. Ich muß sie bald ausstrecken. Diese Viecher werden mir die Zehen abbeißen, und ich werde es nicht einmal spüren. Ich bin hier draußen nichts als ein beschissenes Paket Tiefkühlkost.«

Im Hintergrund konnte Beryl noch etwas anderes hören, rhythmisch, schwer und beunruhigend. Der Atem der Bären.

»Holt mich hier raus«, sagte David. »Sofort.«

Jean-Claude schaltete die Musik ein. Die Bären fingen an zu zappeln, fletschten die Zähne, drehten sich um, als hätte eine Falle zugeschnappt, und zogen schließlich majestätisch davon. Butler machte einen Witz, etwas über gefrorene Blüten und David, den sie einfach da draußen sitzenlassen sollten.

Beryl hörte nicht hin. Ihr wurde klar, daß sie es keine drei Wochen hier draußen aushalten würden.

# 20

An diesem Abend spielten sie Gin-Rommé. Beryl hatte Schwierigkeiten, alle Karten gleichzeitig und aufrecht in der Hand zu halten. Ihre Finger kribbelten und zitterten, machten kleine, unerwartete Bewegungen. Die Haut ihres Gesichts prickelte, als ließe jemand kaltes Wasser darüberlaufen. Ihr Gehirn arbeitete jedoch mit größter Perfektion. Ohne sich besondere Mühe geben zu müssen, konnte sie sich an jede Karte erinnern, die ausgespielt worden war. Sie konnte die Vorderseiten der Karten, die die anderen in ihren Händen hielten, beinahe vor sich sehen. Sie gewann Spiel um Spiel. Butlers Oberlippe schob sich hoch, höher und höher, bis die Zähne darunter leuchtend und weiß zu sehen waren. David meinte scherzhaft, daß er sie nach dieser Reise als Rommé-Profi trainieren und managen würde. Sie würden Millionen machen.

Als David die Worte *nach dieser Reise* aussprach, spürte Beryl wieder einmal, daß irgend etwas furchtbar schiefgehen würde. Und zwar schon bald. Ihre Kopfhaut juckte, ihre Zähne kribbelten. Sie warf einen Blick auf das Außenthermometer. Es zeigte dreiunddreißig Grad minus.

Wieder fielen ihr Jean-Claudes Hände auf, und sie dachte an die Sanftheit, mit der sie sich bewegen konnten. Sie sah, daß Butlers Haar an beiden Schläfen pfeilförmig zurückwich, und sie spürte, wie groß seine Furcht vor den Veränderungen seines Körpers sein mußte. Ihr Herz hämmerte und dröhnte. Sie begann zu weinen, ohne auch nur die Karten abzulegen, verspürte eine gelinde Überraschung. Erst als sie an der Reihe war abzuheben, bemerkten die Männer es. Ein wenig töricht saßen sie da und beobachteten sie, bis sie die Kraft gefunden hatte, sich hochzustemmen und schwankend wie ein Tier langsam nach hinten in ihr Zimmer zu taumeln.

Hinter sich hörte sie, wie Jean-Claude gute Nacht sagte und ihr folgte.

Butler machte eine leise Bemerkung über Frauen und das Leben im Freien, und David sagte: »Vielleicht.« Es war das erste Mal, daß die beiden bei irgend etwas annähernd übereinstimmmten.

In dieser Nacht weinte sie an Jean-Claudes Brust, und die Schärfe seiner Rippen an ihrem Gesicht ließ sie bei jedem unterirdischen Schlag zusammenzucken.

Am nächsten Morgen wachte sie ein wenig später auf als sonst und ging ins Bad. Die Tür war zugezogen wie immer, aber nicht verschlossen, so daß sie hineinging. Vor dem Spiegel stand Butler, nackt, mit dem Rasierapparat in der Hand. Er drehte sich schnell um. Der Rasierapparat surrte. Butler stand bleich, groß und mit rundem Bauch vor ihr. Einen Augenblick dachte sie: Er rasiert seinen ganzen Körper und maskiert sich.

Er seufzte lautlos und hob die Hände, um seine Nacktheit zu bedecken. Der Rasierapparat summte, schwarz und metallisch vor Butlers Lenden, als wäre er drauf und dran, daraus zu urinieren. Vor Schreck stieß sie ein kurzes, bellendes Lachen aus.

Sein Blick verwandelte sich in reinen, heißen Zorn.

»O Gott«, sagte sie und legte sich eine Hand auf den Mund. »Es tut mir leid.« Sie schloß die Tür und ging ins Wohnzimmer, wo David und Jean-Claude Rommé spielten. Sie setzte sich auf einen Stuhl und blickte hinaus auf das gewaltige weiße Land, während ihre Finger wieder und wieder über die polierten hölzernen Armlehnen des Stuhls strichen.

An diesem Nachmittag war die Reihe an ihr, wieder hinauszugehen. Als sie bereits den halben Weg zum Käfig zurückgelegt hatte, sah sie vor ihrem inneren Auge plötzlich Butler, wie er die Außenlautsprecher zerstörte oder den Plattenspieler kaputtschlug. Sie warf einen Blick über ihre Schulter.

Als sie die Käfigtür zugezogen und verschlossen hatte, kümmerte es sie nicht länger. Die Bären waren wieder da. Diesmal gestattete sie es sich, die Augen zu schließen und einfach zu lauschen, wie sie auf sie zukamen: das Knirschen des Schnees, die Schwingungen ihres Gewichts. Sie wünschte, sie könnte diese Geräusche mit nach Hause nehmen. Keine Autos, keine anderen Menschen, keine anderen Tiere oder Bewegungen, eine Welt, die leer war bis auf sie und die Bären und das Knarren eines zugefrorenen Meeres.

Ein Bär schlug hart an die Gitterstäbe neben ihrem Kopf. Das Metall schwirrte. Der Bär schnaubte, setzte sich auf den Schnee und begann, sich die Tatze zu lecken. Es hörte sich an wie ein großer Hund, der sich putzte. Ohne hinzusehen, wußte sie, daß es der Bär war, der gestern versucht hatte, die Gitterstäbe zu zerbeißen. Er mußte jung sein, ungeduldig, wissend um seine eigene Kraft.

Beryl hörte das Geräusch von Klauen, die den Schnee bearbeiteten. Sie öffnete die Augen. Das große, gelbe Weibchen hockte vor ihr und grub. Alle paar Sekunden schob sie ihren Kopf in das Loch und streckte die Tatze aus, um die Gitterstäbe an der Unterseite des Käfigs zu berühren. Das erschreckte Beryl. Sie konnte sich nicht vom Boden des Käfigs wegbewegen, ohne sich dabei gleichzeitig einem Risiko von oben auszusetzen.

Eine Bärin nagte geduldig an den Gitterstäben. Langsam streckte sie die Zunge heraus, um die Stäbe zu berühren, und schrie auf, gequält und schrill, sprang zwei Meter zurück. Schwarzes Fleisch auf dem Metall. Die anderen Bären schnupperten argwöhnisch, blickten sich um.

Das gelbe Weibchen, dem das Graben nun zu langweilig geworden war, zwängte wieder seine Tatze vor Beryl in den Käfig, wie ein Kind im Zoo. Beryl beugte sich vor und roch an der schwarzen, rauhen Unterseite der Tatze. Sie ließ ihre Zunge über die Klauen gleiten: Sie waren kühl, salzig und sauber. Die Bärin zog ihre Tatze zurück und schnupperte daran.

Beryl lehnte sich etwas zurück, drückte ihre Nase in die Wärme des Wolfspelzes, holte tief Luft und fuhr sich mit der Zunge über die Zähne, um das Salz darauf zu schmecken.

Als sie nach der Kamera griff, hörte sie ein leises Summen und sah sich um. Auf dem Boden um sie herum bewegten sich nur die Bären. Sie wußte, daß dieses Geräusch nicht von ihnen stammen konnte. Das Summen wurde lauter. Sie blickte auf: ein Buschflugzeug auf dem Weg nach Churchill. Es wirkte vollkommen fehl am Platz, an dem leeren Himmel über dem schweigenden Land, über den Bären, die langsam durch den Schnee trotteten. Es sah so plump und tödlich aus wie ein heftig in die Luft geschleuderter Stein. Sie fragte sich, ob der Pilot wohl ihren Käfig sehen konnte.

Am zweiten Tag fiel es ihr nach ihren zehn Minuten im Käfig noch schwerer, wieder warm zu werden. Selbst eine Stunde nachdem Beryl in den Bus zurückgekehrt war, zitterte sie noch, ihre Zähne klapperten, und ihr Kopf schmerzte. Ihre Gliedmaßen knirschten und protestierten bei jeder Bewegung und fühlten sich schwer und träge an. Beim Mittagessen versuchte sie, noch mehr Fleisch und Fett zu essen. Sie zog sich noch mehr Kleider über und trank warme Getränke. Sie nahm an, daß sie zu lange draußen gewesen war.

Dann fiel ihr auf, daß alle anderen auch zu frieren schienen. Sie trugen alle zusätzliche Kleidungsstücke. Jean-Claude trug zwei Pullover, Butler hatte einen Schal umgelegt. David hatte sich sogar eine Decke über die Schultern gehängt. Draußen waren es jetzt fünfunddreißig Grad minus. Vielleicht waren die Heizungen doch nicht in der Lage, mit so extremen Temperaturen fertig zu werden.

Während die anderen Karten spielten, arbeitete Jean-Claude an diesem Abend an den Heizgeräten und las noch einmal die langatmige Betriebsanleitung für die Temperaturkontrolle des Busses durch.

# 21

Am nächsten Morgen erwachte sie in der grauen Stunde vor Sonnenaufgang, und ihr Atem stand als kalter, weißer Nebel in der Luft über ihrem Bett. Eine Weile betrachtete sie den Nebel schlaftrunken und verständnislos, bewunderte die Schönheit seiner sanften Schwaden. Dann wachte sie plötzlich wirklich auf. Jean-Claude hatte sich unter den Decken zu einem kleinen Ball zusammengerollt. Ihr Körper bewegte sich mit ungewohnter Steifheit, und ihr Kopf schmerzte von der Kälte. Sie kletterte aus dem Bett, ohne Jean-Claude zu wecken, streifte ihren Morgenrock über und humpelte zum Thermostat im Flur. Er hätte eigentlich eine Temperatur von zwölf Grad halten müssen. Das Thermometer zeigte fünf Grad an.

Sie drehte den Thermostat auf zwanzig Grad und hielt ihre Hand über die Heizung. Nichts. Sie blickte aus dem Fenster und sah in der Nähe des Busses drei Schneehügel auf dem flachen frühmorgendlichen Land. Sie wußte, daß jeder dieser Hügel einen schlafenden Bären enthielt. Sie wußte, daß sie bald aufwachen, den Schnee abschütteln und langsam über das Eis wandern würden. Der Himmel war grau, der Schnee war grau. Nichts regte sich. Die Innenseiten der Fensterscheiben waren frostüberzogen. Sie kratzte ein kleines Stück ab und ließ es auf ihren Fingern schmelzen.

Sie ging in die Küche und stellte einen Brenner an. Sie hörte ein Klicken irgendwo im Ofen, und die Elektrospule begann sich aufzuheizen. Mit einem erleichterten Lächeln hielt sie einen Augenblick lang ihre Hände darüber. Die Spule rötete sich langsam, und die Hitze breitete sich auf dem Metall aus. Beryl hörte das rhythmische Atmen der drei schlafenden Männer. Der Augenblick schien so friedlich. Sie hielt ihr Gesicht näher an den Brenner heran, als wolle sie die Hitze riechen. Es bedeutete so viel, zu wissen, daß der Bus nicht vollkommen tot war. Sie drehte den Brenner ab und ging wieder ins Bett.

Einen trägen Augenblick lang hielt sie Jean-Claude fest an sich gedrückt. Ihr Gesicht fühlte sich noch immer warm an. Sie drückte es in die Mulde seines Halses, roch Salz und Schlaf und eine Spur von der Tomatensuppe des Vorabends, nahm jeden Geruch deutlich in sich auf. Sie wollte, daß dieser Augenblick für alle Zeit fortdauerte. Die Kälte lastete schwer auf ihr.

Sie weckte ihn auf.

Jean-Claude überprüfte mehrere Schalter im Innern des Busses und zog sich dann an, um draußen die Tankbehälter zu überprüfen. Beryl zog sich ebenfalls an. Als sie die Musik anstellen wollte, schüttelte er den Kopf. »Wir müssen die Batterie schonen«, sagte er. Er gab ihr ein Gewehr. Die Tür öffnete sich mit einem leisen Zischen wie bei den Transitbussen in Boston. Einen Augenblick lang dachte sie, sie würde gleich auf die Massachusetts Avenue hinaustreten. Geschäfte, Verkehr, Leute.

In dem flachen Grau draußen rührte sich nichts. Vollkommene Stille. Sie behielt die verschneiten, unförmigen Gebilde der Bären im Auge. Schon bald würden sie aufwachen.

Beryl und Jean-Claude schauten unter den Bus. Sie sahen sofort, daß alle Mylar-Schläuche zerkaut worden waren. An manchen Stellen waren nur noch glänzende schwarze Fetzen übrig. Auch die Reifen waren am Rand angenagt. Sogar das Metall wies an manchen Stellen helle Bißspuren auf. Gefrorene Flecken von gelbem, mit schwarzen Fäden durchzogenem Erbrochenem besprenkelten den Boden. Unter dem Bus gefror ihr Benzin langsam zu öligen Pfützen, darum herum bekrallte Fußabdrücke. Der Reservetank am Heck hatte eine kleinere Pfütze hinterlassen. Das Benzin befleckte das Eis und den Schnee unter der Oberfläche einer jeden Pfütze und schuf so den verschwommenen Eindruck von etwas halb Lebendigem, das zusammengekauert dort saß. Nichts tropfte mehr. Ihr Benzin war weg.

Beryl sah, wie ihr bei jedem Atemzug weiße Wärme aus dem Mund quoll. Der Himmel war bereits rötlich angehaucht. Sie trat ganz nah an Jean-Claude heran und berührte seinen Arm. Er reagierte nicht. Sie gingen wieder hinein.

Zuerst versuchten sie, Hilfe herbeizurufen. Das bordeigene Funkgerät knisterte laut. Jean-Claude setzte den Kopfhörer auf und drehte langsam an der Frequenzwahl, um jemanden zu finden. Sein Rücken war gekrümmt vor Konzentration. Seine Hände bewegten sich jetzt nicht mehr zögerlich, wie sie es in der Nacht zuvor getan hatten. Sie bewegten sich sicher und entschlossen. Sie wollte wieder mit ihm ins Bett gehen. Sie wollte noch einmal aufwachen, wollte es warm haben.

Minuten vergingen mit nichts anderem als Rauschen. Dann wurde das Rauschen langsam weicher. Beryl sah Jean-Claude zu. Er hatte den Lautstärkeregler nicht berührt.

Plötzlich dröhnte die Stimme eines Mannes aus dem Lautsprecher.

»He, das ist aber wirklich super, Sammy«, sagte die Stimme. »Was hält Marie davon, hm? Over.«

»Hallo?« Jean-Claude sprach hastig ins Mikrofon, ohne ein überflüssiges Wort zu verlieren. »Hier ist Jean-Claude Thibedeaux von der Manitoba-Expedition von *Natural Photography*. Ich brauche Hilfe. Verstehen Sie mich? Over.«

»Sammy, warst du das? Over.«

»Nee, Craig, du Idiot, das war irgendein Typ aus Quebec.«

»Quebec? Er hat doch gesagt, Manitoba, oder? Ich kann ihn kaum hören.«

Jean-Claude schien verwirrt. Er beugte sich tiefer über das Mikrofon und begann laut zu rufen: »Hier ist Jean-Claude Thibedeaux von der Churchill-Expedition von *Natural Photography*. Ich bin in Churchill, Manitoba. Ich brauche Hilfe. Dringend. Es sind noch drei weitere Personen bei mir. Unser Bus hat kein Benzin mehr. Over.«

»Siehste, Craig, er kommt nicht aus Quebec. Er kommt aus Manitoba.«

»Halt den Mund, Sammy. Er hat Probleme.«

»Tja, da sollte er sich besser jemanden in seiner Nähe suchen. He, Jean-Claude, wir sitzen hier in Saint John. Such dir lieber eine Tankstelle in deiner eigenen Zeitzone. Over.«

»Halt den Mund, Sammy. Bitte sprechen Sie weiter, Jean-Claude. Und bitte etwas lauter. Over.«

Jean-Claude begann ins Mikrofon zu bellen: »Ich befinde mich sechzig Kilometer östlich von Churchill, Manitoba. Ich gehöre zum

*Natural Photography*-Team. Wir haben kein Benzin mehr. Wir können nicht heizen. Wir haben nicht die Ausrüstung, um zurückzulaufen. Bitte schicken Sie uns Hilfe. Bitte nehmen Sie Kontakt zum Hauptquartier von *Natural Photography* in New York City auf. Bitte nehmen Sie Kontakt zur Polizei von Churchill auf. Haben Sie mich verstanden? Over.«

Es entstand eine Pause. Beryl mußte sich tief über den Lautsprecher beugen, um überhaupt noch etwas zu hören.

»Spricht er noch?«

»Kann ich nicht sagen. Hast du irgendwas von dem Ganzen kapiert?«

»Weiß ich nicht. Er ist irgendwo in Manitoba und hat kein Benzin mehr, und er faselt irgendwas von Polizei. Und irgendwas von Fotografien. Marie meint, er hätte auch was von einem ›Haupttier‹ gesagt. Hast du das verstanden? Over.«

»Hat sie sonst noch was mitgekriegt?«

»Um Himmels willen, Craig. Er hat bloß kein Benzin mehr. Wahrscheinlich so ein bescheuerter amerikanischer Tourist, der tausend Meilen von uns entfernt irgendwo auf der Autobahn steht. Nimm doch Vernunft an. Over.«

»Jean-Claude, bitte wiederholen Sie Ihre Meldung. Bitte wiederholen Sie die Meldung. Over.«

Die Männer konnten Jean-Claude nicht mehr hören, obwohl er weiterschrie, bis das Funkgerät nicht einmal mehr summte und die Batterie des Busses vollkommen tot war. Jean-Claude fand im Vorratsschrank ein Notfunkgerät mit Handbetrieb. Er stellte es auf dieselbe Frequenz ein wie zuvor und begann schnell und heftig zu kurbeln. Sein Gesicht war so starr wie Eis geworden, so leer wie das eines Bären.

Das Außenthermometer zeigte jetzt vierunddreißig Grad unter Null. Von der Vorderkabine des Busses aus konnte Beryl sechs weitere Eisbärenhügel ausmachen; der treibende Schnee hatte ihre Rücken in runde Zelte verwandelt. Die Kälte auf ihrem Gesicht fühlte sich unwirklich an. Sie schlang ihren Parka fester um sich und wünschte, sie könnte nur eine einzige, letzte Tasse heißen Kaffee bekommen, etwas warme Suppe. Sie hielt den Atem an und lauschte. Nichts. Nicht einmal ein leises Knistern kam aus dem Funkgerät.

Butler und David, aufgeweckt von Jean-Claudes Geschrei, standen, in ihre Decken gehüllt, im Flur und atmeten kleine Dunstwolken aus. Schweigend und mit noch vom Schlaf verquollenen Augen sahen sie Beryl und Jean-Claude an.

Die Temperatur im Bus war auf null Grad gesunken. Jean-Claude machte den Vorschlag, daß sie alle noch einmal zur Toilette gingen, bevor das Wasser gefriere. Beryl fühlte sich wie ein kleines Kind vor einem Familienausflug, wenn jeder vor dem Aufbruch noch einmal zur Toilette gehen mußte. Das Licht im Badezimmer ließ sich nicht einschalten. Sie hockte im Dunkeln, die Kälte prickelte über ihren Rücken, und sie gab sich alle Mühe, ihre Blase vollkommen zu leeren. Ohne das Summen der Heizung konnte man im Bus soviel besser hören. Sie alle konnten den schnellen Fluß ihres Urins hören. Sie hörte David in dem vorderen Raum fragen: »Wie kann so etwas passieren? Ich habe jetzt mehr als dreißig Expeditionen hinter mir. So etwas hat es noch nie gegeben.«

David räusperte sich, und sie konnte förmlich sehen, wie er den Kopf zur Seite neigte, wie seine scharfen Augen sich umsahen und sein Mund lächelte. Er würde versuchen, so zu tun, als sei das Ganze nicht wirklich. »Wenn so etwas schon passieren muß«, fuhr er fort, »warum dann nicht auf einer meiner schönen warmen Thailand-Expeditionen? Ich meine, warum hier und warum zu Beginn des Winters? Warum müssen es ausgerechnet fleischfressende Bestien sein statt netter kleiner Baumschnecken in Venezuela?

Und wo wir gerade beim Thema sind, wie ist es möglich, daß der Bus so konstruiert wurde? Wußten die Leute denn nicht, daß die Bären so etwas tun würden?«

Niemand gab ihm eine Antwort. Er sprach weiter: »Was für eine dumme Frage. Ich kann gar nicht glauben, daß ich so eine dumme Frage gestellt habe. Die Bären kriegen wohl sonst nicht genug Mylar zu fressen? Warum sagt ihr eigentlich nicht auch mal was?« Er bekam auch diesmal keine Antwort.

Als Beryl auf die Toilettenspülung drückte, schien etwas in den Röhren zu blockieren. Das Wasser stieg leise rauschend nach oben, ergoß sich über den Rand des Beckens. Jean-Claude drehte ein Ventil auf dem Armaturenbrett ab. Der Wasserstrom versiegte. Die

Pfütze auf dem Fußboden begann zu gefrieren. In der Kälte verströmte sie einen schwachen, scharfen Geruch. Beryl ging in den vorderen Raum, wo auch die anderen standen, mit Decken um die Schultern gewickelt, wartend.

Jean-Claude sagte: »Wir müssen zu Fuß zurück.«

Keiner von ihnen sah die anderen an. Ohne die Heizgeräte und Motoren schien die schneeschwere Stille von draußen in den Bus hereinzusickern. Irgendwo unter ihnen stieß ein Bär gegen den Bus, und sie alle hörten sein Haar über das Metall schaben.

Butler nickte traurig. »Tja, bleibt uns wohl nichts anderes übrig.«

Beryl ließ ihren Blick über die kleinen, dekorativen Details des Busses gleiten und blickte dann hinaus in den weißen, weiten Raum, der vor ihnen lag. »Okay«, sagte sie leise, fast als spräche sie mit sich selbst.

David sah von einem zum anderen. »Ach, kommt schon«, sagte er. »Was redet ihr denn da?«

Sie ging in die Küche, um das Essen zusammenzupacken, das sie unterwegs brauchen würden. Es ging ihr viel besser, seit sie etwas zu tun hatte. Der Kühlschrank seufzte, als sie ihn öffnete, und der Luftzug, der ihr entgegenwehte, war im Vergleich zu dem kalten Raum erstaunlich warm. Sie würden unterwegs nur Fleisch essen, Unmengen Fleisch, zwei Tage lang oder vielleicht drei. Während sie alles zusammenpackte, aß sie das Fleisch, das sie bereits gekocht hatten, kaute schnell und gründlich, griff, ohne sich die Handschuhe dafür auszuziehen, nach den einzelnen Scheiben. Sie spürte die Kälte des Bodens in ihren Füßen und Knöcheln. Als sie das ganze gekochte Fleisch aufgegessen hatte, fühlte sie sich immer noch leer. Sie schauderte. Dann warf sie einen Blick auf das rohe Fleisch. Unmöglich, es zu kochen. Sie brauchte eine Weile, um sich eine Scheibe abzuschneiden, aber schließlich durchtrennten ihre Zähne scharf und stark jeden Bissen. Das Fleisch schmeckte naß, kalt. Es ließ Flecken auf ihren Handschuhen zurück.

Die Küche war dunkel. Beryl sah, wie der Schnee draußen heller wurde. Sie hörte, wie Jean-Claude das Funkgerät ankurbelte. Nicht einmal ein Rauschen.

Sie wollte vor Angst laut aufschreien. Sie wollte vor Erwartung tanzen. Sie aß noch etwas Fleisch.

Sie hörten ein tiefes Surren. Einen Augenblick lang dachte sie, die Heizungen würden wieder anspringen, der Bus sei wieder zum Leben erwacht, das Funkgerät würde funktionieren. Sie alle blickten auf zur Decke. »Ein Flugzeug«, sagte sie. »Es ist ein Flugzeug.«

Sie rief den anderen zu, sie sollten die Musik anstellen; für eine Sekunde hatte sie vergessen, daß das nicht mehr möglich war. Sie griff nach dem Leuchtfeuergewehr über der Tür und lief nach draußen. Ohne einen Augenblick zu zögern, sprang sie aus dem Bus in den Schnee hinaus, richtete das Gewehr auf eine Stelle kurz vor dem kleinen Buschflugzeug, drückte ab. Die hellen Farben zischten hoch hinauf in den Himmel – Gelbtöne, Rottöne, Rauch. Die Leute im Flugzeug mußten es gesehen haben.

Sie verspürte ein leichtes Kribbeln im Nacken. Langsam drehte sie sich nach links. Gut zehn Meter von ihr entfernt saß ein Bär. Er sah verschlafen aus und hatte noch immer Schnee auf dem Rücken. Er schnupperte. Sie legte die zweite Leuchtkugel ein. Sie wußte, daß sie den Bären damit nicht töten würde. Es würde ihn nur verärgern. Das Tier und Beryl sahen einander an. Das Flugzeug setzte seinen Weg fort. Sie trat langsam einen Schritt zurück. Noch einen. Der Bär hörte auf zu schnuppern. Seine Wangen schoben sich zurück und entblößten seine Zähne. Er stand auf. Sie konnte nicht nachprüfen, ob hinter ihr noch ein anderer Bär stand. Sie konnte dem Blick dieses Bären unmöglich den Rücken zukehren. Sie ging rückwärts. Dunkle Augen, schmale Augen, in höchster Konzentration. Sie drehte sich um und rannte, hörte wieder einmal das Geräusch der Bärenklauen im Schnee, sein Gewicht. Keine Gitterstäbe zwischen ihnen. Sie warf die Tür hinter sich zu. Draußen schlug der Körper des Bären heftig dagegen. Das Metall knirschte.

Die geöffnete Tür hatte die Temperatur im Bus noch weiter sinken lassen. Die Männer lehnten sich alle gegen die Windschutzscheibe und sahen zu, wie das Flugzeug verschwand.

## 22

Jean-Claude gab jedem von ihnen ein Paar Schneeschuhe. Zu David sagte er: »Ich habe bei meinen Expeditionen nicht soviel Glück gehabt wie du. Ich nehme immer ein paar Sachen für den Notfall mit.«

Er baute einen anderthalb Meter langen Schlitten zusammen. Der Schlitten hatte hölzerne Kufen und war mit Fell bespannt. Die einzelnen Stücke wurden mit grauen Lederstriemen zusammengehalten.

Butler sagte: »He, da sind noch ein paar Nägel in der Werkzeugkiste. Wir könnten dieses Ding doch etwas fester zusammenhämmern.«

Jean-Claude schüttelte den Kopf. »Der Schlitten muß über das Eis holpern. Nägel würden zersplittern und das Holz aufreißen. Narwal ist elastisch. Auf diese Weise hat der Schlitten genug Spielraum.« Er legte jedes Seil vorsichtig über seinen Pfosten, strich es mit den Fingern glatt, zog es fest. Das Leder wies eine helle, kreisförmige Musterung auf wie die Ringe einer Honigwabe. Beryl hatte nicht gewußt, daß es Narwale überhaupt noch gab. Sie kannte dieses Tier lediglich von einem Gemälde aus dem siebzehnten Jahrhundert, das sie einmal gesehen hatte; unter dem Gewicht seines gewundenen Horns zog der kleine Wal rote, menschliche Lippen zurück und lächelte. Als Jean-Claude fertig war, packte er die Decken und das Funkgerät zusammen.

Mit der Feueraxt schlug Beryl sämtliche Stühle aus dem Eßzimmer in kleine Stücke – Feuerholz. Sie holte mit der Axt weit aus in dem kleinen Raum. Das Holz krachte laut. Splitter flogen um sie herum. Ihre Arme waren voller Kraft, ihr Körper heizte sich auf. Sie riß den Teppich in den Kabinenecken los, riß ihn heraus und band die Einzelteile der Stühle schnell und sorgfältig zusammen.

Ihr ganzes Wesen war darauf konzentriert, was sie unterwegs brauchen würden. Zum Anzünden fügte sie die fünfbändige Gebrauchsanweisung für den Bus hinzu, ihre Notizbücher, das Reisetagebuch. Zusammen mit Jean-Claude brach sie die Beine des Eßtisches ab. Sie banden alles auf den Schlitten, verteilten sorgfältig das Gewicht, zurrten alles fest. Sie durften draußen nicht noch einmal von neuem packen. Ihre Hände würden sich dort nicht mehr so gut bewegen.

Beim Packen sprachen sie kein Wort miteinander. Sie verstanden sich auch so. Die Arbeit hatte Beryls Körper aufgewärmt.

David sah ihnen zu. »Ich widerspreche euch ja wirklich nur ungern«, sagte er, »aber ich verstehe das Ganze nicht. Im Bus ist es immer noch wärmer als draußen.« Seine Lippen hatten einen bläulichen Schimmer. Er trug jedes Kleidungsstück von der *Natural Photography*-Liste; der Stoff seines Parkas spannte sich von all der Kleidung, die er darunter trug. Er faßte sich mit den Handschuhen an die Lippen. »Warum warten wir nicht auf das Flugzeug? Gestern haben wir eins gesehen, heute haben wir eins gesehen. Können wir nicht einfach hier sitzen bleiben und es morgen auf uns aufmerksam machen?«

Butler sah ihn ausdruckslos an: »Beide Flugzeuge sind Richtung Churchill geflogen. Wenn dahinter tägliche Routine steckt und nicht nur ein Zufall, werden wir es morgen auch unterwegs sehen; wir nehmen das Leuchtfeuergewehr mit. Und wenn nicht, dann verbringen wir wenigstens nicht einen Tag umsonst in dieser Kälte.«

David lächelte schwach. »Wißt ihr, ich bin nach Kalifornien gezogen, um von dieser Art Kälte wegzukommen.« Er sah jeden einzelnen von ihnen der Reihe nach an. Er war der einzige, der immer noch redete, auch dann, wenn es eigentlich nicht notwendig war. Er stand neben ihnen und sah ihnen bei den Vorbereitungen zu. »Hat zufällig jemand ein Blasenpflaster dabei?«

Butler reinigte die Gewehre. Sie hatten insgesamt vier Stück, lang und schwer. Sie öffneten sich mit sanftem Klicken, wohlausbalancierte Gewichte aus Holz und Metall. Butler verwandte größte Sorgfalt auf die Reinigung der Gewehre, lud sie, packte die Munition zusammen. Er befestigte Trageriemen an den Gewehren und verteilte sie dann.

Es war acht Uhr morgens. Normalerweise wäre sie gerade erst

aufgewacht. Hätte heißen Kaffee gerochen. Wäre langsam auf nackten Füßen ins Badezimmer gegangen und hätte sich den Schlaf aus den Augen gerieben. Sie nahm das Gewehr über den Rücken. Es glitt mit zuverlässiger Schwere über ihren Körper.

Bevor sie aufbrachen, sahen sie sich noch ein letztes Mal kurz um. Nichts war noch im Bus, was sie brauchen konnten. Jeder Schrank stand offen. Alles greifbare Holz war herausgerissen und zusammengepackt. Die saubere, durchkonstruierte Atmosphäre war verflogen. Es sah aus, als wären die Bären bereits eingebrochen.

Sie standen im vorderen Teil des Busses und aßen das letzte noch nicht eingepackte rohe Fleisch, kauten im Stehen, wortlos. Ihre Zähne machten leise, knirschende Geräusche. David aß nur einen Bissen. Beim Kauen schnitt er eine Grimasse. »Ich konnte *Beefsteak tartare* noch nie leiden«, sagte er. Er warf sein Stück Fleisch in den Müll. Die drei anderen drehten sich um und sahen es an.

David lächelte. »Ein bißchen Fasten hat noch nie geschadet, reinigt den Organismus.« Er hämmerte sich auf die Brust wie Tarzan. »'ne Tüte Studentenfutter habt ihr wohl auch nicht dabei, hm?« Die Temperatur im Bus war auf minus ein Grad gesunken. Er schlang die Arme um sich. »Wißt ihr, ich kann euch gar nicht sagen, wie ernst ihr alle ausseht, wie in einem Werbefilm für unsere beschissene Armee. Können wir das Ganze nicht mit ein wenig Heulen und Zähneknirschen und einer geziemenden Portion Angst nehmen? Können wir nicht ein paar Witze reißen?«

Darauf wußte niemand viel zu erwidern. Beryl berührte ihn am Ellbogen seiner Jacke und lächelte ihm zu. Sie hörte dabei nicht auf zu kauen.

Kurz bevor sie aufbrachen, ging sie noch einmal in ihr Zimmer und schob ihre Lieblingsfilmrolle in die Vordertasche ihres Parkas. Sie wußte, der Film würde dort gefrieren, aber im Bus würde er auch gefrieren. Sie wollte ihn bei sich haben. Das Foto von ihren Eltern ließ sie im Bus zurück, sie blickten händchenhaltend von der Wand in den Schnee hinaus. Der Dunst ihres Atems war am Fenster und an den Rändern des Bildes bereits gefroren. Dunst aus einer Zeit, als sie noch geschlafen hatte, noch ahnungslos.

Butler ging als erster hinaus. Mit einer schnellen, schwungvollen Bewegung schoß er zwei Bären mitten ins Gesicht, wobei er dem zweiten Bären nicht mehr Zeit ließ, als er brauchte, um den Kopf zurückzureißen. Beide Bären fielen zu Boden. Jeder Gewehrknall hallte laut mit mehrfachem Echo vom Himmel und vom Bus wider. Die anderen Bären sahen die beiden fallen, wirbelten herum und rannten davon. Beryl erkannte in einem der toten Bären das Weibchen, dessen Zunge am Metall hängengeblieben war. Der andere Bär lag, eine Pfote von sich gestreckt, auf der Seite. Es war das junge Männchen, das oben auf ihrem Käfig gestanden und gegen die Gitterstäbe geschlagen hatte. Der Pelz beider Tiere zitterte noch kurz und wurde dann still. Die Tierkörper lagen schwer und weiß auf dem Boden. Über dem Blut stieg Dunst auf.

Sie wollte ihre Hand auf den Rücken der breiten, flachen Bärenschädel legen, wollte einen Augenblick lang still neben ihnen stehen.

Jean-Claude und sie hoben den Schlitten aus dem Bus. Er war schwer, hundertfünfzig, zweihundert Pfund vielleicht, eine Leiche zwischen ihnen. Als sie ihn absetzten, durchbrach er die Oberfläche des Schnees. Sie zogen ihre Schneeschuhe an und gingen um die Tierkadaver herum. Sie fand das Laufen mit den Schneeschuhen schwierig. Man mußte die Zehen anheben und kam sich dabei wie ein Reiher vor. Die Wunden an ihren Füßen schmerzten eine Weile, wurden dann jedoch nach und nach taub.

Butler ging voran. Er trug das Gewehr vorgehalten, mit beiden Händen, jederzeit bereit, es an die Schulter zu reißen und zu schießen. Er hielt sich aufrechter, als er es die ganze Woche über getan hatte. Er suchte das Land nach Bären ab. Er sah sehr stark aus – abgesehen von den Schneeschuhen, die ihm einen übertrieben hohen Schritt verliehen, wie Elmer Fudd bei seiner Jagd auf Bugs Bunny.

David ging hinter Butler her. Sie konnte sehen, wie sich die Kapuze seines Parkas drehte, während er sich nach weiteren Bären umsah. Sein Gesicht konnte sie nicht sehen. Das Nylon machte bei jedem Schritt nach vorn ein leises, schabendes Geräusch. Er stolperte genausooft wie sie.

Jean-Claude ging neben ihr her. Sie zogen den Schlitten, das Seil über die Brust geschlungen, wie Rentiere, wie Hunde. Sie gingen weiter, Hand in Hand. Er bewegte sich langsam und gewandt, machte keine Bewegung zuviel. Nach einer Weile ließen ihre behandschuhten Hände den anderen los; ihre Finger waren zu kalt, um zu greifen.

Sie sah noch einmal über die Schulter zurück. Ihr Atem hing hinter und über ihnen in der Luft, grau und bleiern gegen das gefrorene Blau des Himmels. Die Bären waren bereits über die Kadaver hergefallen. Von überall her strömten weitere Bären herbei. Mehr Bären, als sie je hier erwartet hätte.

Die Bären blieben zurück, bei dem frischen Fleisch. Sie würden noch genug Zeit haben, ihnen zu folgen.

Nachdem sie ungefähr zwanzig Minuten gegangen waren, bemerkte Beryl, daß Jean-Claude nach links abbog, während Butler geradeaus weiterlief. Jean-Claude blickte hinüber zu Butler. Etwa acht Meter lagen zwischen ihnen, bevor er stehenblieb. »Butler«, sagte Jean-Claude, »wo willst du hin? In dieser Richtung liegt der Meeresarm.« Er mußte wegen der Entfernung zwischen ihnen die Stimme etwas heben.

»Was?« fragte Butler und drehte sich um. »Ach, komm schon. Wenn wir drumherumlaufen, kostet uns das gut fünfzehn Kilometer.«

»Das ist ein zu großes Risiko. Der Schlitten ist schwer. Wir sind schwer. Das Eis auf dem Meer ist unberechenbar.«

»Laß es uns wenigstens versuchen.« Butler lächelte. Beryl fragte sich, ob er je an einer Expedition teilgenommen hatte, die so schiefgegangen war wie diese. Sie fragte sich, ob er sich vielleicht immer ausgemalt hatte, wie er überleben würde, wie gut er mit jeder Situation fertig würde. Sie wußte, daß er es genossen hatte, die Bären zu erschießen, sich dem Risiko auszusetzen.

»Man kann das Eis nicht beurteilen, indem man es sich einfach nur ansieht. Man kann es nur beurteilen, indem man drüberläuft.«

»Ach, komm schon.«

»Keine gute Idee.«

»Nun, ich gehe jedenfalls. Mir ist es verdammt noch mal zu kalt, um länger hier draußen zu bleiben als unbedingt nötig.« Butler wies auf David und Beryl. »Und denen ist es sicher noch kälter. Glaubst du, sie verkraften einen zusätzlichen Tag hier draußen? Eine zusätzliche Nacht?« Er drehte sich um und entfernte sich von ihnen, ging in die Richtung, in der der Meeresarm lag.

Die drei anderen sahen ihm nach, während die Entfernung zwischen ihnen wuchs.

»Na, so was.« David zog eine Grimasse. Dann sah er Jean-Claude ins Gesicht. »Nun?«

Jean-Claude stand reglos da und beobachtete David. Er gab ihm keine Antwort.

»Beryl«, fragte David, »weißt du irgendwas über den Zustand des Meereseises auf der Hudsonbai bei Wintereinbruch? Irgendwelche Vorschläge?«

Sie und David sahen einander ausdruckslos an. Seine Wangen waren gerötet, fleckig.

»Hm«, sagte er, »dann meine ich, daß es so oder so ein Risiko ist. Mir ist kalt, und in meiner Thermounterwäsche habe ich mir inzwischen einen ganz schönen Wolf gelaufen. Laßt uns die Abkürzung versuchen.« Langsam trottete er hinter Butler her.

Jean-Claude sah David nach, der unbeholfen auf seinen Schneeschuhen davonstapfte. Jean-Claude drehte sich zu Beryl um und betrachtete sie so prüfend, wie er es bei jenem ersten Mal auf dem Flugplatz getan hatte. Beryl erwiderte seinen Blick.

Er schwang seine Schneeschuhe herum und folgte Butler.

# 23

Hinter ihnen stieg langsam die Sonne empor, zog an ihren Schatten, bis sie wie langgestreckte Insekten zu ihren Füßen lagen, jeder schwankende Schritt ins Maßlose übertrieben. Der Schnee war zuerst noch fest, der Himmel klar, es ging kein Wind. Jean-Claude sagte, sie seien gut vorangekommen, sechs oder acht Kilometer. Genau konnte man das nicht sagen. Die Landschaft zeigte keine Veränderungen, keine anderen Geschöpfe. Sie sahen die winzige Wolke von Churchill in der Ferne, aber sie wurde kein bißchen größer. Ihr Atem und das Knirschen des Schnees waren die einzigen Geräusche. Der schwere Schlitten ruckte bei jedem Schritt gegen Beryls Brust, holperte langsam weiter hinter ihnen über den Schnee.

Nach einer Weile hörte sogar David auf, über die Kälte zu reden. Ihr Schritt wurde schneller, zuversichtlicher. Abgesehen von Händen, Gesicht und Füßen, konnten sie sich einigermaßen warm halten. Mittags machten sie eine kurze Pause, um zu essen. Das Fleisch war vollkommen gefroren. Sie entzündeten ein Feuer auf der großen Keramikplatte, die Jean-Claude aus der Küche mitgenommen hatte. Sie kauerten sich um die Wärme herum. Jean-Claude füllte einen Kochtopf mit Schnee und stellte ihn neben das Feuer, um auf diese Weise Trinkwasser zu bekommen. Beryl konnte das Feuer durch ihre Jacke hindurch nicht fühlen. Sie spürte es nur auf ihrem Gesicht, eine leichte Trockenheit wie von einem hellen Licht. Sie berührte ihr Gesicht, ohne länger genau zu wissen, was ihre Haut eigentlich fühlen sollte, ohne zu wissen, wie sich Handschuhe an ihren Wangen angefühlt hatten. Ihre Füße waren mittlerweile vollkommen taub. Wenn sie stand, spürte sie ihr Gewicht nur als einen Druck in ihren Knochen.

Sie hielten das Fleisch, auf Holzstöckchen aufgespießt, über das Feuer. Keiner von ihnen sagte ein Wort. Drei Meter über ihnen gefroren der Rauch des Feuers und der Dunst ihres Atems in der Luft, hingen weiß und dick über ihnen. Sie fragte sich, wie es sich anfühlen würde, wenn sie einem der Männer auf die Schultern steigen und danach greifen würde. Ein kleiner Ruck, das Klirren von zerbrochenem Glas.

Die Keramikplatte erwärmte sich nur langsam durch das Feuer und sank tiefer in die Schneewehe ein. Schnee und Wasser sickerten in die Glut und löschten die Flammen. Butler und Jean-Claude entzündeten das Feuer ein weiteres Mal, aber der Schnee unter der Platte schmolz nur noch schneller. Schließlich gaben sie den Versuch auf, das Fleisch langsam zu braten, und warfen es einfach in die Überreste des Feuers hinein. Es zischte wie kochendes Wasser in den Flammen. Die einzelnen Stücke waren feucht, außen verkohlt und innen gefroren. David machte einen Witz über Fleisch *à la Cajun*. Seine Worte klangen undeutlich, als wäre er betrunken, seine Lippen bewegten sich zu langsam. Er hielt das Kinn auf die Brust gepreßt, schmiegte es tief in seine Kapuze hinein. Ihrer aller Gesichter waren von hellem Rot, bis auf die Stellen, an denen sich weiße Flekken zu bilden begannen. Das Wasser im Kochtopf wurde nicht warm. Es schmolz lediglich, und in der Mitte blieben durchsichtige Eisbrocken zurück. Jeder trank einen Becher voll Wasser und spuckte das Eis wieder aus. Beryl bemerkte, daß sie alle ein wenig sabberten mit ihren tauben Lippen.

Sie aßen das Fleisch so, wie Beryl es schon seit einigen Tagen tat, kauten gründlich, wortlos. Sie und Jean-Claude hockten zusammen neben dem Feuer, lehnten sich gegeneinander. Wind kam auf, fegte von Norden über sie hinweg. Der Himmel war nicht länger klar. Der Arm, mit dem sie sich an Jean-Claude lehnte, war der einzige Teil von ihr, in dem sie noch Wärme spüren konnte. Auf der anderen Seite des Feuers achteten Butler und David darauf, Abstand voneinander zu halten. Butler hatte das Gewehr auf dem Schoß liegen und sah sich immer wieder aufmerksam um. Er wollte noch mehr Bären schießen. Immer noch traute sich keines der Tiere näher als einen guten halben Kilometer an sie heran, schnupperte kurz, wenn sie vorbeikamen, und trottete dann unbeirrt weiter auf die Bucht zu. Während des Marsches hatten sie alle hin und wieder zurückgeblickt, um nach Bären Ausschau zu halten.

Als sie ihre Sachen zusammenpackten, um aufzubrechen, behielt sie ein Stück gefrorenes Fleisch im Mund, um im Weitergehen daran zu saugen. Butler und David zogen jetzt den Schlitten.

Am Nachmittag wurde das Gehen viel schwieriger.

Der Schnee knirschte nicht länger fest und sicher unter ihren Füßen. Die Kanten der Schneeschuhe sackten unter ihnen weg, wenn sie ihre Füße nicht ganz flach aufsetzten. Sie mußten hart kämpfen, um das Gleichgewicht zu halten, mußten den Schuh hochreißen und weiterlaufen. Der Schnee wirbelte bei jedem Windstoß um sie herum, brannte auf ihren Gesichtern, schmolz in ihren Augen. Der Schlitten grub sich tief in die weiche Masse hinein. Alle anderthalb Meter mußten Butler und David den vorderen Teil des Schlittens anheben. David konnte nicht so gut ziehen oder schieben wie Butler. Einmal rutschte David zur Seite weg, und der Schlitten kippte um. Etwas von ihrem Brennholz fiel herunter. Butler fluchte. David brauchte eine Weile, um wieder auf die Beine zu kommen, und wich den Blicken der anderen sorgfältig aus. Beryl konnte einen leichten Glanz von Schweiß auf seinem Gesicht erkennen. Sein Atem ging unregelmäßig. Ihre Hände konnten in der Kälte kaum noch greifen, so daß es einige Zeit dauerte, bis sie das Holz wieder auf den Schlitten gepackt hatten. Jean-Claude brauchte fünf Minuten, um einen Knoten zu machen, der das Holz auf dem Schlitten befestigen sollte. Beryl stapfte im Kreis herum und schlug sich auf die Oberschenkel, um ihre Hände zu wärmen. David stand ganz still da, die Kapuze tief in sein Gesicht gezogen. Sie gingen weiter.

Beryl hatte das Gefühl, daß es langsam kälter wurde. Sie hatten kein Thermometer bei sich. Churchill, dieser dunkle Fleck am Horizont, schien nicht näher zu kommen. Wenn überhaupt, so schien der Horizont weiter denn je. Der weiße Schnee breitete sich vor ihnen aus, prächtig funkelnd, irreführend. Eine Anhöhe im Vordergrund konnte sich als ein Hügel, viele Meilen von ihnen entfernt, entpuppen oder auch als ein schlafender Bär ganz in ihrer Nähe. Butler sah sich ständig um, durchsuchte das Weiß nach schwarzen Punkten, denn die Nasen der Bären waren aus der Ferne am leichtesten zu erkennen. Er hatte sich das Gewehr mittlerweile über den Rücken geschwungen, streckte jedoch immer wieder die Hand danach aus, um das Metall zu berühren. Er war derjenige, dem das Gehen am leichtesten fiel. Er schien voller Energie. Sie konnte hören, wie er manchmal die Luft tief in seine Lungen sog, als sei er gerade hinaus auf die Veranda seines Landhauses getreten. Jean-Claude ging mit gesenktem Kopf, konzentriert, mit fließenden, glatten Bewegungen.

Sie wandte ihr Gesicht dem weißen Kreis der Sonne zu, hielt die Augen weit geöffnet. Sie spürte keine Wärme. Ihre Augen schmerzten nicht. Sie spürte überhaupt nichts.

Mehrmals während des Tages blieb einer der Männer ein Stück zurück, das Gesicht in die Richtung gewandt, aus der sie gekommen waren, und zog seine Hose ein Stück herunter. Dampf erhob sich über dem Urin.

Am frühen Nachmittag konnte sie nicht länger warten. Sie ließ die Männer ein Stück vorgehen, während sie sich in den Schnee hockte und ihre Hose herunterzog. Keiner der Männer blickte zurück. Sie spreizte die Beine noch etwas weiter. Sie mußte an sich hinuntersehen, um sich zu versichern, daß sie wirklich urinierte. Sie war nicht länger in der Lage, mehr zu spüren als die vagen Bewegungen ihrer Knochen. Ihr Körper existierte nur noch über ihre Augen.

Der warme Urin schmolz ein Loch durch den Pulverschnee. Der Schnee war bereits wieder gefroren, bevor sie aufstand.

Sie beeilte sich, die Männer wieder einzuholen.

Sie erreichten den Meeresarm, als die Sonne bereits ihren halben Weg zum Horizont hinunter zurückgelegt hatte. Jean-Claude befahl ihnen zu warten, während er langsam an der Kante des geborstenen Eises entlanglief, seine Farbe studierte, die Dicke der abgesplitterten Stücke, die über die anderen hinausragten. Er lud den Schlitten ab und machte aus den Decken drei weitere Schlitten, so daß er das Gewicht des Holzes und ihrer Vorräte gleichmäßig auf alle vier verteilen konnte. Dann fertigte er für jede der Decken eine lange Leine an.

»Es sind ungefähr zwei Kilometer, wenn wir hier hinübergehen. Ich gehe als erster. Butler als nächster. Dann David, dann Beryl. Beryl«, sagte er, »du bist die Leichteste. Du bekommst die schlechteste Position. Nimm den Schlitten. Er wird das Gewicht besser verteilen. Das Eis ändert seine Dicke sehr schnell. Ich werde uns den besten Weg suchen. Ihr müßt mir genau folgen. Geht genau dort entlang, wo ich hingehe. Zieht die Decken mit so viel Abstand hinter euch her, wie es die Leinen erlauben. Wenn sie einsinken, gebt sie auf. Meereseis ist ganz anders als Süßwassereis. Es gibt unter einem nach. Bleibt auf keinem Fall stillstehen, ganz egal, was passiert. Haltet zehn Meter Abstand voneinander, die Schlitten soweit wie möglich hinter euch. Wenn einer von uns einsinkt, lauft weiter. Versucht nicht, den Helden zu spielen. Ihr werdet sonst nur mit untergehen. Okay?« Er blickte jedem in die Augen. Sie nickten. Beryl sah er am längsten an. Sie sah, daß Schnee in dem Weiß seiner Augenbrauen hing.

Jean-Claude machte sich auf den Weg. Er überprüfte das Eis, betrat es mit langsamen, fließenden Bewegungen. Butler beobachtete ihn genau, dann folgte er ihm. Das Eis lag vor ihnen, blau, grau und an manchen Stellen sogar gelb. Wo der Wind es zusammengedrängt hatte, türmte es sich zu hohen Mauern auf, zu Rampen, Tischplatten, kleinen Schlössern mit Turmspitzen und zerbrochenen Türen. Die Ruinen einer altertümlichen Stadt funkelten an den Kanten. Schnee tanzte im Wind. Butlers Schneeschuhe schlitterten über das Eis. Er hatte alle Mühe, Halt zu finden. Die Decke holperte hinter ihm her.

David sagte: »Daß aber auch nie ein Taxi auftaucht, wenn man gerade eins braucht.« Er ließ seinen Blick langsam über die zerklüftete, mondhafte Oberfläche gleiten. »Hey, Beryl!«

Sie drehte sich zu ihm um.

»Viel Glück, hm.«

Sie versuchte zu lächeln. Sie war sich nicht sicher, ob ihre Lippen sich überhaupt bewegten.

Er trat auf das Eis, wobei er sich sorgfältig hinter Butler hielt. Als er das Ende der Leine seines Schlittens erreichte, setzte sich die Decke mit einem leichten Ruck in Bewegung. Beryl sah ihm zu, wartete und ging dann hinter ihm her. Sie konnte nicht sagen, wann genau sie das Land verlassen und das Eis betreten hatte. Der Schlitten glitt mühelos hinter ihr her. Die Kufen schnitten wie Messer in das Eis. Immer wieder drehte sie sich um, um nach dem Schlitten zu sehen, und versuchte, ihn über möglichst glatte Flächen zu ziehen. Sie wollte verhindern, daß er auf den unebenen Stellen umkippte.

Als sie aufblickte, war Jean-Claude nicht mehr zu sehen. Er war irgendwo hinter diesen Mauern aus Eis verschwunden.

Nachdem sie etwa hundert Meter zurückgelegt hatte, spürte sie, wie das Eis ein wenig unter ihr nachgab. Zuerst hatte sie das Gefühl, als träte sie auf einen dicken Teppich, dann vielleicht auf Styropor, auf etwas, das sich unter ihren Füßen bewegte, jedesmal, wenn sie ihr Gewicht verlagerte. Das Gefühl verwandelte sich allmählich, und schließlich meinte sie, über ein dickes Plastikbrett zu laufen, das sich unter ihr dahinzog und sich bei jedem ihrer Schritte nach unten neigte. Sie hörte das Krachen und Bersten der Eiskristalle, sah den leichten Einschnitt, der sich bei jedem ihrer Schritte um ihre Schneeschuhe herum bildete. Sie ließ ihre Füße halb rutschend, mit runden Bewegungen weitergleiten, und ihre Schultern schwangen bei jeder Bewegung mit. Vor Anstrengung keuchend, beobachtete sie abwechselnd David, der vor ihr herging, und dann wieder das Eis unter ihren Füßen. Sie suchte nach den helleren Streifen im Eis, nach dem Grau von Steinen. Dort schien das Eis fester zu sein. Manchmal wirkte es vollkommen zuverlässig. Der nächste Schritt konnte jedoch wieder unter ihr nachgeben. Sie fragte sich, was sie tun würde, wenn sie hier draußen einen Bären sähe. Die Bären lebten den größten Teil des Jahres auf dem Eis. Sie konnte sich nicht vorstellen, irgendwo auf dieser trügerischen, knirschenden Oberfläche zu schlafen.

Ihr Körper begann zu jucken. Sie rieb sich mit den Armen über die Rippen. Allmählich begriff sie, daß sie schwitzte, daß sie schwerer atmete, als die körperliche Anstrengung es rechtfertigte. Sie versuchte, ihren Atem zu verlangsamen, an andere Dinge zu denken. Als sie die Kapuze ihres Parkas zurückschob, spürte sie den Wind in ihrem verschwitzten Haar, konnte sie ihre Umgebung plötzlich soviel klarer sehen. Sie spürte, wie der Schweiß auf ihrer Kopfhaut gefror.

Sie versuchte, einen Blick dafür zu bekommen, wie weit sie ungefähr gehen mußten. Zwei Kilometer waren etwa die Entfernung von ihrem Haus jenseits des Flusses bis nach Boston hinein. Sie tat so, als träte sie gerade aus ihrem Haus heraus: Die Eiswand war das Nachbarhaus, das mit dem Magnolienbaum. Dieser Tafelberg dort war der Drugstore an der Ecke. Sie überquerte die Straße, sah das indische Restaurant, den Supermarkt, den Park. Nach einer Weile kam sie an die Brücke, die in die Stadt führte. Sie sah das Wasser unter der Brücke hindurchfließen, warm und weich, das Braunblau einer wärmeren Welt. Segelboote, Menschen, die sich auf Deck bräunten, ihr nacktes Fleisch, ihr sorgloses Lächeln. Eine Frau in einem Ruderboot hielt sich ein Bier an die Wange, das Glas schwitzte, die Flüssigkeit schwappte ein wenig über.

Beryl stellte sich vor, daß sie mittlerweile die andere Seite des Flusses erreicht hätte und in Boston wäre. Sie konnte noch immer kein Land sehen. Sie hätte auch nicht sagen können, ob sie die Entfernungen richtig einschätzte, ob sie die Landschaft mit der richtigen Geschwindigkeit an sich vorbeirollen ließ. Was, wenn sie direkt aufs Meer hinausliefen? Sie schleifte ihre Füße weiter hinter sich her, ließ ihren Blick prüfend über das Eis gleiten.

Vor ihr tauchte jetzt die weichere Wölbung des Landes auf. Gleichzeitig bemerkte Beryl zu ihrer Linken einen offenen Spalt im Eis, einen langen Riß, der parallel zu ihrem Weg verlief. Aus dem Wasser stieg Dampf in die Luft. Ihr Weg lag nur zehn oder zwölf Meter davon entfernt. Das Eis unter ihren Füßen änderte seine Farben zu dunklem Grau und wurde dann beinahe schwarz. Sie konnte sehen, wie die Wellen das Eis in der Nähe des offenen Wassers auf und nieder schwappen ließen.

Während sie sich darauf konzentrierte, sich genau in Davids Fußstapfen zu halten, huschte direkt unter ihren Füßen unter dem Eis etwas Braunes und Schweres dahin. Sie wäre beinahe gestolpert. Die nächste Gestalt blinzelte sie mit ihren braunen Augen an, als sie unter ihr dahinglitt, und ein rundes Katzengesicht blickte zu ihr auf. Es glitt unter der Oberfläche dahin, bewegte sich so schnell durchs Wasser, als fliege es durch die Luft, als erstrecke sich unter dem Eis eine eigene, neue Welt, eine Welt, in der schwere, massige Geschöpfe auf ihren ausgestreckten, fleischigen Händen fliegen konnten.

»Hey«, schrie David, »Robben!« Er blieb einen einzigen Augenblick lang stehen und zeigte auf den Boden. »Das mußt du sehen.«

Beryl sah zu, wie das Eis unter ihm zu reißen begann. »Huch«, sagte er und stapfte vorwärts, aber der Riß folgte ihm, breitete sich unter seinen Füßen aus. Sie sah, wie seine Bewegungen seidenweich wurden, todernst, nachdem er die Gefahr begriffen hatte. Das Eis gab unter ihm nach, seine Schneeschuhe suchten kratzend nach Halt. Das Eis riß mit einem lauten Geräusch, wie durchweichter Stoff. Davids Füße rutschten langsam rückwärts. Seine Hände streckten sich wie Krallen aus, um das Gleichgewicht zu halten.

»Butler!« schrie Beryl. »Jean-Claude, Hilfe!« Sie streifte die Riemen ihres Schlittens ab, begann zu laufen. Bei jedem Aufprall ihrer Schneeschuhe federte das Eis unter ihr. Sie wußte nicht genau, wie sie es schaffen sollte stehenzubleiben, wenn sie bei ihm angekommen wäre. Sie hatte nicht den geringsten Halt.

»Leg dich hin!« rief Beryl. »Leg dich quer aufs Eis.«

Er bewegte sich langsam zu Boden, aber seine Füße rutschten unter ihm weg. Mit einem hörbaren Schaben von Nylon rutschte er in das Loch. Weg. Das Wasser plätscherte über den Rand.

Sie warf sich zu Boden und rutschte über das Eis auf den Riß zu, wie ein Baseballspieler, der sein Schlagmal erreichen will. Sie streckte den Arm nach der anderen Seite aus.

Das gefrierende Wasser traf ihr Fleisch wie ein Messer. Ihr Herzschlag setzte aus. Ihr Arm schlug auf die andere Seite des Eises, riß sie zurück. Ihr Kopf, ihre Brust und ihr rechter Arm lagen im Wasser, ihr Rücken und ihre Beine auf dem Eis. Sie hing fest. Um sie herum war es vollkommen dunkel. Ihr Körper war ruhig. Der Tod, dachte sie, so also ist der Tod.

David versank langsam, direkt vor ihr, in die Tiefe gezogen von seinen aufgeblähten Kleidern, ein verklingender Traum. Beryl konnte den Grund des Wassers nicht erkennen, nur die Schwärze überall. Irgendwo unter ihr klickte ein Kieselstein. Davids Gesicht glänzte sehr weiß in der Düsternis, als er zu ihr aufblickte. Er blinzelte wie eine Robbe.

Sie ließ ihre Hand durchs Wasser gleiten, griff nach dem Saum seiner Kapuze, überrascht darüber, daß ihre Finger noch immer zupacken, festhalten konnten. Sie schaffte es, ihn ein kleines Stück hochzuziehen, und er streckte die Hand aus und griff nach ihrem Arm. Sein Griff war fest. Das Eis, auf dem sie lag, riß ein wenig auf. Die obere Hälfte ihres Bauchs glitt ins Wasser hinein. Sie spürte, wie das Gewicht ihres nassen Parkas sie hinabzog, das Gewicht von David. Sie trat mit den Beinen um sich, um mit den Rändern ihrer

Schneeschuhe irgendwo Halt zu finden. Sie versuchte, ihre Schneeschuhe ins Eis zu rammen und sich aufzurichten. Es gelang ihr nicht.

Sie und David hingen zusammen im Wasser und sahen einander an. Das Eis knirschte abermals, es klang bösartig und weich in ihren Ohren.

Er lächelte traurig und breit, ließ sie langsam los und schüttelte den Kopf. Sein Haar wogte sanft gegen sein Gesicht. Sie betrachtete ihre Hand, die fest um seine Kapuze geschlungen war. Ihre Lungen schwollen gegen ihre Rippen. Selbst wenn sie ihn losließe, wußte sie nicht, wie sie es schaffen sollte, aus dem Wasser herauszukommen.

Der erste Ruck an ihren Füßen erschreckte sie so sehr, daß sie um ein Haar seinen Parka losgelassen hätte, dann faßte sie zu, so fest sie nur konnte, und David hielt sich wieder an ihr fest. Er wurde hinter ihr durch das Wasser und nach oben gezogen, seine Jacke schlakkerte um seinen Körper wie ein nasses Handtuch.

Allmählich kamen sie heraus, wurden auf das Eis gezogen, das sich unter ihrem Gewicht ächzend neigte. Als ihr Kopf die Wasseroberfläche durchbrach, sog sie gierig die Luft ein, wieder und wieder, und drehte ihren Kopf, um sich umzusehen. Butler lag bäuchlings hinter ihr, sein Gesicht in ihren Knöcheln vergraben, seine Arme fest um ihre Knie geschlossen. Er kroch rückwärts und grub sich mit seinen Ellbogen und Zehen ins Eis. Fünf Meter hinter ihm hatte Jean-Claude die Stricke von Butlers Schlitten ergriffen. Er ging rückwärts und stemmte sich gegen seine Last. Als sie sich etwa sechs Meter von dem Riß entfernt hatten, ließen sie alle einander los, verteilten sich auf dem Eis und schlitterten aus dem Gefahrenbereich heraus, auf dem Bauch wie Robben, wie Kriechtiere. Nach etwa zwölf Metern begannen sie, auf allen vieren zu kriechen. Nach dreißig Metern standen sie auf dem flachen weißen Land wieder auf.

## 24

Davids Gesicht hatte eine bläuliche Farbe angenommen, und Eis glänzte auf seinen Wangen. Seine Augen blinzelten hinter dieser hellen Maske. Beryl drehte sich um und erbrach Fleisch und dunkles Wasser auf den Schnee zu ihren Füßen. Die Flüssigkeit brannte heiß auf ihren Lippen.

»Zieh dich aus«, sagte Jean-Claude zu David, »schnell, alles. Butler, gib ihm jeden Pullover, den du hast.« Jean-Claude setzte sich in den Schnee und begann, sich die Hose auszuziehen, die er über der anderen trug. Er sah Beryl an. »Ich habe euch doch gesagt, daß ihr nicht den Helden spielen sollt. Du hättest uns beinahe alle umgebracht. Zieh deine Jacken aus. Ich gebe dir eine von meinen.« Sein Gesicht war steif vor Zorn.

Sie versuchte, ihre Arme hochzubekommen, um ihre Jacke auszuziehen, aber sie schien nicht in der Lage zu sein, ihre Hände genau genug zu bewegen, um ihre Schultern zu finden. Davids Hände platschten hilflos auf den Reißverschluß seines Parkas und machten ein leises, klopfendes Geräusch auf seiner glänzenden Brust. Butler trat zu ihm und öffnete den Reißverschluß, zog ihm den Parka aus und dann die Stiefel. Er half David, sich seiner Kleidung zu entledigen, als sei er ein Baby.

Butler sagte: »Verdammt, ich habe geglaubt, das Eis wäre dick genug.«

Jean-Claude zog Beryl grob beide Parkas über den Kopf. Sie blickte hinab auf ihre nackten Brüste, auf ihren Bauch. Ihre Brustwarzen glänzten hart wie Plastik, Eis schimmerte in ihrem Bauchnabel. Butler wandte den Blick von Davids Körper ab und zerrte ihm die Hosen über die Füße. David saß nackt auf der Schneewehe, den Bauch eingezogen, das Haar auf seinem Kopf und zwischen seinen Beinen voll glitzernder Kristalle, seine Genitalien runzlig und purpurn. Seine Augen waren halb geschlossen, sein Kopf zur Seite geneigt. Jean-Claude zog sich beide Jacken aus und streifte die innere Jacke über Beryls Schultern. Nur mit einem einzigen Paar Hosen bekleidet stand er vor ihr. Es war das erste Mal, daß sie seine Brust bei Tageslicht sah. Er hatte einen nach außen gewölbten Bauchnabel. Gedankenverloren sah sie ihn an, betrachtete seine rosafarbene, zarte Haut gegen das Weiß des Schnees. Sie wollte lachen, aber die Mühe schien ihr zu groß.

»Lauf«, sagte Jean-Claude zu ihr. »Lauf um uns herum, sofort. Und hör auf gar keinen Fall damit auf.«

Die ersten Schritte fühlten sich unbeholfen an, schwer. Sie blickte hinunter auf ihre Füße. Rammte sie in den Schnee, um sie zu zwingen, sich ordentlich zu benehmen. Ihre Arme hingen schwer wie totes Fleisch an ihr herab.

»Klatscht in die Hände. Krümmt eure Finger. Wenn eure Haut wieder zu schmerzen beginnt, wickelt eure Hände in eine Decke und lauft weiter.« Jean-Claude zog seinen äußeren Parka wieder an. »Steck David in meine Hose. Wickle Decken um seine Füße. Ich hole ihre Schlitten. Die brauchen wir noch.« Er ging geschmeidig und schnell zurück aufs Eis, sehr vorsichtig. Er schlug sich mit den Händen gegen die Oberschenkel. Der Wind wogte um ihn herum, und das Fell seiner Hose zitterte.

Butler rieb Davids Füße, damit die Durchblutung wieder in Gang kam. Die Haut sah grau aus, wie Plastik. David betrachtete sie mit zur Seite geneigtem Kopf und halb geöffnetem Mund.

»He«, sagte Butler zu niemand bestimmtem, »ich meine, das Eis hätte mittlerweile doch eigentlich anderthalb Meter dick sein müssen. Meint ihr nicht auch? Bei dieser Kälte?« Unbeholfen und mit abgewandtem Blick streifte er David die Hose über. Als er ihn endlich angezogen hatte, stemmte er ihn hoch und begann, mit ihm im Kreis herumzulaufen; dann ließ er ihn rennen. David trug mehrere dicke, gestrickte Islandpullover, aber keinen Parka. Beryl fand es seltsam, jemanden lediglich mit einem Pullover bekleidet hier draußen zu sehen, als sei es ein einfacher Herbsttag. Der Wind kräuselte die Wolle an Davids Pullover. Die Ränder seiner Ohren waren weiß.

Jean-Claude kam zurück; langsam ging er über das Eis, die beiden Schlitten schleiften hinter ihm her, und sie konnte die Gesichter dreier Robben sehen, die sich im offenen Wasser tummelten. Sie sahen Jean-Claude mit großen Augen und wie gebannt an.

Jean-Claude griff nach Beryls Eskimoparka. Er war gefroren, mit ausgestreckten Armen, als greife sie immer noch nach David. Er schlug ihn zweimal hart auf den Boden. Das Eis fiel klirrend davon ab. Er gab ihr die Außenjacke und befreite das Hemd ebenfalls vom Schnee, damit David es über seinen Pullovern tragen konnte.

Dann packte er den Schlitten von neuem, und sie brachen auf; David und Beryl zogen den Schlitten im Laufschritt. Jean-Claude rief hinter ihnen her: »He, schneller, schneller, Knie hoch.«

Nach einer Weile hatte Beryl nicht mehr den Wunsch zu schlafen; sie wollte schreien, denn das Gefühl war in ihre Finger und ihre Arme zurückgekehrt. Halb schluchzend lief sie weiter, bis Jean-Claude sagte, es sei genug für sie, und Butler ihren Platz einnahm.

Als sie aus den Zugriemen heraustrat, warf sie einen Blick auf David. Er stand schwer atmend und mit gesenktem Kopf da, die Lippen schlaff, ein dünner Speichelfaden war auf seinem Kinn gefroren. Er hatte kein Wort gesagt, seitdem sie ihn aus dem Wasser gezogen hatten. Butler nahm die Zugriemen auf und sah ihn an. Als er zu laufen begann, taumelte David. Butler streckte den Arm aus, um ihn zu stützen und ihm beim Weitergehen zu helfen.

Butler sprach mit ihm und versuchte, so zäh und hart zu klingen wie ein Trainer. »Na komm schon, David. Lauf, du Niete. Du kannst es schaffen. Schneller, du Faultier.« Nachdem sie ein paar Minuten gelaufen waren und den Schlitten hinter sich hergezogen hatten, keuchte er beim Sprechen.

Beryl konnte sehen, daß er die ganze Zeit über eine Hand unter Davids Arm hielt, daß er David mit sich zog, während der Schlitten hinter ihnen herholperte. Er redete den ganzen Nachmittag unablässig auf David ein. Einmal, als Beryl etwas näher an die beiden herankam, hörte sie Butler sagen, David solle einfach so tun, als sei das Ganze ein Spiel, reine Phantasie.

»Mein Bruder und ich«, keuchte Butler, während er weitermarschierte, »haben dieses Spiel andauernd gespielt. Wir haben so getan, als wären wir woanders, jemand anders. Und genau das solltest du jetzt auch machen. Denk dir, du wärst in Wirklichkeit im Central Park. Es ist ein heißer Tag; du bist ungefähr an der Ecke der Central Park West mit der Sechsundsiebzigsten Straße, der Schweiß läuft dir den Rücken runter. Stell dir vor, du wärst dort und tätest nur so, als wärest du an einem kalten Ort, um die Hitze zu vergessen.« Butler lief weiter, rang nach Luft und fügte dann hinzu: »Ja, so ist es richtig. Riechst du nicht den Sommer im Park? Und was ist das für ein Geruch? Pferdeäpfel und Gras, Schweiß und Bier, gegrillte Hamburger. Kannst du es riechen?« Butler sah David ins Gesicht.

David blickte kein einziges Mal von seinen mühsam vorwärtsstapfenden Füßen auf. Mehr und mehr stützte er sich auf Butler.

Beryl keuchte und trabte mit gesenktem Kopf fast im Laufschritt hinter ihnen her.

Gegen Ende dieses ersten Tages versuchte sie, so schnell sie nur konnte, vorauszurennen. Das langsame Laufen tat ihr weh. Sie wollte ankommen, warm werden, ausruhen. Aber ihre Füße hatten jegliches Gefühl verloren, und sie stürzte und mußte wieder aufstehen. Langsam kämpfte sie sich hoch, die Beine fest zusammengepreßt, stemmte ihre Hüften von einer Seite zur anderen. Die Arme hingen schlaff an ihrem Körper herab. Sie mußte sie genau beobachten, um sicherzustellen, daß sie sich so bewegten, wie sie es wollte. Danach lief sie mit gleichmäßigem, ruhigem Schritt weiter.

In dieser Nacht schliefen sie unter dem Schnee wie Bären. Jean-Claude kundschaftete die Gegend aus, um die richtige Art von Schnee zu finden. Mit seinem Messer schnitt er dann aus einem harten Schneewall Blöcke heraus und baute Schritt für Schritt ein Iglu. Sie konnte nicht verstehen, daß seine Hände noch immer funktionierten. Der Wind zerrte an seinem Parka, der locker an ihm herabfiel, jetzt, da er kein Pelzhemd mehr daruntertrug. Sie ging um ihn herum, kreiste in der Kälte, wagte es nicht, stillzustehen. David fiel schnell in Schlaf, döste, gegen eine Schneewehe gelehnt; der Schweiß auf seiner Haut war zu einer glänzenden Schicht gefroren.

Der Atem hatte auch auf den Gesichtern der anderen deutliche eisige Spuren hinterlassen, er formte Masken, die weiß und haarig bereift glitzerten. Ihre Augen hatten den starren Blick von Tieren angenommen. Kleine Eiszapfen hingen von den Haaren in ihren Nasen herab; unter ihren Handschuhen klirrte und splitterte es. Beryl hatte das Gefühl, als sei die Luft, die sie atmete, schon seit einer ganzen Weile wärmer geworden.

Das Gewicht der Eiszapfen zog den Saum von Butlers Kapuze ein Stück herunter. Er sah die anderen ein wenig schief von unten an; nur sein geöffneter Mund und sein Kinn waren noch zu erkennen. Sein Atem klang schwerfällig und mühsam.

Als Jean-Claude mit dem Iglu fertig war, zog Beryl David hinein, indem sie ihre Unterarme unter seine Schultern hängte. Ihre Hände vermochten es nicht länger, sich zu schließen und zuzufassen. Sein Pelzhemd rutschte hoch. Sie konnte die weißgraue Haut seines Bauchs darunter erkennen. Er wachte nicht auf. Sie legte ihn auf die Decken in der Mitte des Iglus, zog ihm das Hemd über Bauch und Rücken und hüllte ihn in den Rest der Decken.

Die Decken bildeten eine Plattform in der Mitte des Raums. Jean-Claude entzündete auf dem Boden daneben ein Feuer, das er mit dem Reisetagebuch anzündete. Das Holz fing schnell Feuer, und die Seiten des Tagebuchs schrumpelten in den Flammen zusammen. Die meisten der Seiten waren leer. Wenn sie es nun nicht mehr schaffen würden, dachte Beryl, würde niemand wissen, was geschehen war.

Diesmal hatte Jean-Claude das Feuer aus den Überbleibseln der Eßzimmerstühle gemacht. Das Fleisch taute nur ungleichmäßig. Es dampfte, verbrannte, wurde schwarz und füllte das Iglu mit Rauch. Ihr Körper wurde an einzelnen Stellen warm, summte, kribbelte. Sie konnte nicht mehr feststellen, wo die Erfrierungen endeten und wo ihr noch lebendiger Körper begann.

Sie aßen schnell und gierig. Es gelang ihnen nicht, David zum Essen zu wecken. Beryl aß, bis ihr Magen gegen die Riemen ihrer Hose drückte, bis ihr Unterleib einen dumpfen Schmerz registrierte.

Jean-Claude sagte: »Wir müssen Wachen aufstellen wegen der Bären.« Er war der einzige, der jetzt noch deutlich sprechen konnte. Beryl verstand ihn nicht. Die Bären paßten nicht durch den Eingang hindurch. Der Schnee glitzerte überall um sie herum, eisblau und warm. Langsam blickte sie auf. Das Dach und die Seiten waren nur dreißig Zentimeter dick.

Jean-Claude sah sie und Butler an, halb erfroren, müde, erschöpft. David lag, zu einem Klumpen zusammengekauert, unter den Decken. Jean-Claude begnügte sich damit, zwei Gewehre auf die Decken zu legen, geladene Gewehre. Sie wußte, wenn das Gewicht der Decke und ein ausgewachsener Bär auf sie herunterfielen, während sie schliefen, würden ihnen die Gewehre wenig nützen.

Zu viert schmiegten sie sich eng aneinander, eingehüllt in die vereisten Decken, die sie zuvor als Schlitten benutzt hatten, über ihnen der harte Druck der Gewehre. Sie hatten insgesamt nur vier Decken und den Schnee, auf dem sie lagen. Die Kälte kroch langsam in ihren Knochen hoch, die Wärme vom schnellen Laufen war verflogen. Sie nahmen David in die Mitte. Beryl und Jean-Claude umfaßten ihn von beiden Seiten. Butler lag dicht an Beryls Rücken. Er atmete in ihr Ohr, legte seine Hand auf ihren Schenkel. Sie stellte fest, daß es sie nicht störte. Sie war erleichtert, daß sie überhaupt noch soviel spüren konnte. Sein großer Körper wärmte ihren Rücken. Sie schmiegte sich enger in seine Wärme, zog ihre Arme ein, ihre Beine und ihren Kopf und atmete die Luft unter den Decken. Butler schlang einen Arm um ihren Bauch. Sie rollte sich zu einem kleinen Ball zusammen und schlief.

Während der Nacht wachte sie mehrmals auf. Jedesmal, wenn sie erwachte, zitterten ihre Muskeln. Das Feuer erstarb langsam, und es wurde noch viel kälter. Zuerst wälzte David sich viel herum, murmelte, redete und schrie einmal sogar laut auf. Später wurde er ruhiger. Dann war Butler plötzlich unruhig. Zitternd berührte er sein Gesicht, sprach mit sich selbst. Sie rollte sich enger und enger in sich selbst zusammen. Gegen Morgen träumte sie, daß sie wieder durch den Sturm kroch, vorwärts und hinein in die Wölbung der Beine des Bären. Diesmal bestand sein Pelz aus eisigen Klingen, die Haut war gefroren, der Bär furchtlos. Mit einem leisen Klirren von Eis streckte er die Tatze aus, um sie fester an sich zu drücken, und die Kälte sickerte in sie hinein, so klar wie Wasser.

# 25

Sie hatte verschlafen. Die Sonne stand bereits am Himmel. Jean-Claude hatte das Lager schon verlassen und ein Feuer entzündet. Er zog David an den Füßen aus dem Iglu. Von dort, wo sie lag, konnte sie nur die Haut an Davids Handgelenken erkennen. Dünne Handgelenke mit einer Haut von wäßrigem Blau. Sein Gesicht war abgewandt, seine Arme verhüllten seinen Kopf, die Knie waren bis zur Brust hochgezogen. Der Körper schlitterte fest und steif über das Eis, der Parka raschelte.

Butler setzte sich neben ihr auf, sein Mund schlaff und geöffnet, sein Atem schwerfällig, seine Augen überrascht von neuem Verstehen.

Als sie herauskam, lag ein großer Schneehügel neben dem Iglu. Daneben waren die Kleider aufgehäuft, die David getragen hatte. Jean-Claude gab Butler die Pullover zurück und zog seine äußere Hose und sein Pelzhemd wieder an. Sie wußte, daß es nichts mehr gab, was sie tun konnten. Der Boden war fest gefroren, sie hatten nichts, mit dem sie hätten graben können, aber David schlief bereits unter dem Schnee, als gehörte er nun zu den Bären.

Butler hielt die Pullover lange in den Händen, bevor er sie anzog. Er sagte: »Ich... Es tut mir leid. O Gott, es tut mir so leid.« Er sah erst Jean-Claude an, dann sie, mit tiefem Ernst. »Ich dachte nicht...«

Jean-Claude hielt den Blick gesenkt, während er seinen Hosenbund schloß. Beryl fiel auf, daß er sie beide jetzt viel seltener ansah. Er versuchte auch nicht, in ihre Nähe zu kommen oder sie zu berühren, bot ihr keinen Rat an. Sie fragte sich, ob er wohl glaubte, daß einer von ihnen beiden überleben würde.

An diesem Morgen gingen sie mit leichterem Gepäck weiter. Sie ließen Davids Gewehr und etwas von den Nahrungsmitteln im Iglu zurück. Beryl warf einen letzten Blick hinein. Das Feuer glimmte noch, das Essen lag neben dem Gewehr. Es schien, als könne jeden Augenblick jemand zurückkehren.

Da zwei von ihnen immer den Schlitten ziehen mußten, konnte sich immer nur einer ausruhen und mit dem Gewehr in der Hand nach Bären Ausschau halten. Butler drehte sich regelmäßig nach ihnen um, um ihr und Jean-Claude ins Gesicht zu sehen, um ihren Energiepegel zu prüfen. Er suchte auch mit viel weniger Eifer nach Bären. Er atmete nicht länger in tiefen Zügen, um seine Lungen mit frischer Luft zu füllen. Keiner von ihnen sprach, nicht einmal, um irgendwelche Vorschläge zu machen.

Im Laufe des Vormittags bewölkte sich langsam der Himmel. Der kleine Dunstflecken von Churchill wurde in den Wolken erst undeutlich, dann unsichtbar. Sie blieben stehen, ihrer Richtung nicht mehr sicher. So weit nördlich wäre jeder Kompaß in seinem Gehäuse träge umhergewandert. An diesem grauen Tag war selbst der Stand der Sonne unmöglich festzustellen.

Jean-Claude ging weiter. Sie folgten. Beryl hatte keine Vorstellung davon, wie er sich orientierte. Sie bemerkte, daß seine Blicke der Richtung der Schneewehen um sie herum folgten, daß sie dem Ansteigen und Fallen des Landes nachspürten und regelmäßig über den undeutlichen Horizont glitten. Manchmal drehte er sich um und blickte zurück in die Richtung, aus der sie gekommen waren, sein Gesicht aufmerksam, konzentriert. In ihren Augen erstreckte sich das Land flach und glatt bis zum grauen Horizont, ohne Unterbrechung, ohne Einzelheiten. Sie fragte sich, wie weit wohl das Schneetreiben die Topographie des Landes veränderte.

Um ihr Mittagessen aufzuwärmen, verbrannten sie die Tischplatte. Die Flammen wärmten ihr Gesicht. In der Hitze entspannte sich etwas in ihr. Sie spürte die pralle Wärme ihrer Brust und ihres Bauches, die harte Kälte ihres Rückens. Wieder versuchten sie es mit dem Funkgerät und konnten zum ersten Mal ein Knistern hören. Sie lauschten dem leisen Knarren, während sie dorthin blickten, wo Jean-Claude zufolge Churchill liegen mußte. Das Funkgerät verstummte langsam, stotternd. Sie packten es wieder ein.

Als das Feuer niedergebrannt war, fror Beryl noch viel mehr. Ihre Kopfhaut kribbelte. Ihre Augen tränten. Sie blickte an ihrem sitzenden Körper herab und dachte, daß er wie ein schwerer Gegenstand aussehe, wie aus Holz geschnitzt. Sie wünschte sich, ohne ihn aufstehen zu können. Sie blickte auf. Die beiden Männer standen vor ihr. Jean-Claude griff nach dem Gewehr und begann, den Horizont abzusuchen. Ihr fiel auf, daß er schnupperte. Das Meer, dachte sie, stolz auf ihre Logik. Er versuchte, das Meer zu riechen. Er wandte seine Nase in die Richtung, aus der der Wind kam.

Butler stand in den Zugriemen des Schlittens und wartete auf sie. Jean-Claude drehte sich noch einmal um. Ihr wurde klar, daß sie noch immer nicht aufgestanden war. Sie stellte ihre Füße sorgfältig vor sich hin, stemmte sich hoch. Ihre Knie weigerten sich, sich zu straffen. Sie fiel vornüber mit dem Gesicht in den Schnee, blickte langsam auf, nur um festzustellen, daß die beiden Männer sie beobachteten. Jean-Claudes Gesicht zeigte keine Regung. Er sah von ihr weg in den Wind. Sie stemmte sich abermals hoch. Ihr fiel die Steifheit von Davids Körper wieder ein, ein Gegenstand, etwas, das man hinter sich zurückließ. Butler und Jean-Claude konnten nichts tun. Sie konnten sie nicht tragen. Wieder schlug sie mit dem Gesicht im Schnee auf. Ihre Arme schmerzten von dem Versuch, sich aufzurappeln. So weit war es mit ihr gekommen.

Butler machte einen Schritt nach vorn und überraschte sie, indem er ihr seine Hand hinhielt. Sie mußten es mehrmals versuchen. Ihre Hände vermochten kaum zuzufassen. Beryl hatte so lange nichts anderes als Schnee berührt. Sein Arm fühlte sich fest an, ganz anders als die Schneewehen. Sie versuchte es mit aller Kraft. Er zog sie hoch, verlor dabei selbst das Gleichgewicht und fiel mit einem Seufzer in den Schnee, während sie aufstand. Langsam zog er sich wieder hoch, schwankend, wie ein Baby, das stehen lernt. Sie sah ihm zu, erfüllt von Angst um sie beide.

Zusammen mit Butler ging sie zum Schlitten, nahm die Zugriemen auf. Keiner sagte ein Wort. Sie taumelten ein wenig, als sie den Schlitten in Bewegung setzten. Während der ersten anderthalb Kilometer hielt er sie am Ellbogen, damit sie nicht fiel. Es erinnerte sie an die Art, wie ein Mann seine Begleiterin zu einem Empfang führen würde, als bestünde auch dort die Gefahr zu fallen.

Später am Nachmittag blieb die Spitze seines Schneeschuhs irgendwo hängen, und er stolperte. Sie konnte ihn gerade noch an der Schulter festhalten, und er taumelte gegen sie; ihre beiden Körper kämpften darum, aufrecht stehen zu bleiben, unbeholfen wie Feuerscheite. Schließlich hatte Butler das Gleichgewicht wiedergefunden. Die Kapuze seiner Jacke nickte einmal kurz, dann lehnten sie sich wieder in das Gewicht des Schlittens.

Sie entschied sich für eine zusätzliche Schlittenschicht. Sie wärmte sich auf. Ihr Körper fühlte sich schwer an vor Stärke, wärmer, als sie es sich je vorgestellt hatte. An diesem Abend, während Jean-Claude das Iglu baute, schlurfte sie mechanisch immer wieder im Kreis herum und betrachtete hingerissen die wechselnden Farben des aufklarenden Himmels. Während des Tages hatte sie sich so sehr an das Weiß des Schnees gewöhnt, an das Grau der Wolken. Jetzt, bei Sonnenuntergang, gab es plötzlich Orange und Lila, Grün und einen breiten Gürtel von weichem Rosa, wie das Innere eines Hundeohres. Die schimmernden Schneewehen spiegelten jede Farbe wider. Jeder kleine Hügel, jede Vertiefung im Schnee warf lange Schatten, wie dünne Finger, die den Weg nach Hause wiesen. Sie ging im Kreis, wieder und wieder, betrachtete das flache Rund der Erde, die Wölbung des Himmels über ihr. Es gab nur einen einzigen Bruch in dieser überirdischen Anmut: ihr kleines, unbeholfenes Iglu und der niedergetrampelte Schnee darum herum.

Sie sog die Luft ein, die warm in ihre Lungen floß, und hielt ihr Gesicht hoch in das träge Blau, das sich mit dem ersten Stern seinen Weg über den Himmel bahnte. Sie wußte nicht, ob überhaupt einer von ihnen es schaffen würde, aber sie war froh, daß sie lebte.

In dieser Nacht krochen die Männer links und rechts von ihr unter die Decken. Sie spürte ihre männliche Wärme, ihre Größe und ihre Kraft neben sich. Ihr Körper kribbelte mit der Rückkehr des Gefühls: prickelte, schmerzte, schrie und tobte. Sie heizte sich auf, wurde kraftvoll und groß.

Als sie am Morgen erwachte, kamen ihr beide Männer kleiner vor. Seit dem Mittagessen am Vortag, als sie nicht aufstehen konnte, war sie an einem Ort gewesen, an dem die beiden anderen nicht gewesen waren. Sie blickte zum Ausgang des Iglus hin, in den Schnee und den kalten Sonnenschein. Sie wollte hinaus, wollte wieder unter diesem klaren blauen Himmel stehen.

Butler kroch als erster aus dem Iglu. Jean-Claude folgte ihm, dann Beryl. Sie konnte ihren Blick nicht vom Himmel abwenden. Butler entfernte sich ein Stück von ihnen und von dem Iglu und hielt mit dem Gewehr in der Hand Ausschau, während die beiden anderen sich über die Decken beugten und alles wieder an seinen Platz zurrten. Butler stand hoch aufgerichtet da, groß, das Gewehr an der Hüfte. Er betrachtete die Welt mit der Haltung eines Jägers.

Der Bär trat hinter dem Iglu hervor, drei Meter von Beryl und Jean-Claude entfernt. Butler stand auf der anderen Seite. Der Bär bewegte sich langsam, neugierig, schnuppernd. Er betrachtete sie, die Knochen seiner Schultern hoch und dünn, seine Haut an den Ellbogen aufgerauht. Gegen diese gewaltige, weiße Welt sah er aus wie eine hungernde, streunende Katze.

Sie und Jean-Claude erstarrten, tief über den Schlitten gebeugt, beobachteten reglos. Butler machte einen Schritt nach vorn, schwenkte das Gewehr. Beryl sah, daß ihm der dünne Bär leid tat, daß er ihn nur erschrecken wollte. »Hey«, bellte er. »Schsch, geh weg.«

Der Bär machte einen Satz nach vorn. Beryl war nicht sicher, was eigentlich geschah. Die Welt war weiß. Der Körper war weiß. Er flog an Jean-Claude vorbei, flog um sie herum. Sie spürte, wie eine seiner Krallen sich mit seinem ganzen Gewicht in ihren Fuß bohrte. Das Gewehr ging einmal los, wild und laut. Der Bär war über Butler.

»Scheiße.« Sie hörte Butlers Stimme ganz deutlich.

Das Geräusch eines nassen, hölzernen Krachens. Er fiel, den Hals zur Seite geneigt.

Der Bär senkte sein Maul langsam herab und biß Butler in die Wange, richtete sich auf und begann zu kauen. Butlers Kehle rasselte. Der Bär stellte eine Tatze auf seine Brust. Die Luft trieb in einer feuchten Wolke aus seinen Lungen, dann Stille. Seine Gliedmaßen erschlafften. Das Tier beugte sich abermals über ihn.

Jean-Claude und Beryl wichen langsam zurück, das Seil des Schlittens in ihren Händen. Der Schlitten taumelte über den Schnee, raschelte, klirrte. Der Bär blickte zu ihnen auf, das Gesicht blutverschmiert. Seine Ohren zuckten. Die Stille schwebte zitternd zwischen ihnen. Jean-Claude und Beryl wichen vor dem Bären zurück. Er ließ sie gehen.

Beryl sah noch mehr Bären wie aus dem Nichts auftauchen, weiße und gelbe Flecken, die aus allen Richtungen auf das frische Fleisch zutrabten.

Sie dachte, daß sie eigentlich weinen sollte, aber vor allem verspürte sie Überraschung, Ungläubigkeit. Jedes Blinzeln ihrer Augen kostete Mühe, schien ein Klicken irgendwo in der Nähe ihrer Ohren zu hinterlassen.

Beryl und Jean-Claude ließen dort, wo sie zu Mittag gegessen hatten, noch mehr zurück, etwas Fleisch, drei Decken, den Schlitten, ein Gewehr. Den Rest wickelten sie in eine Decke, die sie hinter sich herzogen. Jean-Claude bewegte sich sehr langsam, sein Hinken war jetzt noch ausgeprägter. Er hielt die linke Hand in die Achselhöhle gepreßt, nahm sie dann wieder heraus, schüttelte sie, blies in seinen Fausthandschuh, schlug mit der Hand auf sein Bein. Am Nachmittag kam wieder Bewölkung auf. Noch lange nachdem sie aufgebrochen waren, konnte sie, wenn sie zurückblickte, das Lager sehen, das sie zu Mittag errichtet hatten. Jean-Claude sah sie kein einziges Mal mehr an. Sie sprachen nicht. Beryl fühlte sich vollkommen allein. Sie versuchte auch nicht mehr, ihre Schulter beim Gehen gegen die seine zu reiben. Es schien zu viel Kraft zu kosten.

Sie hatten nur noch ein Gewehr. Es schlug gegen Jean Claudes Rücken, wenn er die Decke hinter sich herzog, es war lästig, machte ihn langsamer. Schließlich steckte er es mit in die Decke und ging weiter. Sie lauschte ihrem eigenen Atem, dem Knirschen des Schnees unter ihren Füßen. Sie blickte hinunter auf das Braun ihrer Karibuhose. Erst das linke, dann das rechte Bein schwang in ihr Blickfeld, während sie weitermarschierte, das leichte Holz der Schneeschuhe, die graue Zierleiste auf ihren Stiefeln und das helle Gelb an den Seiten, auf dem die Buchstaben *Natural Photography* zu lesen waren. Die großen Lettern in Hummelgold schienen aus einem anderen Universum zu stammen. So eine lebendige Farbe, so kleine, deutliche Formen.

Sie erinnerte sich an den Abschied von ihren Eltern; als sie ihre Mutter an sich gedrückt hatte, waren die BH-Träger, das weiche Fleisch und die darunterliegenden Knochen durch die dünne Bluse deutlich zu spüren gewesen. Ihr Vater stand ein wenig verlegen abseits und versteckte sein Gesicht hinter der Kamera, bis er an die Reihe kam. Sie blickte auf und sah sich nach weiteren Bären um.

Es begann zu schneien. Sie stapfte weiter, versuchte, mit Jean-

Claude Schritt zu halten, lauschte dem Rascheln des Pelzes, der über ihre Haut rieb, und dem Knirschen ihrer Schuhe, bis sie wegen des auffrischenden Windes nicht mehr so gut hören konnte. Es schneite jetzt heftiger. Sie stellte fest, daß sie durch das Schneetreiben hindurch ihre Füße nicht mehr sehen konnte. Jean-Claude machte halt, und sie blieb taumelnd neben ihm stehen. Er drehte sich in dem Sturm um, stieß seinen Fuß in den Schnee und überprüfte seine Beschaffenheit. Sie konnte nur noch einen weißen, runden Raum um sich herum erkennen, der überall gleich war, in jeder Richtung. Jean-Claude wandte sich plötzlich nach links und ging weiter. Sie liefen im Gänsemarsch hintereinander her. Der Wind wurde stärker. Der Raum schrumpfte zusammen. Ihre Augen blinzelten, Schnee sammelte sich auf ihrem Gesicht, während sie ihm folgte. Um sich ein Gefühl für die Zeit, für die Entfernung zu bewahren, zählte sie ihre eigenen Atemzüge. Sie kam bis fünfhundert, bevor sie sich ziemlich sicher war, daß sie angefangen hatte, langsamer zu zählen, langsamer zu atmen, daß die Zeit ein anderes Gesicht bekam.

Sie konnte das Ende des Schlittenseils, dem sie folgte, nicht mehr sehen.

Das Seil blieb stehen, fiel zu Boden. Jean-Claude ging in die Hocke, eine Silhouette, so weich wie grauer Nebel im Schnee; er grub. Sie streckte vorsichtig die Hand aus und berührte den Pelz seiner Kapuze, schob sie ein wenig zur Seite, um sein Gesicht zu sehen. Sie hatte eigentlich vor, mit dem Seil allein zu bleiben, bis ihr Wille sie im Stich ließ. Er sah sie verblüfft an. Menschliche Augen sahen merkwürdig aus nach soviel Schnee. Sie berührte ihn mit dem Handschuh an der Wange. Er sah sie ausdrucklos an, dann wurde irgend etwas in seinen Zügen plötzlich weicher. Er ließ die Rückseite seines Handschuhs über ihre Lippen gleiten.

Dann wandte er sich ab und begann, im Schnee zu graben, höhlte auf der dem Wind abgewandten Seite eine Grube aus. Sie setzten sich in das Loch, hielten sich eine Decke als Dach über den Kopf, um den Schnee fernzuhalten, und lehnten sich aneinander. Die Decke wurde schwer über ihrem Kopf, und als der Schnee sich darauf sammelte, wurde es dunkel um sie herum. Die Luft in ihrem Loch kam zum Stillstand. Das Geräusch des Windes nahm ab. Sie wärmte sich auf. Sie konnte nichts sehen. Sie spürte sein Bein über ihrem Fuß. Sie versuchte, sich an den genauen Klang von Sommerregen auf Blättern zu erinnern, in Pfützen auf der Erde. Sie hielten das Dach hoch, bis Beryl irgendwann der Kopf auf die Brust sank. Als sie erwachte, drückten ihre Arme immer noch gegen die Decke.

Später wachte sie abermals auf. Sie lag zusammengerollt und warm über Jean-Claude. Sie setzte sich auf; ihr Körper bewegte sich mühelos in der stillen Höhle. Sie stöberte in der Dunkelheit, fand das Fleisch. Die Luft war schwer vom Geruch nach menschlichem Schweiß und Fleisch, stickig. Sie aß. Einzelne Bröckchen fielen ihr wieder aus dem Mund. Sie berührte die Haut an ihren Armen, an ihren Beinen, am Hals. Sie war warm, sie konnte fühlen. Ihre Finger streiften über die Wände. Sie dampften von der Wärme, und über sich konnte sie den rauhen Stoff der Decke spüren. Sie suchte nach Jean-Claudes Körper, fand sein Gesicht. Bei jedem Atemzug klickte etwas in seinem Hals. Sie beugte sich sehr vorsichtig über ihn, paßte die Umrisse ihres Mundes genau den seinen an. Sie küßte ihn. Noch einmal. Er lachte unter ihr, lachte dieses lautlose Keuchen. Ihrer beider Lippen lagen flach aufeinander; sie spürte den Kuß nur in den Wurzeln ihrer Zähne. Sie preßten sich aneinander, mimten Leidenschaft. Eng und unbeholfen aneinandergedrückt, drehten sie ihre Köpfe von einer Seite zur anderen, ließen einander los. Sie schmiegten sich langsam in die Wölbungen des anderen Körpers, so eng, daß sie spüren konnten, wie der Bauch des anderen sich mit Atem füllte. Beryl fühlte sich warm. Sie schliefen.

Sie träumte, sie sei schwanger. Sie schaute in das Gesicht ihres Kindes und sah eine starke, glückliche Frau, die stolz in die alte Höhle ihrer Mutter zurückblickte.

Sie kämpfte sich aus dem Schlaf heraus, wurde wach. Die Wände waren fest vereist, pechschwarz, es gab keine Luft. Sie fühlte sich verwirrt, schwerfällig. Sie hörte Jean-Claudes heiseren Atem, spürte ihren eigenen in ihrer Brust. Sie weckte ihn auf, mußte ihn heftig schütteln. Er hatte Schwierigkeiten, sich aufzusetzen. Sie suchte mit steifen Fingern nach dem Messer an seinem Gürtel, nahm es fest in die Hand, ließ sich zu der Seite der Höhle gleiten, wo keine Decke war, und bearbeitete das Eis. Kalte Splitter schlugen ihr ins Gesicht. Winzige Lichter taumelten vor ihr. Sie schleuderte ihren Arm mit voller Wucht in jeden Stoß hinein. Sie konnte nicht sagen, ob die

Lichter echt waren. Ihr Arm wollte sich nicht bewegen. Er wollte wieder schlafen. Sie umklammerte das Messer mit der anderen Hand, holte aus. Die Wand seufzte, und Luft wisperte zu ihnen herab. Sie atmete tief durch und verbreiterte das Loch.

Jean-Claude gelang es, sich aufzusetzen. Die Lichter verschwanden. Sie atmete tief. Jetzt bohrte sie das Messer in einem anderen Winkel nach oben, preßte den Schnee unter sich zusammen und kroch darüber hinweg. Eine Handvoll Schnee fiel ihr mit einem Seufzer ins Gesicht. Sie wischte ihn weg. Sie hatte vergessen, wie kalt es sein konnte. Ihr Gesicht kribbelte. Jean-Claude zog sich hinter ihr hoch, stieß mit dem Kopf gegen ihre Füße. Sie grub sich weiter aus der Höhle heraus, zog sich nach oben. Sie begann, ihre Hände als Werkzeug gegen den Schnee einzusetzen. Kein Licht schimmerte hindurch. Eine Weile fragte sie sich, ob sie wirklich auf dem Weg nach oben sei. Sie stellte sich vor, sie seien in einem Berg, würden sich hindurchgraben, immer in demselben Winkel wie der Abhang. Ihr Atem pfiff, das einzige Geräusch, der Schnee vollkommen glatt unter ihren Händen.

Sobald sie Licht sehen konnte, schlug ihr wieder Schnee ins Gesicht. Dieser Schnee hatte Gewicht; er drückte auf ihr Gesicht wie eine Hand, drückte sie nieder wie ein anderer Körper. Schnee legte sich ihr auf Nase und Mund, preßte ihre Arme gegen ihren Körper. Sie versuchte, ihre Arme in die Höhe zu zwingen. Sie bewegten sich nicht. Sie erinnerte sich an ihren Traum von dem Kind. Sie schlängelte ihre Finger, ihre Hände, ihre Arme langsam durch den Schnee hindurch nach vorn, Zentimeter um Zentimeter. Geduldig, still. Hielt den Atem an. Schnee schmolz ihr in den Mund, kitzelte sie in der Nase, kaltes Wasser. Jean-Claude, der nicht wußte, was vorging, klopfte gegen ihre Füße. Wenn sie erstickte, so wußte sie, würde er über ihre Leiche hinwegklettern. Sie wollte das Wasser einatmen. Wollte den Schnee in sich aufsaugen. Die Lichter kehrten zurück. Ihre Hand berührte ihr Gesicht. Sie schob den Schnee weg. Luft. Sie atmete stoßweise, dann tief und stark. Noch einmal drückte sie sich nach oben. Beryl brach durch den Schnee hindurch in den Morgen wie die Bären, die sie gesehen hatte. Die Sonne. Der Himmel war klar, die Luft so rein und blau wie an jenem ersten Morgen in Churchill.

Jean-Claude kroch neben ihr aus der Höhle. Sie hatten in drei Meter Tiefe geschlafen, an der Seite einer dreißig Meter breiten Schneewehe. Er hatte nur das Gewehr mitgebracht, zog es am Riemen hinter sich her.

Keiner von ihnen wollte zurück in die Höhle gehen, nicht einmal, um das Fleisch zu holen. In der Ferne konnten sie die Stadt sehen – Dächer, Mauern, Farbkleckse. Winzige Autos tuckerten langsam durch die Straßen.

»Nicht mehr als sechs Kilometer«, sagte Jean-Claude. Seine Stimme klang heiser, ungeübt. Sie hatte immer noch nichts gesagt. Er konnte sie wieder unbefangener ansehen, denn er zweifelte nicht länger daran, daß sie überleben würde. Sie fühlte sich stark.

Sie schlurften schnell durch den Schnee. Ihre Kehlen schnarrten. Beryl spürte, wie ihre Beinmuskeln sich zusammenzogen und wieder entspannten. Sie sah sich mit der Anmut eines Karibus, mit der Kraft eines Eisbären durch den Schnee pflügen. Ihr Blut strömte sicher und heiß durch ihre Adern. Irgendwann blickte sie sich um und stellte fest, daß Jean-Claude nicht mit ihr Schritt halten konnte. Sein Hinken war stärker geworden; er wurde langsamer.

Sie hörte ein Seufzen des Schnees unter ihm, als er fiel. Sie brauchte mehrere Schritte, um anzuhalten, um sich umzudrehen. Er lag auf dem Rücken, dort wo er gefallen war, lag einfach nur da und atmete. Er sah verdutzt seinen rechten Fuß an.

»Verdammt«, sagte er und versuchte aufzustehen. Er bewegte abwechselnd jedes Glied voller Konzentration und richtete sich dann allmählich bis zu einer sitzenden Position auf. Sie streckte die Hand zu ihm hinunter, griff nach seinen Armen und versuchte, ihn hochzuziehen. Bei einem Blick auf seinen rechten Stiefel fragte sie sich, ob sein Fuß nicht irgendwie seltsam verdreht sei. Sie konnte es durch das dicke Material hindurch nicht genau feststellen. Ihr linkes Knie gab unter ihr nach. Sie machte einen Schritt nach vorn und gewann ihr Gleichgewicht zurück. Sie dachte, wenn sie fiele, würde sie auch nicht mehr aufstehen können. Er ließ sie los, zog das Gewehr vom Rücken, legte es sich quer über den Schoß und suchte die Gegend um sich herum ab.

»Hol Hilfe«, sagte er, und seine Worte klangen undeutlich, als sei er betrunken. Sie nickte, sah ihn einen Augenblick lang an und wandte sich ab. Sie brauchte minutenlang, um ihren Rhythmus wiederzufinden. Sie lief weiter, rannte beinahe. Als sie noch einmal über die Schulter zurückblickte, wurde er in der Ferne immer kleiner. Er saß auf dem Boden, warf, um sich warmzuhalten, die Arme hoch und runter wie die obere Hälfte eines Hampelmanns. Sie beschleunigte ihren Schritt. Vor sich sah sie einen Lastwagen aus der Stadt zum Flugplatz fahren. In der Stille konnte sie die Kupplung hören, wenn der Fahrer einen neuen Gang einlegte. Etwas weiter entfernt schlug eine Tür zu, ein Kind lachte. Sie zog ihren Kopf tiefer in ihre Kapuze und versuchte, schneller zu gehen.

Sie kam in der Stadt an, die Sonne hing strahlend über ihr. Sie staunte über die lebhaften Farben der Türen, Vorhänge und Autos. Rot, Purpur, Blau und Grün. Scharfe, feste Kanten, Strukturen. Soviel pulsierendes Leben auf einem so zusammengedrängten Raum, an einem so winzigen, beengten Ort. Mauern, Straßen, Ecken. Ein Bär ging auf der Straße an ihr vorüber, betrachtete sie, lief weiter. Sie hatte kein Gewehr, spürte keine Angst.

Sie ging auf helles, üppiges Grün zu. Die gestrichene Tür eines Hauses. Nie zuvor hatte sie eine so wunderschöne Farbe wie dieses Grün, hatte sie einen solchen Glanz gesehen. Sie zog sich die sieben Stufen zur Tür hoch, Stufe um Stufe. Ihre Knie wollten sich nicht beugen, ihre Hände wollten nicht greifen. Sie hängte ihre Unterarme durch die Gitterstäbe und stemmte sich hoch. Die Tür stand vor ihr. Sie hatte noch nie etwas so Sauberes gesehen, etwas so deutlich Abgegrenztes, der Türrahmen leuchtend blau gestrichen. Sie fingerte an ihren Handschuhen, versuchte, sie abzustreifen, gab es dann auf und drückte mit dem Ellbogen auf die Klingel. Ein Läuten, elektronisch, ein hoher, klarer Klang. Sie hörte Stimmen von innen.

Obwohl es erst Mittag war, ging über ihr mit einem Klicken ein Licht an. Sie blinzelte in das winzige Glitzern seiner Spirale. Dann senkte sie den Blick wieder auf die Tür, auf das Smaragdgrün, den glatten Holzknauf und den kleinen Eisenkorb mit den gelben Plastikblumen.

Die Tür öffnete sich langsam. Sie dachte bei sich: Wie klein doch alles ist.

Ich möchte mich bedanken für die Freundlichkeit, die Gemeinschaft und die Kritik, die ich in meiner Schreibgruppe – Lauren Slater, Elizabeth Graver und Pagan Kennedy – erfahren habe; für die geduldige Anleitung durch meine Lehrerin in Literarischem Schreiben auf dem College, Louise Rose; und für das unerschöpfliche Vertrauen meiner Eltern, ohne die – aus vielen Gründen – dieses Buch nicht möglich gewesen wäre.